偃师禁地

风咕咕 著

辽宁人民出版社

© 风咕咕　2024

图书在版编目（CIP）数据

偃师禁地 / 风咕咕著 . —沈阳：辽宁人民出版社，
2024.6
（青铜夔纹悬疑小说系列）
ISBN 978-7-205-11050-5

Ⅰ . ①偃… Ⅱ . ①风… Ⅲ . ①长篇小说—中国—当代
Ⅳ . ① I247.5

中国国家版本馆 CIP 数据核字（2024）第 044948 号

出版发行：辽宁人民出版社
　　　　　地址：沈阳市和平区十一纬路 25 号　邮编：110003
　　　　　电话：024-23284191（发行部）　024-23284304（办公室）
　　　　　http ://www.lnpph.com.cn
印　　刷：河北朗祥印刷有限公司
幅面尺寸：145mm×210mm
印　　张：9
字　　数：214 千字
出版时间：2024 年 6 月第 1 版
印刷时间：2024 年 6 月第 1 次印刷
责任编辑：赵维宁　孙姝娇
封面设计：乐　翁
版式设计：一诺设计
责任校对：吴艳杰
书　　号：ISBN 978-7-205-11050-5
定　　价：58.00 元

目　录

楔子

偃师之名，由来已久。

最早，是《列子·汤问》中的一位工匠。

相传周穆王时期，一位叫偃师的能工巧匠做了一个物件儿——歌舞人偶。人偶能走能跳，活生生的，甚至还眨着一双桃花眼挑逗穆王的爱妾。穆王怒气冲天，立刻要处死偃师。

偃师高呼冤枉，并亲自将人偶拆解。原来，那人偶是用结实的皮革、细密的木材和黏稠的漆混着黑炭、丹砂等染料做出的。不仅有头、有手、有脚，还有五脏六腑，连筋骨、关节、毛发、牙齿都栩栩如生。

当然，这其中有真，有假，有新，有旧……如何制成，无人知晓。如何施展幻术，无人能解。

鲁班造云梯，墨翟做木鸢，这些绝技，后代口口相传，神秘的偃师一脉却沉寂于过往云烟。

偃师真的存在，还是虚构杜撰，没有人说得清楚。不过，后世江湖修习"皮影""木偶"的手工艺人，皆尊奉偃师为祖师爷，并自诩为偃师一脉。

他们有一个关于禁地的秘密……

第一章　消失的救援队

山海关外多诡事。或许是因为那里多山，而且早年相对闭塞，很多离奇诡异的事便口口相传，越传越邪乎。

而这些诡异的事时常挂在吴庆辉嘴边，成了他引起周围人注意的最重要的谈资。吴庆辉的祖父一辈闯关东到了关外，后来因他父亲工作调动的原因，他便随父亲去了北京。远离家乡的青年无时无刻不在思念北地风雪。吴庆辉和自己的几个生死兄弟组建了一支专业的应急救援队伍，在北京闯荡了五六年，这支救援队也因能够拿下各种高难度救援任务而在业内有了声名，终于被纳入了正规体制内，吴庆辉和兄弟们总算是在北京扎下根来。

还没等他们庆贺，吴庆辉的救援队便接到了一项紧急而棘手的任务，目的地正是他关外的老家。这个任务之所以说棘手，是因为怪到极点。

吴庆辉收到的令状上说，山海关外一处山林突发大火，在并无火种介入和雷雨天气的情况下反而愈烧愈烈，大有席卷整个东面山坡之势。大火烧了一天一夜，远在几十公里以外的县政府才收到消息，紧急派出消防小组和救援队伍。这几支队伍历经千辛万苦，终于在半个月后将山火扑灭。等浓烟散去，大家清点人数准备下山时，却发现少了一支救援队。所有人都回想不起来这支救援队是什么时候消失的，大伙儿寻找了两遍，一无所获，供给物也越来越少，队长只好决定先下山。下山后他们立刻给县里打电话报告了情况。

这通电话过去后，十几天内，县里再没接到任何消息。不管是在山上失踪的人还是下山的人，通通没了音讯。

消息赶着年关将近的时候传到了京里，上面一听，格外重视，立刻派出红旗救援队去搜救。吴庆辉接到命令后就立刻收拾行李出发，带着红旗救援队挤在运货的绿皮火车里向北赶去。

火车经过一个黑夜的缓慢爬行，天蒙蒙亮的时候已经越过山海关，远处平原上的枯枝败叶显得关外的冬天格外萧瑟。吴庆辉望着窗外阔别五六年的厚土，心中感到了久违的归属感。几年未归，沿途的地方还是和几年前有些不同。不少工厂都关门歇业，远远地能看见街道上游荡着几个闲散青年。

吴庆辉坐在火车上吃红肠——他过关以后在车站上的移动小摊买的地道特产。嘴里嚼着家乡饭，心里却没有返乡的轻松。他在脑中将从县里传过来的地址反反复复搜索，确定自己真的没去过这个地方，这对在东北土生土长的吴庆辉来说不太正常。

吴庆辉十五六岁的时候，就跟着家里做生意的伯伯在东三省的地界到处跑。他伯伯是个不怕吃苦的人，只要有生意可做，即使是再偏僻的地方，他走也要走过去。老爱跟在他后面的吴庆辉也借此将东三省的犄角旮旯都钻了个遍，几乎没有他没去过的地儿——除了现在这个地方。刚接到任务的时候他还给伯伯打了电话问了问，伯伯也只是说好多年前听别人提过那么一嘴。

两个多小时后，火车到了县里。他们下了火车，和一个钢厂老板借了几辆轻型越野车继续往山那边开，绕过那座山，中午的时候就赶到了山脚下的村子。刚进村子的时候正好是饭点，苍黄的山林间坐落的稀稀疏疏的房屋上飘起袅袅炊烟，仿佛在向村口的救援队招手。

吴庆辉带着人顺着蜿蜒而上的小路往村里走。一路经过几户人家，那些人不管手里在忙些什么，全都停下手里的活，直直地打量着他们，眼神毫不避讳。出于谨慎，吴庆辉淡淡瞟了几眼就立马低头看路。

几次观察，吴庆辉很快发现一个问题。他拍了拍队员的肩，悄悄示意大家留意路边那几个正在斜视他们的年轻男子。

队员随即便明白了吴庆辉的意思，这里的人口结构不正常——留村的青壮年过多。这并不符合近年来的趋势：随着时代发展，大批农村青壮年为了挣钱而下海闯荡，再不济也会去县里打零工。但这个村子里的青壮年劳动力却不少。

在村民的"注目礼"下，救援队顺着山路一直往上爬。队伍后面的几个人突然停下，吴庆辉回头一看，一个三四岁的小孩正抓着女队员背包上的挂件不松手。女队员慷慨地解下来递给小孩，小孩接过，转来转去看了很久。

"哎呀小祖宗，你做啥呢！"旁边屋子里一个女人急匆匆跑出来，一边道歉，一边把挂件还给女队员，紧接着扬起巴掌落在小孩屁股上，小孩哇哇大哭。周围队员赶紧圆场，围着小孩逗他笑。

吴庆辉盯着小孩，觉得哪里有点怪怪的。但他没声张，借机问："大姐，之前有消防队和救援队从你们村里经……"

"啊，他们啊！"女人刚一听到"消防队"三个字就抢话，好似就等着吴庆辉问她这个事情。看到吴庆辉脸上的诧异，她摸摸鼻子尴尬地笑了笑："不好意思，不好意思，你继续说。"

吴庆辉摆手表示不介意，让女人继续说。

女人好像是刻意在压住自己的语速："你们找之前去山上灭火的那几十个人啊，还没下来呢。"

她遥遥地指了指后面一座更高的山。

吴庆辉和队员们对视一眼。县里说，其他幸存的队伍都下来了，就在老乡家里歇着，这位村民却说队伍还没下来。

没下来，谁给县里打的报告？

吴庆辉来不及思索，就已经被村民围了起来。村民见有人和这些外来客说上了话，纷纷上来凑热闹。

"对，一直没下来。"

"去的时候四五十个人呢，带那点吃的哪够？"

"这火都灭半个月了……"

"不会从别的地方走了吧？"

"不能够，他们有些东西还留在村长家里……"

吴庆辉抓住关键信息，问那位母亲能不能带他们去村长家里看看。

女人茫然了一两秒，而后欣然答应，把湿手在围裙上擦了擦，正要解围裙，却又想起什么似的往灶房里看了一眼，抱歉道："哎呀，我锅里还炖着菜，这样，我让我娃娃带你们去一趟。"

小孩被母亲拉过去叮嘱了几句，小小的一团就窜到了队伍前面准备带路。

女队员觉得让小孩子走那么远的山路有点辛苦，就想把小孩抱起来。她的手刚放到小孩腋窝底下一发力，眼睛不经意间瞅到小孩厚厚的棉衣领子里，脸色一变，不可思议地瞪大眼睛。

周围一下子都不出声了，村民的目光纷纷聚焦在她的身上，女队员顺势张大嘴，假装只是想打个喷嚏。

小孩嫌女队员的手臂硌得他胳肢窝痒，挣开女队员的双臂，跑去躲在自己母亲后面，眼睛骨碌碌地转，看看这个，看看那个。女队员深吸一口气，揉了揉眼睛回神。

吴庆辉刚想上前说点什么缓和一下气氛，队员便抱着通信设备跑过来，兴高采烈地喊："来电话了！来电话了！"

吴庆辉眼尖，看见通信员上衣右边的口袋露出一截小字条。

一堆沉重的设备丝毫没有影响到通信员姜洋的跑步速度，跑到大家面前，他倒口气，大声且快速地说："上头来电话了，说那几个消防队和救援队已经回县里了，上头让我们赶紧去看看。"

吴庆辉立刻扫了一眼周围的村民。

刚刚微蹙的眉和紧咬的嘴皮都舒展开，也不再搓手擦汗。

吴庆辉点点头，走到姜洋的右侧拍了拍他的肩，向村民一拱手："打扰了，我们这就走。"

往村口走的一路上，那些村民不再直勾勾地看着他们，但仍有几道高度关注却佯装无意的眼神瞟过来。

重新坐进越野车中，充当司机的队员正要掉头返回，吴庆辉按住他的手："别急。"

吴庆辉展开手心，露出里面的字条，上面是一个经纬坐标。

"去这里。"

而这条路和回县里的方向完全相反。

姜洋刚一坐上车浑身都卸了力气，说话声音也小下去了，他坐在后座紧张地擦着汗，看见吴庆辉的一系列动作，松口气："老大，你啥时候掏的字条？"

吴庆辉笑："半截都露出来了，我要不拿走，万一被发现怎么办。"他又对着对讲机问那个女队员："你刚刚发现了什么？"

后面车上的女队员从对讲机里回："那个小孩，非常轻非常轻，不合常理的轻，他脖颈和脑袋的连接处有一条很深的疤，被围脖遮住了。如果一个孩子被划这么深且这么长的一刀，绝对挨不过去。"

吴庆辉一听，顿时明白为什么自己觉得那个小孩很奇怪。在刚刚一系列动作中，不管是抓吊坠还是被打，小孩稚嫩的眼神和动作都有点过，甚至可以说到了僵硬的地步，不像是自然而然流露的表情和做出的动作。

司机猜测："会不会是孩子生病做手术，从脖子根部开刀，然后伤到了脑子，所以动作才很僵硬？"

女队员反驳："谁开刀从那开？"

吴庆辉继续问姜洋："你这个地址是哪来的，是不是指向幸存者所在的地方？"

姜洋竖起大拇指："不愧是队长，脑子转得真快。"

吴庆辉不接他的马屁："现在长眼睛的都看得出来这个村子不对劲。"

"没错，刚刚我说那几支队伍回县里了，只是说给村民听，主要是给你们找个理由赶紧离开。那些队伍确实返回山下了，只是返回的不是这个山下，而是另外一边。这两边的村子，一模一样。"姜洋向他们展示自己刚刚收到的信息。

什么叫一模一样的地方？

姜洋继续解释："刚刚在你们和村民交谈的时候，江队打电话过来，说他们终于接到了幸存者打过来的电话。幸存者说，他们当时下山给县里报告了以后，通信设备就相继损坏，没法再和外面联系。他们试图寻找村子里的电话，却发现以前的村民都不认识他们。一开始，他们还以为是村民在开玩笑，村民却一再坚持之前绝对没见过他们。慢慢地，他们以为集体出现了记忆错乱，把火扑灭只是他们做的一场梦，他们才刚抵达村子打算上山救火——但消失的队员和减少的装备明显不支持这个解释。后来，他们在村子一处很隐蔽的地方发现一口干枯的油井，这是他们上山之前的村子所没有的，这才让他们确定两个村子确实不一样。今天村里的电话终于来了信号，他们立刻上报，京里的专家根据油井的编号和名称，查找出这是民国初期开采的一口井，并且找到了油井所在的具体经纬度。"

姜洋在记完信息之后本来想问问村民怎么回事，但一看当时的气氛，觉得事情绝对没这么简单，就编了个瞎话先把大家带出来再商量对策。

吴庆辉稍加思索，问："确定电话就是他们打来的？"

姜洋一愣："什么意思？难不成有人冒充救援队，打电话引我们过去？但是用'一模一样的村子'这样的理由来做诱饵，一般人听到，谁还敢去？"

吴庆辉一脸严肃："万一，他们的目标不是一般人，就是我们。"

队员面面相觑，显然有点同意吴队的想法。他们都知道，吴庆辉说这话也不是说他们和一般人相比有多厉害。他们这支救援队是吴庆辉一手带出来的，有点本事，好几个难搞的任务最后都归他们管。况且他们这次还肩负重任。

车里一片寂静，吴庆辉看着他们凝固的神情，突然大笑，拍了拍司机："快开车！真被吓唬着了？就算是故意吸引，我们还就得上这个当。就这怪异的村子，你们敢待在这？"

司机打火启动汽车，吴庆辉提醒："先掉头，按回县里的路走，然后绕别的路过去。"他指了指不远处的一个高地上趴着的一颗脑袋，"有人看着，把戏做足。"

四辆轻型越野再次启动，在山脚下绕了一个大弯，奔山的另一边开去。

两个小时后，吴庆辉一行人到了新的地方。越靠近那个村子，大家就越不敢相信自己的眼睛。他们所能看见的一切东西，都和之前的村子里一模一样，甚至村口布告栏里烂掉一半的红纸大报也分毫不差。

这次进村则顺利很多，村子里的人望着他们的眼神充满探索却和善，甚至在知道他们的目的后，立马热情地带路。

吴庆辉最终在村长家里见到了休整的幸存者。不大的炕上挤着好几个穿着橙色搜救服的人，他们背对着门躺在上面。门一开，那几个人缓慢转过身来。

窗户里透过来的几丝惨白色的光落在他们身上，吴庆辉看见上面已经开始愈合的烧伤，深褐色的疤痕和暗红色的枯血黏在一起。其中一个队员袖子挽着结，一个裤管空着。

躺着的人意识到这是城里派过来的救兵后，嘴唇颤动，想说什么却吐不出一个字。外面又响起一串脚步声，正逐渐靠近屋子。

吴庆辉回头，看见其他十几个同样身着橙色救援服的人从院子外面走进来，那些人脸上透露着疲惫和失落，一言不发。

屋子里一个年纪小的冲屋外那十几个回来的人大声喊道："队长，

有人来救我们了！"

十几分钟后，三十多个人都围在村长堂屋的火炕旁。

总领队姓李，干了半辈子消防救援，第一次碰见这种怪事情。

李队把老烟斗在炉子上使劲磕了磕："找不到啊！实在是……真是怪了……"他伸出四根手指，"算今儿个，我们已经上山搜索四轮了，啥都没找到"。他抬头环顾四周，"你们要再不来，我们可能真的只能放弃了"。他把烟斗里没烧尽的烟草磕出来重新包好，留着多抽几次。

吴庆辉叫李队把他们搜救的全过程完完整整地叙述一遍。

正如电话里说的那样，那日他们清点人数准备下山，却发现少了一整支队伍。大家这才发现所有人都对最后一次看到那几个人的时间和地点毫无印象，更别说记得他们往哪走了。

他们在山上又找了一天，供给越来越少，伤员的伤势也耽搁不起，为了保全大部分人，李队只好带着队伍先撤退。

下山时，他们严格按照指南仪器走，结果却走到了山的另一边。

"这期间，有没有发生什么怪事？"吴庆辉眼睛紧紧盯着满面风霜的李队。

李队沉吟片刻，开口道："要说怪事，可能就是那个锣声了……"

事后回想起那日从山上撤回时的全过程，大家都说自己听到了一阵深沉而若隐若现的声音，队伍里有人之前干过丧葬白活，听出那肯定是铜锣声。

"一开始我们都以为是山下谁在敲铜锣，但很快发现有点不对。一般正常敲铜锣，都是快速地连续敲击好几下，但是那个铜锣的声音不一样，敲铜锣的人好像是等待上一声散去之后，才开始敲击下一次。"

"有人在山上敲锣？"吴庆辉问。

"不，没有人，山上谁都没有，别忘了，我们下山之前搜寻了好几遍。那铜锣的声音很轻，持续不断，而且是从四面八方传过来的，好像想把我们包围在中央，而且能跟着我们移动，我们也从没走出过声音的包围圈中心。"老李心有余悸地说，"就像……就像大家掉进了铜锣里，锣声陷进了我们的每一个细胞，如影随形。"

接下来的就像电话里说的那样，他们下了山来到村子里，找到了油井，弄懂了自己的位置，又等了好久，直到信号接通，才把吴庆辉一行人叫了过来。

吴庆辉听完李队的描述，认为两个村子的事再观察观察，他们先上山搜救失踪者。他下达了半小时后出发的命令，抽空去院子里抽了根烟。

烟雾缭绕中，吴庆辉注意到院子里还有一个很瘦小的身影，看着好像还没成年。他身上也是橙色救援服，和李队他们的都一样。

少年望着吴庆辉手上的烟，咂巴了一下干巴的嘴，不好意思地低下头去。他的手在地上抠了好几下，然后鼓起勇气抬起头来走到吴庆辉身边。

"给我尝尝。"

吴庆辉愣了一下，掐灭烟，扔在地上，少年弯腰要去捡，吴庆辉伸脚踩住。

少年开始脸红，不知所措。但他很快又说："给我一根，我可以告诉你个事。"

吴庆辉转头看着屋里炕头上李队的影子："他知道吗？"

"没和他说。"

吴庆辉皮笑肉不笑，从兜里掏出烟盒，在少年眼前晃了晃。

少年抿了抿嘴，说："下山时，铜锣声响起的时候，我看见了很多人影，就跟在我们后面，好像就是消失的那些人。"

"你怎么确定？"

"虽然树叶很多，但是我哥哥也在里面，我不可能认错。"少年的眼神很明亮，很坚定。

吴庆辉搓了搓手，把一整个盒子都递给少年。少年喜出望外，继续说："看你这么大方，我再告诉你一个事。"他低下头，好像在躲避谁的目光，"这里有人知道那些人去哪了"。

"那你知道吗？"

少年刚想回答，李队在那边喊他："阿启，快过来给他们换药！"少年一抖，抢过烟盒跑到屋后，应了声"好，马上就来"。

几秒钟后，少年气急败坏地将空烟盒扔在地上，狠狠踩了几脚："骗子！"

"大骗子"吴庆辉走进屋里，吩咐队员一人至少准备一副耳塞。

有人吼道："队长，没带！"

吴庆辉一边看着窗户外面少年奇怪的身影，一边给那个队员敲了一记："没有耳塞，身上大棉袄里总有棉花吧！还有，装备都整好，再把录音机带上，十分钟后出发！"

第二章　诡锣声起

吴庆辉叫李队给找个之前曾经上山搜救过且熟悉路的队员随行，李队毫不犹豫地掠过一片无比期待的眼神，指了一下刚刚向吴庆辉要烟抽的那个少年。"这小子认路的本事不错"，这是李队的原话。

上了山，少年就像一条小尾巴一样远远地拖在队伍最后面，一句话也不说，走到岔路口就往正确方向上的树杈上踢一脚。树杈哗啦啦地晃，昭示着少年心中的不服。吴庆辉没管他，好像刚刚的小插曲没有发生，队伍里也没有这个人似的。

一路往上爬，大家什么都没发现。当时的火势在东，而消防小组及时将大火阻断在了山顶，所以从山的西侧上山的他们并没有看见很明显的火烧过的痕迹。林间格外安静，没看见一只飞禽走兽，无风，除了少年踢过的那几个树杈，其他的树木都纹丝不动。

搜索了大概四十分钟，救援队在一处平地上休息。吴庆辉朝队尾指了指，通信员姜洋跟着转头，看见正在嚼树叶的少年，心里便明白了，窜到队伍后面和少年攀谈起来。

吴庆辉发现，少年虽然不和人搭话，但一直在用其他方式了解他们。就在刚刚大家搜查的几个回合里，少年借着各种机会到好几个队员身边去转了转，把人家的脸和衣服都瞅了个遍，有时还悄悄伸出手在别人的外套和背包上摸摸。

除了他和两个女队员，他都探查过。

休整过后，队伍继续往前走，姜洋回来了，对着吴庆辉比了一个

"完成"的手势。

吴庆辉立刻把队伍分成了两组，让少年跟着另外一组去另一方向搜查。

少年一走远，姜洋得意地凑过来。姜洋的父母都是警察，他小时候一干什么坏事就被父母套话，该说的不该说的就全招了，久而久之自己为了"反侦查"也就学了一点讯问的技巧。和别人交谈时，三言两语之间即可获得想要的信息。

"他叫卫启，十五岁，无父无母，八岁的时候从江苏一路要饭爬到东北。到东北的时候刚好是冬天，天上飘着大雪，他无处可去，翻进县里救援队的大院。晚上更冷的时候，他冻到意识模糊，看见火就想靠近，差点顺着人家土炕的洞钻进去被烧死，幸亏被起夜的人拉住。救援队看他可怜，就收留了他，抚养到现在。前几年还只是在后勤帮忙，今年救援队缺人，他就跟着救援队出任务，这次才是他第二回出来。"姜洋将自己费好大力气从卫启嘴里撬出的话简略说给吴庆辉听。

吴庆辉将一片破碎的叶子在手里捏来捏去："还有呢？"

姜洋摇头："还有？哦！有没有兄弟姐妹我是真没问到，小伙子戒备心很强，后面可能发现了我在套话，就低头不说话了。"

吴庆辉点点头，把手里的叶子给姜洋看："大地理学家，看看，这是哪个地方的叶子？"

"不敢当，不敢当！"姜洋眯着眼看了看，发现叶子呈椭圆状，摸上去是革质。他思索片刻："冬青叶，咱现在这地方可没有，是南方一带的观赏木。"

吴庆辉指了一下刚刚卫启歇脚的位置："那小子刚刚扔的。"

姜洋连连摇头："不可能，冬青这玩意喜暖，它有的那点耐寒力在这约等于没有，活不下来……但是你看这翠绿的叶片断面，分明是刚摘下来的啊。"

吴庆辉点点头："这就是问题所在，卫启不简单，看好他。我让你们录的音怎么样了？"

姜洋四处看了看："录音交给儿子了，他和卫启一队。"

儿子不是姜洋的儿子，是队伍里最小的队员二四的外号。二四，热衷数理化，机械天才，进队后就取名叫了"二四"，大家叫着叫着，不知道谁先开的头，就叫成了"儿子"。

二四抱着录音机，走得不快，卫启就在他身后。他只比卫启大了三岁，所以卫启不怎么戒备他。他望着二四怀里那个黑亮黑亮的、两个大眼睛满是窟窿的机器，问："这是什么？"

二四不知道听没听见，没说话，晃动着胳膊上的一串东西。那串东西是银色的，仔细一看是各种小零件用铁丝穿起来所做成的手链。

卫启没有得到回应，以为二四故意不理他，脸上挂不住，从鼻孔里出了长长的一声气正要离开，二四抬头问他："你听见没？"

卫启没听懂，摇了摇头。

二四冲大家轻声说："站在原地别动。"

所有人都静止下来后，卫启还是觉得他什么都没听见。无风无雨，人和树也像定格住一般，四周鸦雀无声，他甚至觉得自己都没长耳朵。

慢慢地，一个声音飘过来，连续不断地，低沉平稳地，缓缓地按照一定的速度进入他的耳朵。卫启闭上眼睛，想起这声音和之前他趴在旷野上看着火车从轨道上驶过的声音很相似，都是由于东西在转动和周围的东西摩擦所形成的。

二四的轻声细语又响起："这是录音机，你听到的是录音机录音时磁带转动的声音。"

卫启睁开眼睛，看到周围队员脸上先是茫然，听见二四的解释后，纷纷愣在原地。

为了省电和磁带，二四出发前特地按照不同的需求改造过录音机。而这台设置的模式为，只有当周围环境的声音大于人正常说话的声音的时候，录音机才会自己启动录音。

磁带转动，录音机已经开始工作，说明环境中存在比他们说话声音还大的声音，但是他们的耳边寂静无声。

卫启不知道磁带传递的信息，但也没敢乱动。

吴庆辉那边，他扒拉着四周的树叶，寻找是否有活的冬青。作为一个资深的生物专业生（没毕业），姜洋觉得在茫茫一片针叶林里寻找一棵乔木简直荒谬至极，拒绝加入吴庆辉寻找的工作中。他站在一边研究那片破碎且被踩躏过的叶子，余光瞥见卫启往这边逃命似的跑过来，眼看着就要到自己身边。手上的叶子无处安放，身上的衣兜都带有粘扣一时打不开……

"通信员！"卫启看见姜洋，大喊道。

姜洋害怕卫启发现他们起了疑心，灵机一动，一张嘴一抬手，把叶子扔进嘴里压在舌根底下。

"通信员，你们老大呢？"卫启双眉紧皱，紧张且急促地大声喊。

吴庆辉听到，从一棵树上面跳下来，拍拍手走向卫启。

卫启抓住吴庆辉的胳膊，惊恐地望向他们那一半人去的方向：

"他们都消失了！"

卫启带着吴庆辉来到刚刚他们停止的地方。四周除了植被空空如也，本来该二四抱着的录音机翻了个个儿倒在一棵树下，四周的草地上还有被人踩踏过的痕迹。

卫启惊魂未定，躲在吴庆辉后面颤抖着说："又出现了，铜锣声又出现了！"

卫启说，刚刚二四发现录音机开始记录他们没有听到的声音，就叫停了所有人。他们静静地等待，直到五六分钟后，录音机停止，二四将刚刚录下的声音播放出来。磁带一点点转动，但是他们也没有听见录音机里有什么声音传出来。

二四开始怀疑是录音机坏了，于是将录音机拆开检查了一遍，确定录音机功能良好。有人怀疑是不是二四的改造有误，二四坚信自己没错，就决定做一个实验证明。他叫一个队员开始说话，另一个队员击打自己的水壶，制造比说话声音要大的敲击声。然后二四启动录音机，录下一段后，播放给大家听。

大家先是听到了说话的队员的声音，清晰明了。继续听，却未闻敲击声。敲击声的发出只比说话声慢五秒左右，但是大家等了大概十秒钟，敲击声还是没有出来。

大家更疑惑了，难道二四的改造技术已经高超到能让录音机选择性录制声音？

二四不理会大家的玩笑，举起螺丝刀打算拆掉录音机再检查一遍，手还没有碰到，录音机里就放出了一段他们从未听过的声音。

那声音空旷持久，低沉绵长，余音不绝，连绵相叠，前音略清脆，而后好似在一个小空间内回响共鸣，接着持续地向外蔓延开。那声音从录音机里一波一波散出来，散向天空和大地，散向树木和人群，像是水充满容器，声音充满整个山林，将大家都裹挟在其中。

卫启听到声音的那一刻，就意识到这个声音就是当初他们灭完山火从山上撤下来的时候听到的声音！他刚要开口提醒大家，却发现……

吴庆辉静静注视着卫启，见卫启讲着讲着眼神突然从他身上移动到他身后某一处，先是眯了眯眼，然后猛地一睁，突然停住，双眼放空，好似丢了魂。

吴庆辉拍拍他的肩膀问："继续啊，你发现什么了？"

卫启没反应，吴庆辉又问了一次，卫启迟缓地转向吴庆辉，正好和吴庆辉的眼神对上，他看见吴庆辉眼睛里映出的自己，猛抖一下，立刻回神。

"你发现了什么，快说。"吴庆辉第三次问他。

卫启咽了咽口水，快速说："我看到他们都不见了！"

"一下子就不见了？"

"……对！一下子就不见了，立刻就消失了！"

卫启回神后的每一句，都是吼着说出来的。吴庆辉挠了挠自己被震得嗡嗡响的耳朵，正要招呼姜洋过来，刚一转身，一个背包直直地朝着他的面门砸过来，他伸手一抓，惯性后仰，躺倒在地上。

他撑起胳膊，一句粗话正要喷出，却见刚刚站在他旁边的卫启被扑倒出去，离他有两米多远，一头精瘦像羊一样的东西正压在他上面，两只后肢跪坐在他的胸脯上，死死地将卫启按住，前肢撑在卫启的头两边。它靠着后肢不断起身又落下，整个重量都集中在头部，频频将头部往卫启的脸上砸去。卫启被砸得不敢睁眼，尖叫不断，两只手不断抓挠那东西的四肢，那东西却依旧分毫不动，持续着砸桩的动作。

吴庆辉脑中的弦一下绷紧，一个后滚翻靠近，拔出身上的工兵铲，全力朝那东西的背部狠敲一记，那东西正在仰起身子蓄力，挨了一铲，直接往前扑去，头上的角砸在地面上别断了一只，呈跪姿在地上滑出一段距离。

吴庆辉的手都麻了，他拉起卫启，卫启咳嗽一声，喷出一大口血。他捂着胸腔，整个人面朝下坠去。吴庆辉和跑过来的姜洋赶紧一人抓住他的一只胳膊往上提，想把他扶起来，卫启立刻仰头发出一声痛苦的嘶吼。

"将他放平，别动他了。"吴庆辉立刻说。卫启躺平在草地上，他解开卫启的外套，手轻轻地在卫启的胸脯上面按压，卫启疼得一颤一颤。

吴庆辉摸到卫启的胸脯里断掉的骨头的短茬，轻轻一压就往下陷。

"胸骨断了，他走不了了。"吴庆辉皱眉说，"那只羊的后肢很发达，大家小心！"

旁边一个队员指着刚刚那东西，瞳孔放大，不可置信："那……那东西，不是羊！"

大家齐齐看去，看见那东西正爬起来，对着他们，眼睛充血，像是一双天生的红眸。可能是被砸晕了，它晃了晃脑袋，大家得以看清它的面部——它没有嘴！它鼻子下面的皮肤一直连接到下巴处，中间完整到一条线都没有，它的下巴像是光滑的锥形。它大幅度喘气，不断扩大的鼻孔在没有嘴的三角脸上有一种说不出来的畸形感。

哪只羊会没有嘴？所有人都屏住呼吸，不知是出于镇静还是害怕。

"羊"死死盯着吴庆辉，后肢往下弯曲蓄力。突然，它猛地一跃，朝吴庆辉扑过来！

吴庆辉以右脚为轴急速旋转避开"羊"，"羊"角划过，在他的外套上擦出一条很深的白印。

"快躲起来！"吴庆辉冲其他人喊。

周围人往四处窜去，"噌噌噌"全上了树。姜洋把卫启拉到有录音机的那棵树下，躲在树后，不敢出声。

"羊"没有碰到吴庆辉，再次蓄力，电光石火之间又猛跳过来，吴庆辉掉头就跑，"羊"又扑了个空，摔倒在地，爬起来穷追不舍。它像是一只青蛙一样跳着前进，一跳两米远，立马就要追上吴庆辉。

还有不到两米！"羊"似乎觉得自己胜券在握，从鼻孔里发出沉闷的嘶叫声，闻者毛骨悚然。它继续奋力一跳！

"老大！"姜洋惊叫出声。

吴庆辉一点不慌，掐准时机后退几步跪地后仰，再次一个后滚翻往后翻去，"羊"从他的头顶跳过，正好砸在他刚刚跪下的地方，另一只完整的角狠狠砸在地面上，再次断裂。

吴庆辉丝毫不敢停，冲树上的人吼："撒网！"

他接住抛下来的网，快速在地面上布好网，然后捡了一块石头，朝那只"羊"砸过去，"羊"怒目圆睁，顶着一长一短的两只断角朝吴庆辉冲了过来，吴庆辉拔腿就往大网那边跑，吹了一声口哨提醒大家，就在"羊"踩中网的那一瞬间，树上的人一拉绳子，将"羊"网起，吊在半空中。它的后肢从网格中掉出来，没有了支点，再也跳不起来。

吴庆辉累得上不来气，掏出腰间的水壶灌了好几口水。大家这才敢爬下树，好奇地围过来。

姜洋痴迷地绕着这玩意转了好几圈，从背包里掏出本子开始临摹："太神奇了，竟然有一种生物没有嘴，这只得带回北京好好研究！"

吴庆辉拍了一下姜洋的脑袋："谢我，老子腿都要跑断了。"

姜洋眼睛就没离开过那东西，嘴里敷衍："谢谢老大！诶，你们说，它没嘴，怎么吃东西？"

没人回答他。"羊"被吊起来后，离开了结实的陆地就没了自己的优势，四肢在空中愣愣地吊着，就一双鼻孔还在出气，一双眼睛还冒着红光。

吴庆辉把这东西交给姜洋处理，他打算去问问卫启如何了。

卫启躺在地上，视线有限，看不见有人朝他这边走过来。

吴庆辉走过去，很快发现不对劲——卫启躺在地上，缓缓地用背支撑着往树底下挪动，身上剧烈的疼痛让他脸部狰狞。他伸手，靠近树底下的录音机，手指即将戳到播放键。

吴庆辉感觉不妙，大吼："别动！"

迟了，"吧嗒"一声，播放键被按下去，磁带开始转动。

一阵缓慢而沉重的声音缓缓传出来，和李队所描述的铜锣声一模一样。一圈一圈扩散开来的音波进入每个人的耳朵，空旷持久，低沉绵长，余音不绝，连绵相叠，所有人都感觉自己的每一个细胞、每一束纤维都开始放松。

吴庆辉感觉自己的四肢渐渐无力，大脑运转不起来，昏昏欲睡，他倒在地上，合上眼的前一秒，他看见自己的队员也慢慢倒地，那只不明生物不知怎么的直接穿透大网，轻盈落地，一跳一跳地远去，消失在他不断模糊的视野中。

第三章 一百年前的信

等吴庆辉醒过来的时候，夜幕已至。他扶着周围的树干勉强站了起来，往周围一看，身边一个人也没有，再抬头，悬挂的大网也不翼而飞。他跑到刚刚卫启躺的那棵树下，人和录音机都不见了。

兴许是头上的树叶太过茂密，月光照射不下来，周围什么都看不见。吴庆辉想找手电筒，才想起来自己在被那个无嘴怪追的时候早就扔掉了背包。

身无一物，吴庆辉不敢贸然移动，等力气大致恢复了，才爬上树，藏在树枝当中，睁着眼，毫无困意。他开始梳理今天发生的一切。

他想起刚刚卫启播放了录音机里的声音。如果那就是当时二四做实验录的声音的话，那就说明环境中有这种声音。但当时两队分开不远，如果二四他们能听到，他和姜洋那队应该也能听到，但是一直到卫启找到他们之前，四周什么声音也没有，这和卫启说的相一致。

等等，卫启和他说话的时候，曾经看向了他的身后，而且震惊到忘了自己在说什么，自己反复问他，他才说二四他们是忽然不见的。但是这肯定不是卫启想告诉他们的说法，他一定是看见了什么足以让他震惊的东西，所以忘了自己本来要说什么，最后才慌不择言给出了一个那么荒唐的解释。卫启很善于观察，十来个人一下子消失，他不可能没注意到。

吴庆辉下了树，在树下回想自己当时和卫启的站位，发现卫启当时看的就是正南方。他往南方一步一步地探去。肉眼能看到的东西不会太远，应该就在附近。

大约走了四五米，吴庆辉还是什么都没找到，正疑惑着，突然踩空，他一瞬间失重，顺着坡滚了下去。

坡很陡，吴庆辉几乎是垂直地落了下去，幸亏中途被坡上斜生出来的树枝挡了两三下，他落地的时候才不至于昏死过去。

吴庆辉两眼冒金星，他咬牙坐起来，一睁眼，面前十几个人齐刷刷望着自己，最前面的那个人目瞪口呆，手上的碗"咣当"落在了地上。

那个饭碗的主人是姜洋，面对"从天而降"的吴庆辉，他大哭着跑过去抱住他："老大！"

吴庆辉猝不及防，被勒得直翻白眼："你哭丧呢！放手！"

有人拉开姜洋，把吴庆辉扶起来，吴庆辉一看，正是二四。吴庆辉往四周一看，一群人都端着饭盆围在自己身边眼泪汪汪，全是红旗救援队的人。吴庆辉觉得此时此景不像是林间重逢，反而更像在自己的葬礼上，正吃着席的队员们突然被拉起来吊唁死者。

吴庆辉环顾一周，没有看到那个十五岁的少年："卫启呢？"

姜洋抹着眼泪问："什么起？起哪儿去啊？"

"少贫，那小子在哪？"

姜洋和二四蹙眉对视，不知道他们老大在胡言乱语什么："谁，老大你找谁？"

吴庆辉看着两个人脸上毫不掩饰的疑惑，心里一抖，觉得好像有点不对劲。

"咱们上山的时候，李队派来的那个给我们带路的小子，卫启，你和他还交谈过。"

姜洋真不知道吴庆辉在说什么："老大你不会摔傻了吧，上山的路只有一条，还需要人给我们带路？"

吴庆辉突然感觉头疼欲裂，旁边的二四赶紧去喊睡觉的队医，他一走，吴庆辉这才从人群的豁口里注意到外面的景色。火堆能照亮的地方，全是一片黢黑，断掉的木桩只剩根部还紧紧扎入地下，上面落了厚厚一层黑灰色的灰烬。吴庆辉不敢相信自己的眼睛，抓起一位队员手中的手电筒，手脚并用爬起来去看周围，目之所及一棵树都没有，全部化成灰烬散落在四处，一片灰蒙蒙。他回头看向自己滚下来的山坡，光束照不到最上面，但是他预感到上面也是一片已经烧毁的景象。

二四带着队医走来，吴庆辉拒绝了队医，抓住二四问："我们上山后，到底发生了什么？"

二四知道吴庆辉倔，必须要问明白才肯就医，于是快速而简短地说给他听。

上山后，他们开始搜寻是否还有幸存者，一个多小时后还是没有任何结果，吴庆辉就打算让大家休息休息再继续。就在这时，他们耳边响起了铜锣声，和那种民间所奏的节奏不同，这个铜锣声节奏很慢，上一声的余声几乎快结束的时候，下一声才响起来。低节奏的铜锣声莫名地让大家感到身心放松，赶了一天路的队员们坐在地上都昏昏欲睡。正当大家快要闭上眼睛的时候，吴庆辉突然从地上跳起来，一声招呼都不打，拔腿就往山林深处跑去。大家都以为吴庆辉是发现了什么，便都赶紧跟上，却发现他越跑越快，没一个人能追得上，最后只能气喘吁吁地看着吴庆辉的身影消失在了山林深处。

"再然后，我们翻过山顶过来找你，连带那些消失的人一起搜寻，一直找到现在，大家来不及下山，就找了个地方打算在这里歇一晚上。然后，你就跳下来了。"

吴庆辉直视着二四，二四的眼神纯净，一点都不躲闪。

"……那录音机呢？你们用录音机录音没？"吴庆辉问。

二四点头，但又很快摇头："录了，但是什么都没有。"

吴庆辉脑子很乱，头更疼了，他不得不抓住二四作支撑："你把录音机拿过来让我听听。"

二四走不开，喊姜洋，姜洋动作迅速，没一会儿，吴庆辉就听见了磁带里的内容——空无一物。

等到磁带转到末尾，"咔"一声停止了，吴庆辉突然脑子空空，不知道怎么反应。

十分钟后，吴庆辉坐在篝火旁，捧着一碗热汤，和大家讲了自己意识中所发生的事。

姜洋一直皱着眉，担忧地看着吴庆辉："老大，你不会真的得了什么病了吧，记忆错乱？"

吴庆辉把喝完汤的碗扔给姜洋："滚远点，洗碗去。"

边上的队医摸了摸吴庆辉的头部，说："老大，不排除你摔下来的时候损伤到脑子的风险，但是这个得回去拍片子才知道。"

吴庆辉想了想："但是我刚刚并没有昏迷的症状。不对，刚刚在上面醒来之前，也有可能处在昏迷的状态里。"

姜洋洗完碗回来又插了一句："老大，你记忆错乱的时候碰到的那个无嘴怪也太可怕了吧，幸好不是真的。"

"书呆子"二四边擦自己的眼镜边说："《山海经》里有记录，无嘴怪名犩，据记载，生活在洵山中，是一种外形像羊的野兽。"

吴庆辉沉默，过了一会儿猛地起身："我去南边看看。既然我是按照错乱记忆中的南方找到的你们，也许南方可能真的有点什么。"

可能是现在的吴庆辉显得有点神经质，大家都没拦他，并且根据以往出任务的经验来看，他们老大的直觉一向很准。

二四戴上擦亮的眼镜，抓着手电筒跟了上去。两人一直按着指南针的方向走，一路上目之所及皆是大火烧过的痕迹。差不多走出一公里，什么都没有，吴庆辉正要怀疑自己，旁边的二四突然猛烈晃动他的胳膊，手电筒一直绕着前面的东西："老大快看！"

吴庆辉顺着光柱看过去，看清后瞪大眼睛，几步跑过去。

一片灰烬中，突兀地立着一棵完整的大树，在周围一片残破中高大得很不真实，它的树冠肆意散开，像是大大的一面蒲扇。

两人甚至以为自己出现了幻觉，使劲揉揉眼睛，树还在。

两个人绕着树转了一圈，发现树的另一面有很大的一个洞，大到可以将头伸进去。二四往里一照，深不见底。手电光晃到一个黄色的东西，两个人立刻注意到，好像是纸一类的东西。

吴庆辉伸手去够，却发现那纸片好像是在树洞里最接近地平面的地方，两个人都掏不出来，就立刻跑回去将大家都叫过来，用尽各种办法将这棵树弄成两半。

高大的树冠倒下的时候，里面大量暗棕色的木屑飞出，带出里面枯朽的味道。

"呵，枯而不倒，挺顽强。"姜洋点评。

里面黄色的东西终于被取出来了，吴庆辉捏住边角，缓缓摊开，发现是一张破碎的信纸，里面夹了一串带着灰絮的红穗子。

吴庆辉觉得这里面肯定还有东西，叫人继续往下挖。

大约挖了半米，一铲子下去，磕在一个硬质东西上，发出闷闷的一声，大家相顾一笑，知道挖到了东西。刨开上层的土，一个红色的木箱子露了出来。

"呵！红楠木！"姜洋识货，惊叹道。

箱子没锁，轻而易举就被打开，露出里面的东西。

一对铜锣，很亮的黄铜色，看不出年份，上面缠着一根红绳，红绳末尾散开，可能那就是红穗子本来该在的地方。吴庆辉屏住呼吸，戴着手套，小心翼翼地将铜锣搬出来。

铜锣一取出来，就露出下面的一封信。信的表面已经风化，差点就和里面的信纸黏在一起取不出来了。队伍里的一名退休警察有技术，完整地将信纸和信封分开。他将刚开始树洞中的那片纸拼上去，一封写得密密麻麻的信呈现在大家眼前。

没有一个人动，大家看着突然挖出来的这些东西，不敢相信。

吴庆辉上前，念出了信中的内容。

"我叫梁众异。作为一个失忆过的人，我必须将每时每刻发生的事情记录下来，毕竟谁也说不准失忆这玩意儿会不会再发生一次。万幸，我只失忆了三年，万幸中的不幸，是沧海桑田般的三年。"

吴庆辉将信中内容缓缓道来，所有人都竖起耳朵听着，困意全无。

信中说，梁众异在前几天才从一片树林中醒来。他目之所及全是树，不知道这是哪。他翻身爬起来，不断往前走，最后走到那片树林的边缘，也就是一处悬崖边，他才发现，自己是在一座山上。山下是他长大的小村子。

梁众异拼命往下跑，一双布鞋跑掉了，脚底板血肉模糊，但他没停，回家的渴望战胜了疼痛。梁众异写道，当时他醒来之后，脑子一片空白，对周围的一切都感到陌生。他听见脑海中有一个声音不断喊着"梁众异"，估计就是在喊他，他就叫梁众异。

一路狂奔到了村子外，梁众异放慢脚步，站在外面，不知为何有点不敢进去。

村口有几个孩子在撒尿和泥巴，看到大汗淋漓光着脚的梁众异，跑过来，问："你为什么不穿鞋？你家也和我家一样穷吗？"

梁众异低头一看，小孩也没穿鞋。

家……家……

梁众异反复念着这个字，拔腿继续跑，脚下的土地无比陌生，心中却泛起即将归家的喜悦。

所有景色倒退着，他对周围惊诧的目光视而不见，最后停在一个破烂的木门前。木门前的野花开得正盛，梁众异记起以前他娘总是喜欢摘下来别在鬓边。他弯腰采了一朵红色的，推开木门，跳过门槛跑进去。

一路奔到堂屋正中央，梁众异大喊："爹，娘，我回来了！"

他闭上眼睛张开手臂渴望被拥抱，很久过去了，怀中却空空如也。梁众异睁开眼，看见一个老人拄着拐杖，慢慢地从偏房里一步一步挪过来。老人看着有八十多岁了，弯着腰，下巴的胡子一抖一抖的。

这是他的……祖父。梁众异脑海里蹦出这么一个判断。

梁众异又看了看两边，想看看爹娘什么时候出来迎接他。他没看见其他的人，目光最后停在正前方，堂屋上位上点了三炷香，中间五个木制灵牌，走近一看，最中间两个写着爹娘的名字，后面三个则写着自己姐姐和弟弟的名字。

祖父挪了过来，不知道是皮肤太过松弛，堆积形成的褶皱阻碍了他五官的动作，还是他本来心里就没什么波动，他的脸上面无表情，空洞的眼睛望着他。

梁众异指着灵牌问："他们都死了？什么时候死的？"他觉得面对突然死去的父母，自己应该感觉到撕心裂肺的痛，但是他的内心却只有淡淡的一丝情感划过。

祖父不回答，只是盯着梁众异看。

梁众异又问了一遍。

祖父慢慢抬手，指指自己的嘴巴，指指自己的耳朵，手掌摊开手心面向他，轻轻晃了两下。

梁众异这才明白，自己的爹娘早已不在世，面前的祖父也是半聋半哑。可是他脑子里明明记得自己有一个很美满的家庭，怎么会突然变成这样呢？他为什么会出现在山上？他突然发现，自己只知道这里是他家，桌子上供着他爹娘，面前的是他的祖父，除了这些，其他一概不知。

自己失忆了？

梁众异脑子里空空如也，一点线索都没有。他看了看灵牌，觉得自己作为死者的儿子应该做点什么，就把折下来的花埋到灵牌前面香坛的灰里。他感到浑身疲惫，走进一间屋子，便躺在床板上沉沉睡去。

第二天醒了之后，梁众异把灵牌擦了擦，续了三炷香，出门溜了一圈。

漫步在村子里，梁众异感到既熟悉又陌生。他的记忆里，他在这里生活了很多年，但是他看到、闻到、摸到所产生的对这里的感觉，又是无比陌生。村子里的人好像也不认识他。梁众异走到哪，大家把他盯到哪，头凑在一块叽叽喳喳地议论他。

后来梁众异每天都出去溜一圈，和大家随便聊两句。不是他故意想和他们套近乎，只是家里待不住。面对着家里五个灵位，他不怎么难过，却也不愿承认自己是个薄情的不孝子。家里的祖父也不会和他说话，只在每天起床的时候看着他，出门的时候看着他，回去的时候看着他。

至于和大家说什么，什么都说。梁众异把自己脑子里记得的东西都说了出来。很神奇，在这个过程中，别人说的越多，他记起来的越多，好似他的记忆是依靠着更多关于这里的故事来恢复的。

为了恢复全部记忆，梁众异每天就去得更勤了。

四天后，赶上了村子里三年一度的大祭祀节，梁众异代表梁家去上香。

梁众异在祭祀的祠堂里，见到了一面巨大无比的铜锣，那大小和村长家里磨豆子的那个石磨的磨盘一样大。圆圆的金色的大锣悬挂在祠堂东面的墙上，大锣旁边，纸糊的窗户外面，刚刚升起的太阳被一层云遮盖着，暗沉的阳光照进来，逆光的锣被模糊了边界，不太清晰。

看着大锣，梁众异仿佛听见了大锣敲起的声音，脑海中突然想起了三年前的故事。

三年前，梁众异十五岁，生活在山海关外，长白山余脉下的一个村子。关于这面大锣，村里一直流传着一个故事。

十几年前，村里比现在还穷。换货郎每三个月来一次，带来的是些从很远的县上买来的东西，吃穿用都有，其中不乏稀奇玩意。

有一次快过年的时候，换货郎快要来了。村里有一个调皮的孩子想要换货郎藏在衣服最里面的牛舌糖，但是他家穷得都揭不开锅了，没什么东西去换，更何况那牛舌糖连换货郎都舍不得吃，也只是在路上走乏了舔一舔，自然不能随随便便拿一个普通物件换走。

但是小孩馋，馋得睡不着觉，便起了坏心思，想偷村里祠堂墙上挂着的那面大锣去换。他出去的那天晚上被自己的爹娘发现了，爹娘赶紧去找，到了祠堂里，见小娃娃已经头身分离，被扔在铜锣下面。墙上之前不知道什么年代留下的不知名血迹变得通红，直到第二天做了场法事才暗下去。

村里德高望重的老人说，那血是邪兽的血。本来他们不想告诉村里人这件事，但没想到出了人命，只好说出来。他们从上一代老人那就听说这面锣只能供着，碰不得，更别说去敲。一旦敲响，无数精怪和邪祟便会从天上飞下来，从地底钻出来，在村子里大开杀戒，吃人肉喝人血，不管男女老少美丑善恶，都要进它们的嘴。

这件事出了之后，没人再敢靠近祠堂。十几年来村里一直口口相传，大家都不敢碰那面锣，胆小的更是连看都不敢看。十几年后，也就是梁众异十五岁的时候，一个人敲响了它。

第四章　皮影怪人

　　梁众异生活的村子处在长白山余脉脚下，位置偏，没什么经济来源。村民们靠山吃山，种了一辈子田。那个关于祠堂的传说牢牢刻在每个村民的脑中，即使不辨真假，也没人敢去碰那面铜锣。

　　梁众异十五岁的时候，有人在全村人的注视下，敲响了那面锣。

　　敲响铜锣的是个村民们应该认识，但是却不认识的人。"叫我灰爷就行"，这是他的自我介绍。别人开玩笑真这么喊他的时候，他应承得也理所当然，好似他就是村里一个德高望重的"爷"。他的脸上永远都是脏兮兮的，头发结成一块。好像不舍得洗脸洗头。他的身上总披着一件大皮袄，那上面的毛看不出是从什么动物身上扒下来的，每时每刻都保持着光滑润泽，和他的脸很不衬。村里的人说，他是把洗脸洗头的水都拿来洗皮袄了。

　　关于他的说法都是大家猜测的。他是突然有一天就出现在村子里的，当时村里有一家娶媳妇，大摆宴席，他闲庭信步地走到席上，落下屁股，盘起腿，就开始大快朵颐，和大家喝成一片。

　　从那天开始，他就住在了村里。他说自己就是村子里的人。

　　面对灰爷，梁众异肯定自己以前从没见过他，而看他的年纪应该得是梁众异父辈的。他去问村里其他人，大家却都说："确实，他是村子里的人。"但他若是继续追问，这个人以前是干什么的，以前住哪，又没一个人说得上来。人们只知道他确实是村子里的人，但是对他其他的信息，好像都不记得了。

梁众异觉得很奇怪，既然是村子里的人，怎么不知道他的基本信息。正处于少年时期的梁众异好奇心很重，跑去问他的爹娘，他们当时挥着锄头在地里除草，草草敷衍了梁众异，叫他帮他们干活。梁众异只能去问祖父，他年纪大，应该知道得多。

梁家院子里，梁众异把问题用细木棒写在地上，再用最大的声音念给祖父听。

梁众异本来也没抱什么希望，因为祖父以前一直都不会回答他的任何问题，他曾经以为是他耳朵不太好的原因，但后来发现他可能就是不喜欢理自己——对于一个偷菜贼，他都能气冲冲地骂人。面对梁众异，他却一言不发。

梁众异写着喊着，看着祖父的脸，希望能从中看到一点表情变化或者嘴巴张开的趋势。但是他等了五分钟，一如往常，祖父除了眨眼，其他什么动作都没有。

他只好放弃，烦躁地用脚在地上蹭了两下，将字蹭掉，掉头要出门去，这时祖父突然抬起拐杖打了打他的小腿。然后用拐杖抵住他的后背，阴沉沉地开口道："掉头，去屋里。"

祖父一反常态，变得极为严肃。

梁众异照做，祖父的拐杖就一直顶在他的后背上。进了屋子，祖父的拐杖换了个方向，指了指床上一个包裹，冷冰冰地对梁众异说："你拿着东西走吧，不要再回来。"

梁众异以为自己的耳朵出了问题，但是祖父的眼神坚定，黑色的瞳孔散发出让人不容置疑的威信。见他不动，祖父用拐杖挑起包裹，扔到梁众异的身上，然后用拐杖猛地打向梁众异，一下接着一下，每一下都加重了力道，不断落在梁众异的脖子、胳膊、肚子、小腿上。梁众异疼得连声"哎哟哎哟"地叫。为了逃开拐杖的攻击范围，他只好跳出了门，脚刚一落地，两扇木门"咣当"就合上了，带起的疾风像一个巴掌扇在他迷茫的脸上。

梁众异不知所措，只好又去田里找他爹娘。站在田埂上，他在一片无垠的绿色稻苗中并没有看到他们的身影，巧的是，刚刚田里其他做活的人也不见了。

梁众异不知道去哪，在家门侧边的土路上游荡。一阵疾跑声慢慢靠近，是和他玩得好的小臭子。小臭子正急着往前赶，看见梁众异坐在这，拐了个弯跑过来，吼："芝麻，坐着干啥呢？走，看热闹去！"

梁众异吐出嘴里的草，问他："有啥热闹啊？"

"灰爷要敲锣，就那个祠堂里的锣！村里的人都去看了，走走走，咱也去瞅瞅。"

他跑过来将梁众异拽走，梁众异瞪着眼睛，惊讶地问："那锣敲了不是会有邪物跑出来吗？"

"谁知道呢，你跑快点！"

梁众异觉得肯定是自己做梦，要不然怎么这么多让人匪夷所思的事情一下子都涌过来了。

小臭子一路拉着他马不停蹄地跑到祠堂，祠堂外面果然围了乌泱泱的一圈人，门口那条土路踩踏得比平时平坦了不少。两个少年猫着腰，凭借着纤细的身骨从一群大人之间钻进去，挤到了最前面。

祠堂里平时为了省灯油，村长不让点这么多灯，而如今却灯火通明，到处挂着长长短短的红布，装饰得像是谁家办喜事一样。灰爷穿着他那件从来没有换过的大皮袄，像一头大棕熊，低头背对着大家。他手里拿着一根用红色方巾包裹的棒槌，约有大臂粗细。

灰爷一动不动，门口等待的村民们议论声越来越大。大家下午听了村长放出通知的时候，全都大吃一惊，手上的农活都不干了，纷纷表示不同意。大家聚集在村长家里，大喊大叫表示自己的反对，谁都听说过那个传说——一个才五六岁的娃娃因为碰了铜锣，活生生地被扯断了脖子。

村长当时只说了一句话，就说服了所有人。

"灰爷其实是江秦神降世，他说的话，我们必须要听。"

江秦神，是流传于村里的另外一个传说。传说几百年前，村口出现了一个神秘的婴儿，婴儿后脖颈刻着"江秦"二字。村里人将婴儿捡进来，就把"江秦"唤作了他的名字。江秦穿着百家衣，吃着百家饭，长到十五岁的时候失踪了。后来，村民在一座山上找到了他，江秦躺在一片玉石珠宝中睡得很香。人们欣喜若狂，将江秦和珠玉都带了回去。后来江秦又失踪了很多次，每一次人们都能在找到他的地方发现很多财宝。等到第五次江秦被找到时，江秦突然飞到空中，全身散发着佛光。他说他本是天上的神仙，见他们太穷，就化作婴儿下来帮了他们一把。只要他们保持纯真善良，他就还会来。

这个故事世代相传，渐渐地，所有人都盼望着这个传说是真的，希望江秦神再次降临，指引着他们找到珠宝财富。

"灰爷的脖子后面就刻着'江秦'二字！"村长眉飞色舞地说，"灰爷说，只要敲响铜锣，他就能依靠锣声的传播找到珠宝的位置。"

村民放下手里挥舞的锄头和镰刀，纷纷喜极而泣，抱头痛哭，抱怨江秦神为何不早点来，让他们受了这么多年的苦和穷。

此时人群最前面的梁众异，听小臭子讲完了村长家里发生的事，却不太敢相信灰爷是神仙，哪个神仙不洗头洗脸？

小臭子不理会梁众异的玩笑话，他也目不转睛地盯着那个大棒槌，嘴中念念有词："我娘说，等江秦神找到珠宝了，就送我去县里上学，芝麻，我俩一块去吧。"

梁众异刚想反驳他县里也没学上，周围的烛火却突然熄灭了，刚刚还背对着村民的灰爷突然腾空到了半空中，足足有两层楼那么高。他的大皮袄散开，像鸟的一双翅膀。人群中发出惊呼声，全都"扑通"跪在了地上，朝着天上的灰爷开始敬拜。

灰爷慢慢地在空中移动，渐渐飞到了大锣的旁边，梁众异这才发现他们早就把祠堂的房顶拆了。

灰爷举起棒槌，瞄向大锣，意欲挥手一掷，大家纷纷屏住呼吸，生怕一会儿影响到锣声的传播。灰爷又比了比棒槌的位置，转头看了一圈下面跪着的一群人，眼神在每个人的身上都停留了几秒，突然说："这个锣，下一次还要再敲，而这个敲锣人，就从你们当中挑选。"

所有人都抬起头来，期待地望着灰爷。没有缘由地，看看灰爷顶着一头"鸡窝"披着一身长毛飞在半空中，再看看地上一群人闪闪发光的眼睛，梁众异觉得很好笑，一不小心没憋住，他"扑哧"一声，真的笑出来了。

糟糕！梁众异立马捂住嘴，深深地埋下头去，不敢看周围人。

这时，空中的灰爷说了句："就你了。"

周围鸦雀无声，梁众异感觉到旁边的小臭子拉了拉自己的裤脚，他试探性地抬头，冷不防看见灰爷粗圆的手指在半空中遥遥地指向自己。

自己是被选中了？

梁众异还没反应过来，后面一只大手猛地掐住他的脖子，将他往地上压："还不快磕头谢恩！"声音沙哑，是祖父。

梁众异刚要磕头，"咣咣咣"，一阵木棍敲击石板的声音急促响起，一个人拨开重重人群，来到他身边，一把抓住他的胳膊，愤怒地质问梁众异："我不是让你走了吗？"

声音同样沙哑。

梁众异扭头一看，抓着他胳膊的，也是祖父。他一只手拄着拐，一只手拉着自己。

但他脖子上被人掐住的感觉还在。梁众异再转头，掐着他脖子的，还是祖父，一只手拄拐，一只手掐他。

左边拉着他的和后边掐住他的人都在，而且都是他的祖父。

梁众异使劲揉了几下眼睛，又转头去看，还是两张祖父的脸，他们各自对着梁众异叫喊着。

"我不是让你走了吗？"来自左边，手把他往门外面扯。

"还不快磕头谢恩！"来自后方，手把他往下按。

"我不是让你走了吗？"

"还不快磕头谢恩！"

"我不是让你……""还不磕头……"

"我不是……""还不……"

"我不是还不……"

两个声音交错着不断在梁众异耳边接连浮现，仿佛带着尖锐的倒刺往他耳朵里冲，他望着一模一样的两个人，脑子里开始产生莫大的恐惧感。耳边开始出现耳鸣，脑子里很多东西在慢慢消失。

梁众异抬头看着天上的灰爷，灰爷挥起胳膊，朝着大锣扔出了棒槌。

梁众异看见锣面在经历了剧烈撞击后开始剧烈颤动，铺天盖地的、震耳欲聋的铜锣声向他袭来，目之所及的人都露出沉醉的表情。他感觉那声音从耳朵钻进脑袋，将他脑袋里所有的白浆全部挤了出来。

但梁众异已经感觉不到疼痛了，他闭上了眼睛，陷入了沉睡。

醒来后，三年的时间已经悄然过去。

村长念悼词的声音传入梁众异的耳朵，将他从突然回归的记忆中拉回，所有人开始排着队上香，梁众异透过缭绕的烟雾看向那面侧墙上的铜锣。它静静地挂在那，好像无事发生。

手里不知道被谁塞了三支香，梁众异按照每天早上给他爹娘上香的样子把香点上，鞠了三躬，离开了祠堂。

梁众异回家后，祖父坐在院子里晒太阳。他这才发现，祖父不管是在屋里睡觉的朝向还是现在坐的位置朝向，全都朝着祠堂。

梁众异一走过去，祖父就开始盯着他，眼神就从没离开过，一如既往。梁众异直视着祖父，看着他脸上的道道沟壑，下垂的眼睑，凸起的眼袋，满脸的黑斑。

这张脸就和三年前在祠堂里那两个人的脸一样。

梁众异搬了一张矮凳子坐在祖父旁边，祖父扭头继续看他，身子还朝着祠堂。

"我今天去了祠堂，看见了铜锣，想起来三年前的事情。"梁众异也望着祠堂的方向，突然和祖父说。

祖父没动。

"三年前，铜锣敲响之后，发生了什么？"梁众异继续问。

祖父还是没动。

"你如果不说，我就再去敲锣，自己看看敲响了会发生什么，反正灰爷指定我为下一个敲锣人。"梁众异拿来墙根的一把锄头，卸下铁制的头部，找了一块方布包裹上去，制作出一个锣锤。

找绳子捆方布的时候，祖父清了清嗓子，终于开口了。

"三年前，铜锣敲响，大家兴奋到了极点，开始向外跑去，追随着锣声传播的方向。灰爷将他们全部拦住，说只有他知道锣声往哪边传，大家去追，没用。他还说，七天之后，他找到珠玉埋藏之地，自会离去。离去三年后，他仍会和这次一样，改头换面再次回来，为大家寻找财物。为了交换，他需要带走下一个敲锣人，也就是你。七天之后，灰爷和你都消失了。"

"那珠玉呢？"梁众异环顾周围破烂的茅草房，"三年之内就被你们花光了？"

祖父苦笑："没有什么珠玉，等我们发现灰爷离开后，顺着灰爷说的地址找去，连半颗金珠子都没找见。"

梁众异后面根据祖父所说的话，又问了村子里的其他人，梳理出了当年他失忆前的事情。

外出寻宝的那群人刚走到村口，铜锣声突然又响起，和七天前祠堂里敲响的铜锣声一样。大家都以为灰爷又回来敲锣，赶到祠堂，只见空无一人。他们刚要离开，却看见无数蓝绿色的光点大片大片飘过来，飘向村内，四处散开。大家都觉得，那东西很像鬼火。

自那晚起，村子里就一直怪事不断。

第一年，雨水充沛的情况下，大家颗粒无收。

第二年，村子里的狗每半个月就要狂叫一晚上，第二天总会有一只死在自家房门背后。

第三年，降生的婴儿中有超过一半都是怪胎。

除去这样的事情，其他怪事也频频发生。而梁众异的爹娘，也是因为这样的怪事而死。

第二年过年的时候，梁众异的爹娘梦见江秦神给他们托梦，说他们的儿子在天上实在思念他们，希望他们上来与梁众异团聚。于是父母带着一家人跳河而死。祖父走得慢，还没走到河边就被人劝了回去。

一时接收的信息太多，梁众异在屋子里闷了好几天。他不知道接下来自己该如何，祖父从那天说了那些话以后，再也没有说过其他的，只是继续盯着他看。

梁众异对自己父母的死因很怀疑，既然江秦神都没有为他们找到珠玉，为什么爹娘还要信他的托梦呢？梁众异找不到答案，整日躲在屋里。

最后把他叫出房门的，是三年前那个名叫"小臭子"的死讯。小臭子和梁众异是发小，从小俩人关系最好。

那日梁众异躺在床上发呆，忽然听见外面传来悲痛的哭声，掀开窗户一看，是小臭子的爹娘，两个人一前一后抬着一个木板，木板上用白布盖着一个人。两个人边走边哭，哭声十分惨痛，眼泪鼻涕混在一起顺着双颊流下来。

梁众异感到不妙，忙跑出去，正好遇上小臭子爹娘抬着木板从他家房门口过。许是泪水糊了眼，抬前头的小臭子爹没注意到路中央的一块大石头，一脚踩上去，结结实实地摔了一跤，木板一倾斜，上面的东西滑下来，白布被风吹开，露出里面人形的东西。

一具烧过的尸体，出奇的黑，上面凹凸不平的皮肤全都紧紧地黏在了骨头上，整个身形无比纤细。梁众异吓得倒吸一口凉气，飘香的熟肉气息钻进他的鼻孔，他不禁感到肚子里一阵翻腾，弯腰去吐的时候，瞅见尸体上没烧掉的那排牙齿中，大门牙上有个豁口。

小臭子的大门牙上也有个相同形状的豁口。

梁众异浑身僵住，腿一软，坐到了地上。

小臭子的爹娘把小臭子的尸体重新放在木板上，继续往家走。

梁众异看了看小臭子爹娘走过来的方向，那条路只通向一个地方——村中央的活动场地，这几天，一个外来的皮影师在里头表演。算了算，这个月的前几天，除了消失已久的梁众异回家了和皮影师进村之外，别的事都不算怪事。

但是后来梁众异也发现了，皮影师做的皮影，也可以杀人。

第五章　火烧祠堂

那日梁众异目睹了死去的小臭子的惨容，进屋以后，一直辗转反侧，闭不上眼。

前几日还和他打招呼的人，今天就以那副惨状死去。梁众异睡不着觉，拿了抹布去擦拭爹娘的牌位以缓解心中的烦躁。爹娘的名字工整地刻在木制牌位上，想到爹娘死得如此不明不白、怪诞荒谬，梁众异更烦躁了。

梁众异看着灵牌，脑子里不停思索。

父母跳河而死，算是村里的一件怪事，那小臭子被烧死，不就也有可能是这个月的怪事吗？细数下来这个月才过去几天，村子里一直风平浪静，难不成小臭子成了这次的牺牲品？小臭子明显是在外面被烧死的，但是昨天村子里并没有听说失火过。十七八岁的小伙子也过了玩火的年纪，不可能是自己烧死了自己，很大概率是被人放火所烧。

梁众异一拍脑门，认为可能性很大，决定去探查一番。

小臭子家中，尸体被他的爹娘抬到了屋子里，梁众异扒着窗户看见两个半百老人面对着黑黢黢的、辨不出五官的尸体不停抹眼泪。

"早知道不叫他去看戏了！"小臭子娘哭着说。

"早知道不叫他去看戏了。"她又重复了一遍。

"早知道不叫他去看戏了……"小臭子娘不断重复着这句话。

梁众异听着小臭子娘一遍一遍地念着那句话，声音越来越小，最后几乎轻不可闻，只看见她的嘴唇一动一动的，目光呆滞。

梁众异不忍心再进去打扰，何况他已经得到了重要信息：看戏。

小臭子娘所说的戏，是村子里的皮影戏。一周前，一个自称来自秦岭一带的人背着两个大木箱子进了村，他在村里暂居下来，给大家表演了两场皮影戏。对于偏远闭塞的村子来说，这两场皮影戏精彩纷呈，比他们的生活有趣得多，于是大家纷纷着了迷，都期待着第三场演出。

梁众异没赶上前两场，但一直听别人说那演出多么多么有趣。按照小臭子娘的说法，小臭子是在看完皮影戏之后出事的。那一场皮影戏在五天前，这五天之内又发生了什么？

梁众异知道自己光想是不可能知道真相的，他打算第二天再去问问细节。

然而，还没等梁众异去问出个一二三，村子里的祠堂却着了一场大火。

从小臭子家返回的第二天，梁众异是被一片嘈杂的跑步声吵醒的，他出门一看，村民们全都抱着水桶，急匆匆地跑向祠堂的方向。还没等他反应过来，有人一巴掌拍在梁众异的背上："别愣着了，祠堂着火了，快救火！"

"着火了？"梁众异彻底清醒，从灶房里提起一桶水跟在大部队的后面往祠堂奔去。

梁众异跑到祠堂，这才发现火势大到几乎无法控制，整个土建的祠堂都被火吞没，房顶盖的干茅草烧得尤其猛烈，一股浓烟滚滚而上。村民们提着水桶不断奔走，有人要冲进去抢救出里面的牌位，被人拉住，坐在地上捶地泄愤。

梁众异拉住一个村民问："怎么会突然着火？"

那人说："不知道，堂师也不知道去哪了！"

火势越烧越大，小河离祠堂有段距离，大家来回运水都跑得气喘吁吁，却好像根本无济于事。梁众异观察了愈烧愈旺的大火，心中起了疑。他找到祠堂里洒扫的村民，问："祠堂里放了什么？"

村民一拍脑袋："完了！放置香火供纸的仓房前几日房顶破了大洞，堂师害怕万一下大雪浸湿香烛纸钱，叫我们统统搬到祠堂里了。"

梁众异明白了，怪不得火越灭越大，里面燃烧物充足，灭得了才怪。

他深呼吸两口，仔细一想，如果能将易燃的东西全部搬出去，土制的房子除了房顶的横梁以外，没了其他的易燃品，很快就会自己熄火。

梁众异四处瞅了瞅，将自己的外套脱下，再捡起地上一张大布，全部在水桶里浸湿，然后裹在自己身上。他将袖子扯下来裹住自己的口鼻和头顶，只露个眼睛看路。

一切准备就绪，梁众异正要往里冲，有人一下子拉住了他，他回头一看，竟然是小臭子娘。

"芝麻，你要干啥？"小臭子娘死死攥住梁众异的手臂，皱眉咬牙道，"会死人的，你不要去！"

农村妇女的手劲大，梁众异挣不开，嘴蒙着湿布，只能"呜呜呜"地干着急。眼看着前方的火越来越大，噼里啪啦的燃烧声不断挑动着梁众异脑袋里的每一根筋。不论梁众异怎么挣扎，小臭子娘就是不撒手。

几乎是一瞬间，梁众异感觉到什么东西擦着他耳边飞过，扎在他旁边的小臭子娘的脖子上，小臭子娘整个人一怔，表情凝固，然后眉目慢慢舒展，闭上眼睛倒了下去。

梁众异大惊，仔细一看，是一根银针扎在小臭子娘的脖子上。他往刚刚银针飞来的方向扫了一眼，那是一片茂密的山林，放眼望去只有层层叠叠的树木。

顾不得了，梁众异提起一桶水，转身跑入火中。

祠堂不大，本来走到临时放置香烛纸钱的木柜子那要不了几步，但是火烧了有一会儿，不少头顶的横梁纷纷倒塌，横在房子的正中央。梁众异不得不绕路过去，同时还要注意随时会砸下来的其他木材。

梁众异迅速在祠堂的左室找到了那些香烛纸钱。那些香烛纸钱摞得比梁众异还要高一个头，足足占据了半个屋子，梁众异站在那堆东西面前，后背几乎要靠到了墙上。

村里什么时候买得起这么多香火物件了？梁众异觉得不符合常理，靠近一摸，立刻发现端倪。他手一伸，将外层的一沓纸钱抽出，里面露出了塞得紧实的稻草。

梁众异又连着抽出三四沓，发现所有的纸钱背后，无一例外都是干燥的稻草。他加快速度，抽出半面多，这一面终于支撑不住，纸钱纷纷坍塌。

梁众异看着面前露出的塞得没有一点空隙的稻草，倒吸一口气。这些纸钱外面看着有多少，里面的稻草就有多少。所有香烛纸钱都只是稻草的一个遮掩罢了。

梁众异弯着腰忍着酷热，跑到相对称的右室去一看，几近绝望地发现，右室也是满满一屋用香烛纸钱掩盖的稻草。

有人故意要烧掉整个祠堂！

梁众异满头冒汗。经过这一番寻找，他外面裹布的水分已经蒸发，重量减轻许多，而里面的外套可能也坚持不了多久。头上裹的布也不知道什么时候掉了，梁众异只感觉自己的头皮热得又痒又难受。

原本的计划失败，要想把这些燃烧物搬出去，起码得要几十个人，在目前的情况下明显不可能。现在看来，有人故意要烧掉这座祠堂。

祠堂没救了，如果自己待下去，恐怕也要命丧于此。

梁众异对着放骨灰的墙拜了一拜，心里暗道："拜拜了，列祖列宗，反正你们都死了，也不差烧这一回。"

正要转身，梁众异突然瞥到供桌后面露出一只脚。

外面有人已经开始喊梁众异的名字。梁众异一咬牙，跳进刚刚提进来的水桶，让自己身上的衣服再次整个都浸湿，然后直接从横在供桌和他之间的一根燃烧的断木上跳过去，跑到供桌后一看，竟是祠堂的堂师，他晕倒在地上，不省人事。

梁众异抓起堂师往门口走，又被拦在断木面前，他抱起堂师，将他往另一边奋力一扔，然后自己又故技重施跳过去，扛起堂师，一咬牙，奋力往门口冲。

大家看到梁众异要出来了，急忙加大水力泼灭门框上的火。

梁众异顺利跑出，但也是筋疲力尽，堂师从梁众异的背上咕噜噜滚到了泥地里。

"别泼水了！救不了的，左右两室塞满了稻草。"梁众异无奈地说。他口干舌燥，脸上也火烧火燎，索性直接把头埋进旁边的木桶里。

大家听了梁众异的话，愣在原地，一下子都泄了气，大口大口地喘着，抱着桶，站在烧得正旺的祠堂外，愣愣地看着巨大的火苗在半空中摇晃飞舞。

突然，梁众异感到脖子一凉，一滴冷冷的水滴在上面，然后是第二滴，第三滴。

他从木桶里拔出头，往天上望去。不知何时天上已经聚拢过来大片的乌云，点点雨滴落下，须臾之间，便转化为倾盆大雨，哗啦哗啦地往下泻。

雨水流淌在每个村民的脸上，雨势很大，大家都觉得雨滴砸到身上有隐隐的痛感。瓢泼大雨中，火竟然就这么灭了。

村长家中，泥土大院里，村长坐在最中间，几个上了年纪的人跷着二郎腿随意坐在两边，一堆人共同看向院子正中央的一张稻草席子，席子上躺着瘦骨嶙峋的堂师。院子角落还站着一个人，正是挂着拐的梁众异。那日从火中逃出，梁众异才发现自己崴脚了。

今天村子里有话语权的人都齐聚村长家中，对失职的堂师进行讯问和审判。

梁众异因为当时冲锋陷阵救下重要证人，被赐予特殊权力——旁听。

堂师因为吸入过多烟尘睡了一天一夜，第二天才悠悠转醒。醒来后，他整个人蜷缩在一起，不住地发抖，像是吃了软骨散一样，根本坐不起来。此时他卧在草席上，算是稍微清醒了一点。

村长咳嗽一声，开口问："为啥会失火？"

堂师低着头不回答。

"屋子里的稻草是谁放的？"

还是不回答。

"不说话，是不是！"村长抓起手边的茶杯砸到堂师的身上，堂师被砸得一抖，缓缓抬头，好像根本没听见周围的人说话，他在一圈人中看了又看，好像在寻找什么。

终于，他看向一个方向，村长一众人顺着他的眼神看去，梁众异此时正靠在拐杖上，坦坦荡荡地对上堂师的眼神。

谁也没注意到原本站都站不起来的堂师会突然跳起来冲向梁众异，他一把掐住梁众异的脖子，龇牙咧嘴地尖声叫道："为什么要救我！就差一步了，就差一步了！"

梁众异被掐得不住干呕。他本来想躲，没想到忘了自己脚崴了，一碰地就疼，疼得他往前一倒刚好把自己脖子送到堂师手里。

那边坐着的人吓得赶紧过来扒堂师的手，却发现好几个人都掰不动瘦瘦的堂师，堂师瘦到只剩骨头的手死死地掐住梁众异的脖子，梁众异眼看着就要喘不上气，一翻白眼差点断气，堂师突然浑身一抖，整个儿僵住了，然后整个人变得软塌，好像所有力气瞬间都散了，手从梁众异脖子上滑下去，像是没骨头的人，瘫在了地上。

梁众异大吸一口气，顿觉眼前一黑，浑身无力，也倒了下去。而这时，他余光瞥见堂师脖子上有一根细细的银针。梁众异赶紧伸手假装探鼻息，将银针拔下，藏入袖中。

两根针并列着摆放在枕头上，梁众异盘腿坐在床上，抱着胳膊沉思。

第一根针，让小臭子他娘将自己放开，自己刚好得以进入燃烧的祠堂。

第二根针，是在堂师即将掐死自己的时候。

这两根针大抵是帮他的。也不一定，为什么帮他？

梁众异捻着两根针，放在眼前细细地看，没看出来有什么特别的。这两根针比家里平常见到的针细很多长很多，也很轻，从远处将这么一根针射过来，是怎么做到的？

梁众异想不出来，拿布把两根针包起来，藏在了床铺底下，想了想，还是揣在身上稳妥。

藏好银针，梁众异又去了祠堂一趟。

当时从火场出来后，情况紧急，梁众异根本没来得及回想当时堂师有什么不同。今早堂师掐住自己之前吼的那句"就差一步了"，打开了梁众异的思路。

这场祠堂的大火，估计是为了烧死堂师自己，从而完成一件事情。

堂师当时晕倒在供桌后面，供桌离门口不到五米，如果燃起大火，堂师完全有机会逃跑，而不是被烟雾呛晕过去，而且即使是被呛晕过去，也不会倒在供桌的后面，那就只有一个可能，堂师是主动待在供桌后面，等待大火将自己烧死的。

为什么挑这个地方，梁众异觉得很有意思。要想死得快，藏房梁上或者稻草里烧得更快更方便，供桌一面对着土墙，不通风，怎么都不像是他的最佳选择。

那就只有一种解释，供桌后面有重要的东西。

来到祠堂外面，梁众异望着面前灰黑的断壁残垣，心里暗叹那天的惊险。不知不觉中，他发现自己变得胆大心细，思维敏捷。但是在他的记忆里，他的前十五年过得就是最平淡的生活，和所有村子里的小孩一样，他上不起学，只认识几个字，早早跟着爹娘下地种田，根本没有经历过什么大事的经验。

可能是失去记忆的三年内发生了什么吧。梁众异猜测着，腿已经迈入了祠堂内。

供桌后面，梁众异到处查看翻找，什么都没有，最后在桌子背面摸到了凹凸不平的刻痕。他将桌子翻过来，发现不大的桌板面上，密密麻麻刻了有上百字。

梁众异扫了一眼，所有字他都认识。

等等，他不是没上过学，识不了几个字吗？

梁众异顾不得思索，开始辨读刻字。

百来字，只说了一件事：我按照你的要求祭祀了五个人，等成功了，做好的皮影里，要有一个，是我。

上面还写了五个人名，第四个是小臭子的大名，第五个是堂师。

皮影，皮影，梁众异默念。

又和皮影有关。堂师按照谁的要求祭祀了五个人，会是皮影师吗？

梁众异将这些刻字中涉及的人名全都记下来，然后将供桌按照原来的样子摆放好。他又绕到当时摆满稻草的左室，房间里所有的稻草全都被清除出去了，现在空无一物。

按当时在祠堂帮忙的村民所说，祠堂所储存的香烛纸钱只有两三箱，大概就是当时梁众异看到的表面上的那么多。在大家将两三箱存货搬到屋里后，其他什么也没搬进来，平常也没什么人能进来。祠堂因为有那口大锣的原因，除了祭祖活动，白天来的人很少，更别说晚上。

梁众异问了门口当班守门的村民，他们在大火烧起来的前几天也并没有看到有什么其他可疑的人进入过祠堂。

祠堂的大锣像一面镜子，照出梁众异慢慢走出祠堂的身影。

从祠堂出来后，梁众异在村子里一打听，果然，供桌背面所刻的那几个人，全都是烧死的。可能是那几天自己在家里待得太久，压根儿不知道村里有人去世的事情。那几个人大多是十七八岁的小伙子小姑娘，去看了皮影戏后就变得疯疯癫癫，口不能食，夜不能寐，天天将自己藏在屋里，再没个正常样。

一般疯个两天，这些人就会莫名其妙地消失，等到家人在村里各个地方找到的时候，这些人已经被烧得黢黑，辨不出五官了。

村里人都穷，就在自己平常耕种的田里挖个坑埋了，没人买得起棺材，也没人立墓碑，顶多挑个直溜的长条木板子，上面写上死者的名字，连一个像样的葬礼都办不起。

村民给梁众异指了指远处田里多出的几个坟包："呐，都在那里呢。"

梁众异望着新堆起的坟包，和普通的土包并无二样。

一番打听下来，梁众异心里也算有些眉目了，正打算拍拍屁股走人，从村长家那边又跑过来一个善打听的，献宝似的又带来一个消息。

"堂师死了！"

第六章　被扒皮的尸体

梁众异刚打听清楚，除小臭子之外其他三个人是怎么死的，这下一个人竟然也死了。堂师死的消息被村里一个向来消息灵通的中年男人带过来，让还没来得及从"情报团"离开的梁众异刚好撞上。

听村里的人说，这个人原来是县里的教书先生，教书的时候打了县长的儿子，就被"安排"到这个村子里来，结果村子里没有学校，他也自然而然就失业了。就算不教书了，他鼻梁上架的那副厚瓶底眼镜也从没摘过，村里人就干脆叫他"瓶底儿"。

梁众异听了堂师被烧死的消息，心里大惊，忙将"瓶底儿"请到人群中央，问道："什么时候死的，怎么死的？"

"瓶底儿"利索地说道："就在歇晌儿的时候，活生生被烧死的。连带村长家的猪圈也遭殃了，小猪崽受惊，冲出了院门，一路冲到了祠堂里，结果将祠堂里墙冲倒下去，露出好长一条密道，后面的人来抓猪，那小猪崽可机灵，钻进密道口，三两下就跑不见了，后面的人也跟着钻，生生卡在了洞口。"

梁众异一拍大腿，心中暗道："对啊，密道！自己怎么没想到！"

周围的人纷纷追问："接下来呢？"

"瓶底儿"刚要说，突然紧紧闭住嘴，往村长家的方向看了一眼，含糊道："接下来我就不知道了，有的事情，少知道为好！"说罢，一甩手，推开众人走了。

梁众异跟在"瓶底儿"后面，等离开了其他人的视线，把村长奖励自己的好烟拆开，抽出几根放在那人手上，谄媚地笑："叔，我好奇，你就给我讲讲呗。"

"瓶底儿"摩挲着梁众异递过来的那几根烟，一眼就看出这烟比平常他们抽的自制卷烟滋味好得多。他咂巴咂巴嘴，便把烟往自己兜里揣，说道："芝麻你这太客气了，你问啥叔还能不告诉你？"

梁众异直言不讳："叔，堂师具体怎么被烧死的，你知道吗？"

"瓶底儿"想了想，不敢说，手贴着自己兜里的烟又不想再掏出来，一闭眼："实话跟你说吧，那屋里的火是突然就着的，上一秒还好好的，下一秒浓烟就冲到了天上，这时候再去灭火，就来不及啦。堂师被关在村长家的柴房里，里面柴火多，还上了锁，还没等到人过来救火，直接就把堂师烧得透透的。"

梁众异正疑惑火为什么突然就着了，就见"瓶底儿"向自己伸手。

"干啥？"梁众异没明白。

"瓶底儿"贼兮兮地说："我还知道一件事，想不想听？"他的眼睛不断往梁众异的上衣兜瞥。

梁众异哑然失笑，掏出一整盒烟砸在他手上。

"瓶底儿"麻溜地竹筒倒豆子般全说了："我当时可真真切切地看见了，一块带血的皮被小猪崽叼着带出来，那块皮子上，文着三叶忍冬纹。"说着，他自己抖了三抖。

梁众异不知道什么叫三叶忍冬纹，硬拉着"瓶底儿"给他画，"瓶底儿"大惊："这你都不知道？我们村子里的堂师在上任之前都要文这个。"

"瓶底儿"草草地拿树枝在地上画了个大概，还没等梁众异仔细看看，又急忙抹乱，拍拍梁众异的肩："别告诉别人这是我给你说的！"话毕，他捂着兜里的香烟一溜烟跑了。

梁众异已经定住了，他记得上次将堂师从火中救出来的时候，衣衫不整下，堂师背上的文身曾经露出来过。

如果"瓶底儿"没说谎，那么堂师在死之前，很有可能被人扒掉了背上的皮，人皮被小猪崽当作吃的叼走，这才让"瓶底儿"看到。

烧之前还需要扒皮，梁众异被自己的推断吓得浑身发抖。堂师是供桌背后的最后一个名字，如果说烧之前扒皮是祭祀的特定仪式的话，那么连带小臭子，前面死掉的人是否都被扒掉了一块皮？

扒皮做什么呢，难道单纯就是特定的仪式？他们被扒掉皮的位置，都在背上吗？

梁众异隐隐觉得，自己需要知道那几个人死的时候身上是否被扒皮，扒的是哪。

梁众异赶到了小臭子家，小臭子爹娘没去地里，坐在门口发呆。

梁众异小心翼翼地打了招呼，措辞了好久，才问出："叔，姨，小臭子的身上，有没有不对劲的地方？"

小臭子爹娘愣愣地转过头来，疑惑地问："小臭子怎么不对劲了？他去县里上学了，没不对劲。"

梁众异一愣，不知道下一句接什么。

小臭子爹娘笑了，慈善地看着梁众异："他去县里上学了，马上就回来了，等他回来了我让他去找你。"

梁众异明白了，两个老人受不住打击，疯了。他环顾四周，发现牛棚里的牛不见了。梁众异想起来刚刚有人和他说过："可惜了，小臭子家刚把牛卖了，凑了钱送小臭子去县里上学，下周，没想到人没了。"

梁众异将两位老人送进门里，掩上门，放轻脚步离开了。

剩下几个人的家里，梁众异都一一去问了，皆一无所获，甚至还有一家情绪激动到不分青红皂白就将梁众异打了一顿。

被最后一家打出来以后，梁众异坐在田埂上，万分沮丧下，才发觉自己肚子空空。他起身朝自己家田里走去，想摘两个果儿吃。

天色已黑，田间只有些爬藤架和庄稼作物的影子，天地无光，寂静无声。梁众异这才觉得在如此的氛围之下，四周耸起的几个坟包有点瘆人。恍惚之间，梁众异好像在其中一个坟包旁边看见一个矮小的身影。那身影望着梁众异一动不动，梁众异头皮发麻，定在原地，不知所措。阵阵凉风吹过，梁众异差点一个腿软跪下。

突然，那个身影往远离梁众异的方向走了走，拾起地上的一个木棍似的东西，不一会儿，传过来窸窸窣窣的挖土声，一铲接着一铲，在空旷的田野中毫无阻拦地传到梁众异的耳中。

梁众异刚刚心里泛起的怖意瞬间化为乌有，哪个鬼刨坟还要亲自挖土？看来刚刚那人估计是挖累了，背对着自己，靠在坟包上休息呢。

梁众异蹑手蹑脚地走过去，藏近了一点。他判断出那个坟包一定是小臭子的，因为旁边就是小臭子家的地。

别看那人矮，挖起土来可快得很，不一会儿头就到了地平面以下。梁众异一直看不清对方的相貌，只觉得此人有点古怪。说他是大人，个头不到一米，说他是小孩，挖土的力气和速度与年龄不匹配。

梁众异不敢轻举妄动，又等了十多分钟，终于等到里面挖土的声音停止，不一会儿，他的背上托着个东西，艰难地往上爬。

梁众异定睛一看，那形状不正是小臭子的尸体！

那人将比自己高出半个身子的尸体背在身上，往上爬的时候略显艰难。那人手脚并用爬上地面，停歇了一会儿，放下尸体，然后开始将他挖出来的土填回去，整个过程熟练而迅速。

梁众异一直等到那人做完所有的事，直到那人又背着尸体往另一方向走去。顺着那个方向看去，全是茫茫的田地和荒野，没有一个人住在那边。

那人不慌不忙，在黑夜中无声前进，梁众异脱了鞋，保持着一段距离跟上。

一路上，梁众异走得胆战心惊，在后面走走停停。大概走了三四里地之后，他再一次等候了一会儿，再次抬头，却看见一望无际的田野上空空如也，半个人影都不见。

梁众异吓得立刻伏下身子去，躲在一堆辣椒丛里往外看，还是什么都看不见。他还转头看了看自己的身后，什么都没有。

等了好一会儿，周围还是什么动静都没有，梁众异爬起来，在自己最后一眼看见那个人时，那人所处的位置上来来回回踱步，难不成他就突然飞走了？

梁众异毫无头绪，突然，刚刚踏出的左脚往底下一陷，梁众异赶紧稳住自己的身形，把陷下去的那块上面的草扒开，没想到一块土块也随着移动起来。梁众异心弦一动，蹲下去，用手轻轻扒开那一块的土地表面，再用手往下挖了大概一指宽的土，一块铁皮赫然露出来。

梁众异将铁皮往下按了按，铁皮立马凹下去，说明这下面是空的。

梁众异环顾了一下漆黑一片的四周，人烟稀少，如果自己喊叫，估计没有人会听见。他深吸一口气，定了定神，从周围捡了一块大石头握在手中，拉开了铁板。

下面是幽深的一条空道，竖直向下，不知道通向何处。土墙壁上有凸出的钢筋，只露出半个手掌么长，两三根并在一块，组成一个脚蹬，依次往下延伸。

望着深不见底的空道，梁众异不知是进还是不进。

万般纠结后，梁众异在周围留了一个石头拼成的印迹，然后转身就走。

等明天大白天，他多准备点武器再来吧，在这只进不出的地道里，谁知道会发生什么？

梁众异迈开腿，一边安慰自己，说自己不是尿，只是考虑周全罢了。心里正念念有词，突然感觉自己脚底一松，脚下的土地没了支撑力，他整个人迅速往下坠。

在一片飞扬的尘土中，梁众异一屁股摔结实了，抬头一看，自己竟然掉进了地下。他在松软的泥土中滚了一圈，手脚并用爬起来，发现自己处在一个密道中。再往左边一看，一个不高的人正守在一个竖直向上的洞口前，手上举着铁锹。那个方位，正是刚刚那个空道的正下方。

梁众异暗叹，幸亏他尿了，要是从空道爬下来，刚一露头还不得被人一铁锹拍死。

那个矮人似乎也没想到梁众异突然从坍塌的地方掉下来，愣了一愣，和梁众异一对视，抓起铁锹就奔过来，梁众异心里一沉，大叫一声，想往上爬，奈何松软的泥土没有一个着力点，梁众异挠了半天给自己脸上挠了一堆泥土碎渣，看着那人越来越近，梁众异放弃上面，转身向右边狂奔。

梁众异根本不知道自己在跑向哪，只知道一路狂奔，面前只有一望无际的黑暗，不知道在这个地下密道到底跑了多久，梁众异终于碰到了一个岔路口，他随机选择了一个。

接下来的岔路口出奇的多，梁众异隐隐觉得自己进入的是一个巨大的迷宫，他只能像只无头苍蝇一样到处乱窜，后面的人一直紧追不舍。

情急之下，在下一个岔路口的时候，梁众异从包里摸出一块石子，往左手边一扔。

那人穷追不舍，又到了新的岔路口，他刚刚听见左边有很明显的石子滚动的声音，冷笑，猜到这是梁众异扰乱他判断的小把戏，自己偏不上当，向右转弯追去。

看着那人举着比自己还高的铁锹跑远，梁众异从左边露出头来，得意扬扬。他估计这人不会往扔石头的方向追，所以他特地走了这个方向。

没了那人的追逐，梁众异这才来得及好好观察周围。

从周围的土的表面形态来看，梁众异估计这个密道是在很久之前挖的。

这个密道会和祠堂那条密道一样吗？梁众异摸索着往前走。突然，他感觉自己的胸口上有什么东西在挠他，他低头一看，衣服都被轻微地顶了起来。

梁众异想起自己衣服的内口袋里，放置着那两根银针。他将其拿出来，发现果然是银针在动，好似受到了什么召唤，银针左右摆动起来，然后停在了一个方向。梁众异看到银针的尖头直直指着自己的正前方，也是整个密道的北方。

梁众异没明白是什么意思，但他试着将银针转了个方向，银针晃了两下，又停留在密道的西方，银针不动，他转动，银针又开始摇摆，再次指向北方。

梁众异有点明白了，这银针，在给他指示方向。只是这个方向通向哪，就不一定了。

后面突然传来急促的脚步声，估计是那人找过来了。脚步声如鼓点，一点一点敲击在梁众异的心上，梁众异一咬牙，朝着银针指示的方向奔去。

不论是他走到哪个岔路口，只要稍等一两秒，银针都会给出一个具体的方向。梁众异一直按照银针的指示往前跑。

大概又过了十多个岔路口，梁众异在里面转得头晕，这时梁众异隐隐看到了橙色的火光，刚好银针也指向火光那边，难道他快出去了？

他正要往那边跑，却看见相反的方向，不知什么时候出现了一道铁门。铁门前面，摆着小臭子的尸体。

梁众异进退两难，又想快点离开这个鬼地方，却又被那个铁门所吸引。

看样子那个人是想把小臭子的尸体放在这个铁门之后，但是还没来得及搬进去，就发现了梁众异这个不速之客，所以那人才急匆匆地暂时将小臭子的尸体放在这里，拿着铁锹想先解决掉梁众异。

这后面一定有关键线索。

梁众异将银针一收，重新揣进怀里，走向铁门。铁门的锁就挂在上面，估计那人也没来得及锁，梁众异推门就进去了。他反身将门锁上，这才来得及去看室内的陈设。

仔细一看，梁众异的五脏六腑全部冰冷，然后在身体里翻腾起来，他双腿发软，双手无力，瞪大眼睛，捂住嘴，一下子瘫坐在地上。

整个房间很大，天花板上吊着的电灯打开了零零散散几个，幽暗的、惨白的灯光洒在左半边靠墙垒成山的尸体上，那些尸体层层叠叠，大约有一米多高，每一具尸体都没有头，脖子的切割面，让他想起了发霉的香肠的切割面。最右边，是无数的木架子，木架子上放着玻璃器皿，蓝绿色的水里，泡着一个又一个切开的头，梁众异能看到里面密密麻麻的弯曲的血管还是神经之类的东西。中间放着两张桌子，一张桌子上放着各式各样的刀具，大的有一米多长，小的只有小拇指大小，各个都清洗得反光，另一张桌子上，放着各式各样的小玻璃器皿，器皿里不知装的是什么奇奇怪怪的血肉组织。

整个房间，左边鲜血四溅，右边却整齐划一，像是一个分裂的人整理出来的房间。

梁众异默念着"阿弥陀佛"之类，颤颤巍巍地从地上站起来，想立刻从这里出去，他瞥见了几个玻璃罐里还没切割的脑子，认出那是和小臭子一样被烧死的那几个人的脸！

梁众异知道自己应该去看看，可能自己所寻找的答案可以在这里找到。他按捺住心理和生理上强烈的不适，迈开腿僵硬地往前走去。

仔细一看，确实是那几个人的头。梁众异看向左边的尸堆，猜测可能和小臭子一样，他们死后，尸体下葬，却被那个小矮人重新挖起来，然后将他们的脑袋割下来泡在水里，尸身扔在一边。

那祭祀名单上的人的尸身，不就在这尸堆之上吗？

梁众异在房间的角落里找到一只木质长耙，将尸堆最上面的五具尸体扒拉下来，尸身咕噜咕噜滚下来，最后停在梁众异脚边。

梁众异看着尸体的腐烂程度，不禁感叹，还得是他们这天气冷，要不然尸体腐烂了，这还能看？

没有头，梁众异也辨认不出到底哪三个是祭祀名单上的人的尸体，只能一一将其翻到背朝天的状态。果真，凑近看，梁众异就发现其中三具的背部燃烧程度大有不同，大概有一面毛巾那么大的面积呈肉烧焦的棕黑色，旁边的皮肤就是焦黑色，前者颜色要更浅一些。

棕黑色的面积，就是被扒皮的面积。

五具中，三具都有这样的特征，那只有可能是被扒皮的那三具，而且，被扒皮的位置，都是在背部。

梁众异觉得自己不虚此行。

第七章　第三场戏

梁众异望着木架子上密密麻麻的玻璃器皿，里面切开的人脑像是一件精美的藏品，他发现所有的脑子都是被沿着鼻梁切开，放置在两个相邻的玻璃器皿中。除了那几个祭祀名单上的人，他还看见了许多熟悉的脸，但就是想不起来是谁。

咚咚咚！

梁众异正在辨认玻璃器皿里的半张脸，门外忽地响起猛烈急促的敲门声。

"开门！你不要碰里面的东西！什么都好谈！"外面的人吼道。

梁众异抓起木耙，嗓子干咽了咽。外面的人似乎因为听不到回应开始狂躁起来，不知道拿了什么东西开始撞击铁门。铁门和周围墙上之间的合页上的锚栓开始剧烈晃动，其中一颗"吧嗒"落地，昭示着这扇门撑不了多久。

梁众异慌了，他掏出银针希望能在这空间中给他指出一条明路，结果银针一动不动，静静地躺在梁众异的手心。

梁众异暗骂，左右环顾，不知如何。一声一声的撞击声混合着外面那人狂躁的叫声不断传进来。

"哐——"门被撞开了，上面所有的锚栓纷纷落地，小矮人将手上一人粗的铁桶挡在自己身前，环顾一下，室内目之所及之处没有人，两边的尸堆和玻璃器皿都完好无损。

小矮人一步一步挪进来，顺着墙壁来到一处，敲敲石壁，旁边露出一个小空间，他伸手进去，好像是拉了什么机关，又将小空间敲了回去。屋子里一下亮堂了起来，所有角落都被照亮。接着他来到放各种刀的桌子面前，挑了一把，握在手上，一列一列地搜寻每个木架子中间。

他从头走到尾，都没有发现有人。正奇怪着，他忽然注意到尸堆那边，有具尸体脚底板表面的颜色和其他的都不一样。

小矮人正疑惑着，却见那具尸体突然将上层的尸体一拨，手脚并用地往前一爬，跳下尸堆，在地上滚了两转，往门口跑去。仔细一看，那正是刚刚的闯入者！

奈何小矮人这时已经走到了整个房间的最里面，也是离门最远的地方，他拔腿就追，却只能眼睁睁地看着梁众异逃出门去。

梁众异刚刚是迫不得已才脱掉身上的厚衣服，包裹住自己的头部，钻进了尸堆，将刚刚那几个扒拉下来的尸身盖在自己身上。当小矮人进来的时候，有头的他在尸堆里显得格外突兀，于是他就往尸体的脚下缩了缩，将自己的脑袋藏进去，再加上衣服的包裹，就看不太出来。等小矮人走到里面，他这才敢爬起来往外跑。

他将银针提前握在手里，银针一出房间又迅速转动，指向了他进门前的反方向。

梁众异再不敢犹豫，直直地奔过去，拐过弯，却发现又是和刚刚那个空间一样，底下放置着一盏灯，顺着灯往上散发的光，一道嵌有脚蹬的空道延伸而上。

梁众异将银针叼在嘴里，纵身一跃，抓住钢筋往上爬，噌噌噌上了好几级，越往上越感觉到刺骨的寒冷。小矮人穷追不舍，也跟着爬了上来。

等到下方的灯源远到看不见，梁众异也感觉自己头顶到了一块铁皮，他喜出望外，伸出不断哆嗦的手使劲将铁皮向上掀起，左腿爬上地面，然后将自己整个人都翻了上去。

他躺在地平面上大口喘着气，发现自己正躺在一片河堤之上。梁众异正要起身离开这个洞口，却被人抓住脚腕，他大叫一声，朝自己的脚一看，正是那个小矮人。这一刻，他才清楚地看到小矮人的面貌，小矮人的脸上满是皱纹，根本就不是小孩的面容。

"哇呀呀！"梁众异的呼吸一瞬间停滞，他猛烈地蹬着双腿，那人就抓紧了不松手，使劲将梁众异往空道里拽，一张脸因为过度用力皱了起来，显得格外狰狞。

就在梁众异感觉到自己不断往下滑，下半身将要完全陷下去的时候，一根银针突然飞过，扎在小矮人的手上，小矮人的五指一下松开，呈鸡爪状开始痉挛，带着整个手臂开始抖动。梁众异立刻抽开自己的脚踝，爬起来头也不回地顺着河堤跑去。

小矮人不甘心地在铁板上猛捶一记，盖上铁板，缩了下去。

梁众异心有余悸，转头去看银针飞来的方向，一个小木房子安然伫立在河边，窗户上的白布刚好放下，一个人影若隐若现，倏忽间就消失了。

这银针难道是那个人影所放？

梁众异辨认出这就是那个皮影师搭建的小木房子。如果这银针是他所放，那这人不就帮了自己三次？

但是在供桌后，堂师所刻的文字中，那个让他拿人命搞祭祀的人，是不是皮影师呢？

用银针帮他，拿人命祭祀，这两件事难道真的都是皮影师所为吗？

梁众异想，这第三场皮影戏，自己怎么也得去看看了。

从那天起，梁众异也加入了等待第三场皮影戏的队伍当中，有事没事，都去和村里几个乡亲一块去河边遛遛，看看有没有下一场皮影戏的消息。

等待的第三天，梁众异去河边打水，远远地就看见木房子上有片白色的东西在风中飘着，走近，一个布告，上面用毛笔写着四个大字。

"今夜有戏。"

再一看，木房子旁边用矮凳子占了许多座位。梁众异一个激灵，手里正打水的桶也顾不上拉回来，任由其顺水漂走，拔腿就往家里跑，抓起一个凳子，又跑过来，把最中央的一个凳子往旁边挪了挪，自己的放在最中间。

梁众异觉得今天真是度日如年的一天，他从来没有如此盼望过夜晚的到来。

梁众异赶到河边的时候，大家都已经坐得密密麻麻。

乌云掩月，冷风四起。平常在这样的天气里，大家都喜欢窝在自家的热炕上早早睡了。但今天不同。吃完晚饭后，村里走得动路的都兴冲冲地往河边去了。河堤上早早就搭起了一个四四方方的木头房子，房子的正中央挖空，用白布蒙住，一束暖光放置在白布的后面。房子前面，村民找到自己白天拿凳子占的位子，坐下去边聊天边等待白布后面的人出现。

梁众异的小板凳被挤到了外面，散架成一个板子和四条腿，可怜兮兮地等待着自己的主人来把它捡回去。

木房子里突然传来一阵窸窸窣窣的声音，好似在翻找道具之类的。白布后面一个影子点燃两盏油灯，冷风吹过，火苗摇曳，那个瘦瘦的影子也跟着摇。

梁众异拎着自己散架的凳子站在人群最后面，一个大娘好心地说："那人还有多余的凳子，你可以去借一个。"

"谁啊？"梁众异不知道大娘说的那人是谁。

"就那个耍皮影戏的，之前小臭子没凳子，就是跟他借的。"

梁众异猛地低头看大娘，大娘继续说："小臭子的板凳拿来占座，不知道为啥，老丢，两次都和那人借过凳子。"

梁众异笑了："行，那我就去问问。"

来到小房子门口，他摸了摸自己兜里用石片磨成的短刀，拎着自己散架的板凳，在小木房子的侧面轻轻扣了三下。

里面丁零咣当的声音还没有停止，也没有人出来开门，梁众异又扣了三下。

"吱"一声，木门轻轻往里移了一个小缝，里面的香味铺天盖地冲出来，冲得梁众异连连咳嗽。一个人侧对着梁众异，一只脚别住门缝，手指翻飞，似乎在缝制什么东西，他目不转睛地盯着手上，对叩门者毫不关心。

那个人的另外一侧应该放了两盏油灯，刚好他的身子挡在油灯前面，梁众异看不清他的侧脸和身形，却发现这个人的胳膊十分健硕。梁众异向他展示了自己的凳子："我凳子坏了，你这有吗？"

那人手上动作不停，转头看都不看梁众异一眼，用脚从门背后勾出一把椅子，把门一扯开，椅子往外一扔，又迅速合上门。一瞬间，又是一股浓烈的香气扑在梁众异的脸上，梁众异被那冲人的气味熏得直掉眼泪。

那人动作很快，但是梁众异还是大致看清了他手上的东西，一个皮影小人和一把锉刀。

这人真有意思，临开场了，还不慌不忙地准备道具。

梁众异一无所获，但也不急，把自己散架的板凳往旁边的河边上一扔，拿起那人给的板凳回了戏台前。刚一回去，他傻眼了，来看戏的人比刚刚还多，密密麻麻坐了十来趟，他站在最外面连幕布上的小人都看不清，更别说去注意其中的怪异之处了。他挠挠鼻子，想往中心挤挤，尝试了好几回，挨了好几个白眼，就是挤不进去，大家把自己的位置占得死死的，根本容不得谁踏足自己的位置。

梁众异站在最外层哭笑不得。时间一点一滴过去，木头房子那还是没有动静，观众们议论纷纷，还有人喊叫着快点开始，人群里开始变得乱糟糟的。下面正在喧闹的时候，木头房子的门突然开了，一个裹得严严实实的人走出来，仰着头在人群里好像在寻找着什么。

梁众异凭借那人健硕的胳膊判断出这就是刚刚屋里的那个人。那人的目光在人群中扫荡了几回，最后落在梁众异的身上。其他人顺着目光也看过来，一下子一百来号人全都齐刷刷地望着梁众异。这场景和当年选敲锣人还真的有点像。

梁众异被看得发怵，静观其变，却见刚刚那个人突然顺着人群的外层走过来。最后他停在梁众异的面前，包裹紧实的脸只露出一双眼睛对着梁众异。

梁众异捞起板凳："你的板凳不够用了？那我还你吧。"

那个人的眼睛突然弯成月牙状，满含笑意，他在梁众异的肩上拍了两下："梁兄，你终于来了，怎么站在外面，跟我到前头去看。"

周围的人纷纷露出惊讶的表情，人群中有人喊："梁众异，这是你朋友啊，那改天叫他给我们多演两场？"

前面也是一阵附和声。

梁众异呵呵笑着，看着眼前和刚刚态度截然相反的怪人，不禁怀疑，难道这个人是他失忆这三年里认识的人？

梁众异不敢随便答应，突然，那人的口袋里掉出一个布包，里面撒出许多细细长长的东西，梁众异定睛一看，竟然是一堆银针，和之前帮过自己的那几根银针一模一样。

梁众异一愣，难道他真的就是之前帮自己的人？如果是真的，那就算自己跟着进去，他也不会伤害自己。梁众异想着趁机去试探试探，于是便俯下身去，替那人捡起银针，递给他。

那人接过银针："谢谢。"

梁众异小声道："应该是我说谢谢。"

那人闻言，拍拍梁众异的肩。

看来这人是没有否认自己的答谢，那就相当于承认了前几次的确是他出手相助。梁众异也将手搭在对方肩上："行，那我就去前面看。"

两个人互相搭着肩往前走，整个画面呈现出一种僵硬的滑稽感。真正被那人用胳膊压着，梁众异这才确认这人的胳膊真的力大无比，他只觉得如果不是自己强撑着往上顶，直接就会被他的胳膊压倒在地。

人群中破开一条口子，大家自觉让路。梁众异发现，他和那个人所到之处，大家全都露出崇敬的眼神，同时会后退一点或者身子向后倾，好像生怕碰到他们。

走到小木房的最前方，两人站定，没一个人有放开胳膊的意思。那人眼睛还是弯着的，但是瞳孔却变得比刚才要大，他死死地盯着梁众异，胳膊一直往下压着，直到梁众异感觉整个肩颈都快要失去知觉。

"我缺个人手，你进来帮忙吧，梁兄。"那人轻轻地说。

"……"

梁众异却根本说不出一个字，他莫名感到大脑开始晕眩，想吐，反应迟钝，站不住脚。

"好，还是梁兄敞亮，那就走吧。"

梁众异确信自己没说话，面前那人分明就在自导自演。

周围的村民纷纷惊叹："梁众异，你还会这个？藏着掖着，太不地道！"周围又再次嘈杂起来，开着玩笑说梁众异深藏不露，有空给大家露一手。

梁众异什么都听不见，一阵强烈的耳鸣使得他恶心头晕的感觉更甚，他的大脑已经完全支配不了自己的任何动作，眼不能视耳不能听，脑子里一片翻腾。

这种感觉一直持续了好几分钟，等到梁众异恢复意识，发现自己已经端端正正地坐在木头房子里。

梁众异感觉到旁边一个粗糙的手指在抚摸自己的脸颊，惊得他转头看去，竟是一个薄薄一片、和人差不多高的皮影人立在自己身后，双手举起，将他拥在怀中。那手指的触感十分真实，就好似一个瘦得皮包骨的人正在抚摸他，梁众异心生怖意，往下一缩，一侧身子，逃出了皮影人的"热情"拥抱。再一抬头，那皮影师背对着梁众异，手上不知道在捣鼓什么。

梁众异瞅见旁边红色的木箱子上刻着一个"木"字，字的上边，大概半个字的面积，全都用小刀划掉了，露出箱子的黄色木质材料。

梁众异猜测"木"即是这个人的姓，脸上堆笑："'木兄'，需要我帮你做些什么？"

那皮影师闻言，愣了一下，然后说道："今天剧目需要的皮影太多，我一人操纵不来，你帮我拿上几个便可。"他忽地转过身来，头上围着的头巾不知道何时取了下来，露出了自己的脸。

梁众异看着他的脸，只觉得很熟悉，但是就是想不起来在哪见过。不过看他接了自己的话茬，那就说明这人的确是自己失忆三年期间所认识的人。

梁众异对着那张脸使劲回忆这人和自己之间的过往，想破脑袋也找不到任何信息。这也算是他的意外收获，说不定通过这个人，他可以找到自己这三年内到底经历了什么。

既然如此，梁众异开始没羞没臊地套近乎，但又怕说错什么话，就特别注意将每句话说得既平常又圆滑，不论从哪个角度理解都没什么差错。但是他说了好几句，"木兄"都只是点点头，其他什么都不说。过了一会儿没话说了，梁众异才想起来外面还等着的一众人。

但是他的记忆里现在没有丝毫关于操纵皮影的技巧，一帮他，不就露馅了？

要不干脆就承认自己失忆了？梁众异觉得还是算了。他正思索含糊过去的对策，"木兄"就主动说："梁兄，你走后我将皮影改造了许多，抛弃了很多传统的耍法，我恐怕你也手生了，那就用这几只方便的。"

梁众异连连点头："还是'木兄'想得周到。"

梁众异小心翼翼地拿起那几只"方便的"，正想研究研究怎么个方便法，却见"木兄"猛地抽出一把尖刀对着自己！

梁众异吓了一跳，下意识地摸向自己的前胸，按住里面的石片刀。

第八章　戏囚人心

刀上寒光闪闪，梁众异按捺住自己想后退的欲望。

"把手伸出来。""木兄"扯着嘴角笑，"这是我研究的新方法，梁兄，你紧张什么？咱以前不都这样吗？"

梁众异本来觉得"木兄"有点古怪，全脸除了两边嘴角，其他部位都一动不动。但一听到"以前"，害怕自己失忆的事情被知道，心一狠，手一伸。

"木兄"抓住梁众异的手腕，梁众异只感觉自己的手腕要断掉了。"木兄"毫不犹豫地用刀子在梁众异手掌心划出一条贯穿手掌的口子，不深，但是长得吓人。然后他将梁众异的手掌倒过来，抓住手腕的手往前一滑，捏住梁众异的手掌用力一挤，淅淅沥沥的几滴浓稠的血滴下来，正好滴在那几个皮影人身上，鲜血慢慢顺着上面的纹理浸透整个皮影人，使其颜色变得更加鲜艳。

梁众异惊呆了，不知道这是什么奇技淫巧。他被上面的纹理所吸引，那些过于细细密密的纹路让他觉得似曾相识。

手心又是一阵剧痛，"木兄"将他的手翻转过来，丢了一块白布让梁众异自己包扎好。梁众异正准备包扎，突然发现从伤口里还有几滴鲜血渗出，也顺着和皮影人表面相似的纹理往手掌周围流。

可是自己手上的纹理似乎是因为人本身粗糙的皮肤所自带的，将眼睛无限靠近自己的皮肤，就能看见手上的纹理，尤其是像他们一样平时干重活的人。

梁众异将白布一圈一圈绕在自己的手掌上，他出神地望着那几个被鲜血浸透的皮影人，心中闪过一个念头，心里一颤，不可置信。

他来看戏之前问过村里博学广识的老人，皮影师制作皮影人的时候，都会选择兽皮，例如羊、牛、猪一类。但他不知道这些动物皮上的纹理，是否和人皮肤上的纹理一样。

但人的居住环境和兽不同，各自的皮肤纹理就算先天没有差别，后天也不可能保持高度相似。

梁众异只觉得自己全身瞬间凉透。

血淋完，好似就没了梁众异的用武之地，"木兄"将那些染血的皮影全部搬到了白布前面，然后举起一面锣鼓"咣咣咣"急敲几下，引得外面掌声雷动。他继续高昂着头，一串串怪腔怪调的唱腔迸发出来，白布前所有的人物全都开始动起来，在白布前挥舞着手臂或者抬腿走路，梁众异震惊地发现，"木兄"离那些影人有半臂距离，而那些皮影人竟是自己在动。

"木兄"嘴里不停唱着，转过身来，怒目圆睁，抓住梁众异的手继续往前凑，扯开上面止血的白布，然后将他扯到一堆铜锣小鼓一类前面，再次撕开梁众异的伤口，往上面滴着鲜血。

梁众异惊恐万分，刚刚白布被撕开的时候，他发现自己的伤口迅速变黑，自己也感觉不到疼痛，他望着几近疯狂地正在忘情地表演的皮影师，头皮发麻，两腿发软，想跑，手腕却被那人死死抓住，根本挣脱不开。

血继续浸入那些乐器的表面，梁众异看到那些乐器突然动了起来，鼓槌打鼓，锣槌敲锣，仿佛有几个隐形人正在那演奏这些乐器。而前面的"木兄"，一张嘴唱怪调，一只手抓着梁众异，一张脸怒气冲天对着他。

梁众异在心里暗暗骂了自己好几句，他早该想到，一场戏既要唱又要配乐，最重要的还要操纵皮影人，怎么可能是一个人就能轻而易举做到的呢，说不定小臭子就是这么被骗进来然后杀掉的。

梁众异想要跑，使出浑身解数去挣脱"木兄"的禁锢，情急之下，梁众异冲着窗户外面的观众方向大吼："小臭子，快来帮我！"

"木兄"一瞬间停滞，梁众异趁机转身就跑。"木兄"反应过来，紧追不舍，两个人你追我赶从木头房子里跑出来，在河堤上扭打在一起。那人力气大，梁众异不占上风，正打算从怀里摸出石刀，便被"木兄"预料到，抢先夺出，压在梁众异的脖颈上。

"木兄"骑在梁众异身上，说："现在才知道跑，你这么笨，怎么被选上的？"

梁众异以为说的是三年前选敲锣人的事。

"之前为什么帮我？"梁众异问。

"木兄"仰天大笑："帮你？假的，银针不是我的，从我进入村子的那一刻，就不断有银针攻击我，我收起来，没想到真的派上了用场。那晚上我故意让你觉得银针是我所放，今日才好引你进来。"

梁众异愣住："你一直在跟踪我？"

"何来跟踪，是你主动找上门来的。"

梁众异手压在背后摸索，继续问："是不是你唆使堂师拿活人祭祀，然后割取他们背上的皮肤来制作皮影人？"

"木兄"透出赞赏的目光："猜得不错，你怎么知道的？"

梁众异心凉了半截，果然是这样。几个人被灭口的时候，全都事先被割取了背上的皮肤，背上的皮肤平坦，刚好适合作为皮影的原材料。所谓祭祀，就是拿人皮来做皮影人。木头房子内有极其浓郁的胭脂香粉气息，是为了掩盖人皮的血腥和腐败的味道。

梁众异大胆猜测，他的木头箱子里，还藏着几张人皮，说不定小臭子的就在其中。

梁众异反问："其实你不认识我，我俩也不是兄弟，你早就知道了我调查你的事情，利用我失忆这点，装作和我很熟，将我骗进来，利用我的血激活这些皮影，顺便将我灭口。"

"木兄"神情严肃，忽而笑了："我俩称兄道弟，的确是假装的。但是，我不需要调查你，我怎么会不认识你呢？梁众异，你也应该认识我的。"

梁众异听着这些话，不知所云，小木房子那边传来一阵阵喝彩声，梁众异这才发现那边的皮影戏早在他们两个人从小木房子那里跑出来的时候就已经停止了，但那些观众似乎还在看着不知在哪上演的戏，个个神情投入，脸上露出满足的笑容。

梁众异心里觉得越来越奇怪，他趁着"木兄"又在说些什么神神叨叨的东西的时候，摸到身子底下压着的带有钉子的木棍。正在此时，"木兄"说到他自己神乎其神的那些皮影如何将小臭子吓得屁滚尿流，手上的石片刀也在空中挥舞，离开了梁众异的脖子。梁众异趁此机会，将木棍猛地抽出，带有钉子的一端砸向"木兄"的肩膀，钉子狠狠嵌进肩膀的肉中，"木兄"一痛，手下没了力气，梁众异趁机抽出一只脚用力朝他胸口一蹬，翻身爬起来就跑。

梁众异不敢停歇，害怕再次被那个大力气的怪人抓住。他往木房子那边跑去，冲进陶醉看戏的人群中，躲在一个人后面，将自己的外套反过来穿，从旁边不知道哪捡来一张破布围在自己的脖子上，顺便遮盖住嘴巴和鼻孔。改头换面完毕，他学着旁边人的样子，目不转睛地盯着空无一物的戏台子看去。

余光中，他瞥见"木兄"怒气冲冲地追过来，他肩膀上的铁钉还没取下来，铁钉连接的木棍在空中随着"木兄"的前进而摇晃。他向四周望了望，没有看见梁众异的身影，然后又走向另一个方向寻找。

梁众异动作僵硬地看向舞台，好几分钟之后，他才敢回头，四周不见"木兄"，不知道到哪去抓自己了。

梁众异长松一口气，这才有时间注意周围的村民。他伸手在几个人的眼睛前晃了几下，那几个人根本毫无反应，他又推了几下，在他们的耳边喊了几句，村民们毫无反应，始终保持着向前看的动作，看得出了神，时而咬唇时而蹙眉，仿佛面前真有一桩大好戏。

梁众异暗叹这事真的是怪到极点了。他想起那些诡事传说中着魔的人，倏忽间生出一身冷汗。他心中的恐惧越来越大，像是一只大怪兽张着大嘴即将吃掉他自己。

梁众异再次尝试叫醒村民，他将周围的人都推倒在地上。他们以各种不舒服的姿势倒在地上，眼珠子却保持着之前的方向，脸上带笑，透出一片诡异之气。

突然，梁众异的背后幽幽传来一声："梁兄……"

梁众异醒来的第一眼，看到一个人正对着他笑，露出的大门牙上有一个小豁口。他愣住了，揉了揉眼睛，再一睁眼，对着他笑的人还在。

"果真，我被那耍皮影戏的打死了，连小臭子都见到了。"梁众异悻悻地说。他继续环顾四周，最普通的土房子，漏风的窗户，地上只铺了几张草席，连个像样的家具也没有。

"玉帝老儿也太穷了，这天宫比我们村子富不了多少。"梁众异感叹。

旁边的人捏捏梁众异的脸："芝麻你说啥呢？什么死不死的，玉帝老儿？"

梁众异感觉到痛，说："我不是死了吗？"

小臭子一巴掌打在梁众异脑后："呸呸呸！别瞎说。"

梁众异定住，他体会着自己身上真切的感受，又摸摸面前人的脸，有真实的触感。

"我没死……但是小臭子你怎么在这？"梁众异一动不动，不敢相信自己所看到的。

小臭子神神秘秘地凑到梁众异耳朵边说："差点就死了，但是，那晚上死的不是我。"

梁众异打了个嗝，一滴泪滑落，紧紧抱住小臭子。

"那你到底是怎么从你家消失的？"梁众异问。

小臭子这才娓娓道来。

原来，那日小臭子看完戏后变得疯疯癫癫，被关在家里。当天晚上，突然有人翻进他家，用黑布蒙住他的头，将他打晕。等他醒来的时候，自己已经被带到了一个地下室中，堂师拿着刀，站在一边笑。室内全是稻草，旁边还有三个和他一样疯掉的人。但很神奇，他们到了地下室就觉得神清气爽，脑子一点都不混沌了，做事很麻利。堂师逼着他们将那些稻草运输到与地下室连接的一段空道中。

"空道越往里越窄，我们钻不进去，堂师就叫我放在空道里即可。"

梁众异想起"瓶底儿"说的，那头小猪崽能钻进去的密道，大人钻不进去。

"运完最后一批，堂师留下了一个人，叫我们三个先去，还说，运完这批我们就可以回家了，但是明天晚上还要来，不来，不给我们做法事。堂师说我们的失心疯，他可以用特殊的法事治愈。"

他们刚从地下室返回家中，立刻又觉得浑身难受，心里七上八下，又疯了。

第二天晚上，为了被治愈，小臭子就又去了地下室，除了那个被留下来的人，其余人他也见到了。他们继续搬稻草。临走时，又有人被留下。第三天晚上他再去的时候，同样也没看到留下的那个人，只剩下他和另一个人。他俩搬了一晚上，临走时，那个人又被留下了。他感觉到不对劲，假意搬着稻草走了，实际躲在稻草垛里看着堂师和那个人。

小臭子看到，那个人被绑在木桩上，生生被扒掉了背上的一块皮，然后又被一把火烧死。堂师在火光映射下，将剥下来的人皮泡在冰水中，打开柜子放了进去，那一刻，他还在柜子里看见了另外两张人皮。

第四天晚上，小臭子知道自己如果去了，也会是这个结局，但他若是不去，一定会被堂师发现。堂师曾说过，如果他们不去，他将会给他们的家人下咒。

在小臭子犹豫不决的时候，他碰到了一个人，那人悬在他家房梁上，说自己是江秦神，不忍心看他受苦，叫他去河边上背一截木头回来。小臭子还真就去背了回来，江秦神却不见了，再转头一看，背上的木头变成了一个和他一模一样的人，有血有肉，能说话会蹦跶，那木人头也不回地走出了他家。

小臭子跟上前去，发现那木人找到了地下室，按照往常他做的，运稻草，最后果然也被堂师留下了。

小臭子躲在角落里，看着堂师划开木人身上的皮肤，然后烧掉木人，木人打颤挣扎的样子和真人无异。

等小臭子回家的时候，看见他的爹娘抬着烧得黢黑的木人回了家，他就知道自己回不去了。为了不连累爹娘，他在找到木头的河边躲了好几天。

"我想知道为什么我们几个看了皮影戏会发疯，就来到小木房子周围蹲守，没想到看到了平日里那人排练的场景，他好像是用诡术操纵皮影。惊讶之下，我不小心被他发现，捉到了这里。"

小臭子讲完，梁众异这才将这几天得到的信息中的一部分串联起来。

梁众异感到有点古怪："叫堂师火烧你们，取皮做影人的，正是那耍皮影戏的。他发现你活着，难道不应该采取一些行动吗？"

小臭子大惊："是他？他为什么要这么做？"

梁众异摇头："不知道。他来历不明，演戏不收票钱，使用这等诡术制作影人，操控皮影，肯定不是为了挣钱发财。我看他另有所图。"

梁众异想起那人与自己在河边搏斗时说的一句话。

"我怎么会不认识你呢？梁众异，你也应该认识我的。"

梁众异问小臭子："你记得我们村里曾有过姓木的人吗？"

小臭子想了想，很肯定地摇了摇头。

那他说这话什么意思？他说的，是自己也应该认识他，而不是自己也认识他。一个"应该"，整句话就不同了。

梁众异还想问点什么，门一开，那皮影师走进来。他站在梁众异面前，盯着他，面无表情地看了很久，道："怎么会是你呢？梁众异，你看着怎么都不像是聪明的人。"

梁众异心道："我怎么知道为什么当时会选我作为下一任敲锣人，难道仅仅是因为我当时笑了？"

皮影师不再端详，将小臭子抓起来，带出房门，梁众异想跟上前去，脚底绑着的麻绳猝不及防地将他绊倒。他稳住，靠着墙壁站起来，两脚合并，蹦到漏风的窗户前，透过缝隙，看到那皮影师将小臭子吊在外面的一棵树杈上，然后剥掉他的衣服，往身上泼着冰水。

已入冬，外面温度直逼零下，小臭子一丝不挂，一瓢又一瓢冷水从头顶浇下，冷得他门牙不住打颤，神志不清。

"说不说！"皮影师吼道。

小臭子颤抖着说："我不说！我不害兄弟！"

皮影师继续浇水，相隔的时间越来越短，最后没了耐心，不再慢条斯理地往上浇，直接手一扬往上泼。

"你不用干别的，只要和村里的人说，这个梁众异是假的，是他怂恿堂师烧死你们几个。也没叫你杀他，你怎么就是不干？"

皮影师因为心急，一时没控制住音量，梁众异在屋子里听得清清楚楚，吓得浑身冰冷。这皮影师就是冲他来的，难怪发现小臭子没死后，他没有立刻将其杀掉，而是留着用来诬陷自己！

梁众异看到小臭子微不可见地摇了摇头，尽管自己已经冻得说不出话来，嘴唇发紫，浑身苍白。

皮影师没了耐心，将水瓢一扔，说："你的爹娘，我去拜访过了，他们说你去上学了，还坐在家里等你回家。"

小臭子缓缓抬头，眼皮抖动。

"他们的皮肤不适合做皮影人，但人越老啊，骨头越硬，做皮影人的支架刚刚好。"皮影师笑着说道，嘴角的弧度瘆人且阴邪。

小臭子浑身抖动，张开嘴狠狠地低声吼叫起来，一瓢水迎面泼上他的脸，冰碴扎进他裂开的皮肤，他所有的情绪一下子被熄灭，像尊冰雕，望着皮影师一动不动。

梁众异透过细细的窗户缝，看见茫茫天地间，小臭子点了点头。

第九章　我不是我

梁众异知道自己不能奢求小臭子站在自己这边，只是他现在脑子里混沌一片，不知道接下来会面对什么。他不知道面前这个皮影师到底打着怎样的算盘。他只觉得，很多事情都在悄然改变。

小臭子点头后，那人将小臭子从树上放下来，带走了。梁众异在空空的土房中睡了一天，直到门再次被打开。

梁众异躺在地上，眯了眯眼睛，仰头去看那人："你到底是谁？"

那人背对着光，看不清五官，沉默着，半晌之后开口道："有人告诉我，当大家知道你不是真正的梁众异的时候，我就会知道我是谁。"话毕，他便直接扛起梁众异，走了出去。

梁众异被倒扛在那人的肩膀上，在颠倒的视野中，他看见小木房子在后退，河流在后退，他们经过了昨天晚上表演皮影戏的地方，经过了坐在家门口等待的小臭子爹娘，经过了村长家的烂猪圈，最后来到了祠堂。

梁众异看到侧面墙壁上的铜锣明亮地挂在上面，像是屋里的月亮。

祠堂中点满了一墙的油灯，照得每个人的脸放黄光。人很多，都是各家各户管事的，或坐或蹲，村长坐在中央，他的面前，供桌被翻过来，上面刻的字暴露在大家面前。小臭子裹着厚褥子，背对着正中央，不敢看梁众异。

梁众异看着小臭子发抖的身影，想告诉他，自己来的路上看见了他爹娘，两个老人很好。但是想了想，梁众异什么都没说。

村长在梁众异和那人之间看了两眼，最后眼神停在那人脸上："你先说。"

那人清清嗓子，大声说道："你们面前的梁众异，根本不是真的。三年前，梁众异被江秦神带走，两人发生了争执，梁众异不知所终。三年后，一个居心不良的人听说了这个故事，他想找到江秦神留给村子的宝物，于是借梁众异之名返回村子里。他就是你们面前的假梁众异。"

梁众异看着那人在一众村民面前胡说八道，心里快速寻找对策。

那人继续说道："我本是村里一个无名之人，我记不得父母长什么样，只知道江秦神带着梁众异离开后，我也不知为何离开了村子。我在外流浪了三年，跟着一个江湖中人学了皮影戏，靠着这，我才不至于饿死。三年期满，我听说梁众异回村了，也迢迢赶回，却见到一个假的梁众异。他的模样根本就不是梁众异，我还看见他和堂师秘密商讨，迷惑堂师，让堂师为他杀人，之后又栽赃到我的头上。"

村长问："那他的目的是什么？"

皮影师说："当村中大乱，事情变得更加不可控的时候，他就可以凭此逼出江秦神，问出宝物的位置。"

梁众异反问："村子乱了三年了，在这期间，江秦神一次都没来，我又怎么会有把握认定江秦神会为此而来？"

皮影师的眼神扫向每一个人："因为，你逼出江秦神的方法，比以前的更严重。你要杀死全村的人。"

周围的人都猛地一惊，纷纷后退，半信半疑地望着梁众异。梁众异觉得好笑："你怎么证明你说的这番话，怎么证明你是这里的人？"

皮影师大笑："我怎么不是这里的人，我的祖祖辈辈都在这里生活，我从小就在这里出生，本应该平淡地在村子里种田种到死，却因为三年前，铜锣一响，我离开家里，在外有多少次差点饿死冻死。"

人群中有人问："可是我们都不记得你。"

皮影师面朝向那个人，细细看了两眼，说道："你叫梁山子，你的老婆是拿一头牛跟人贩子换的。你娘也是这么来的，她在你出生的时候就死了。"

梁山子哈哈大笑："没错，看来你对我挺了解。"

皮影师指了指周围的一众人："我都说了，我从小生活在这，对大家都十分熟悉。除了梁山子，还有你们……"

皮影师指向一个秃头："梁水，你老婆生不出儿子，你淹死了三四个女儿了吧。"

他又指向一个瘸腿的："梁二黄，你爹老打你娘，你就趁你爹晚上撒尿的时候把他推进了茅坑。"

又指向一个拄拐的："梁铁柱，你这腿，是偷看别人媳妇洗澡，被人家男人打折的。"

人群中爆发出一阵哄笑，皮影师不理会，他背对村长，不看村长背后的上百个灵牌，依次说出灵牌上的人名，以及他们生平对村子的贡献，整个村子的族谱，在皮影师的口中缓缓道出。每说一位，村长都露出赞同的表情。

"……最后一位，便是最德高望重的前前任村长，预知了百年一遇的大雪崩，提前带着大家迁村避难，保全了全村人的性命。他叫……"

皮影师突然一顿，转向梁众异，说："梁众异，你知道这最德高望重的一位，叫什么吗？"

梁众异愣住了，他沉默着。在刚刚皮影师念出那些人的名字时，他觉得每一个都很陌生，要不是他知道自己清醒着，则会以为在听别的村的族谱。皮影师一问，他的确无法回答，在他的脑海中，对这些东西，一无所知。

梁众异无法回答皮影师的问题，他低下头沉默着。

梁众异的沉默在大家眼中，就是印证了皮影师的说法。梁众异感受到来自四周灼灼的目光，他思考不出来为什么自己不知道，并且刚刚从大家的反应来看，村里的每一个人都知道这个问题的答案。

村长催促梁众异："梁……梁众异，你能不能回答一下这个问题？"

小臭子转过身来，紧紧地盯着梁众异，既希望他知道，又希望他不知道。

人群中突然有人说："梁众异，我前几天晚上起夜，看见你鬼鬼祟祟地在我家的菜地里，你在找啥？"

有人附和："对，你不说我都忘了，我也看见了。可是第二天我看菜也没少啊。"

不少声音都说："我也看见了。"

梁众异一愣，自己当时明明查看了四周，并没发现有人。

皮影师趁机说："谁知道他想干什么，晚上跑去别人家的菜地，怎么都不像正经行为。你们还不快回去看看自己的菜，万一被下毒了怎么办！"

周围的人望着梁众异的眼神一下变得复杂。梁众异正想解释清楚自己在找什么，但是话到嘴边，他又停住了。

自己如何说呢？说你们家人的尸体全都不见了，被人挖走砍了脑袋，剩下的随便扔在墙角，说这三年内一直有人在你们脚底下收集你们家人的尸体，时时刻刻盼着你们死？

他们会信吗？在自己说不出他们村最重要的人的名字的情况下，他们会信自己吗？

长久的沉默中，小臭子转过身来，脸上迟疑地看着梁众异。梁众异从他的眼神中看到了质问，质问自己到底是谁，为什么要让他卷入这一场无妄之灾中。

梁众异觉得现在没有人会信他了。思考间，他摸到了胸口处的银针。

等等，说不定也不是完全没有，躲在暗处发射银针的这个人，可能会相信他，甚至帮助他。那情况也不是很糟糕。

梁众异缓缓抬头，与每个村民一一对视，将他们眼中的害怕、质疑、厌恶尽收眼底。他说道："我回答不出来，他说的对，我不是梁众异。"

人群哗然，村长一下子立起来，凳子被打翻在地。皮影师惊讶地望着梁众异，显然没想到梁众异竟然顺着自己的话说下来了。

梁众异扫了一圈众人，最后落在皮影师身上："我不是梁众异了，那你知道你是谁了吗？"

皮影师没想到梁众异会追问自己，他别过头，错开眼神："我自然会知道。"

村长往梁众异面前走了两步："那他所说的那些事情，你做没做过？"

村长一问，四周的人全都虎视眈眈地盯着梁众异，不少人已经攥起了拳头。

梁众异欣然而笑："没错，是我做的。"他盯着皮影师看："并且按他所说，我希望你们每个人都能死掉，所以我趁此机会在你们所有人的身上都隔空画了鬼符，不出几日，你们都要死于非命。"

村民们你看我，我看你，不太相信。

"不信？你们不妨去看看，你们死去的家人，尸体已经不在了，那是因为我下咒的方法，就是用尸体去诅咒他的家人。"

话毕，几个人忙带着铁锹去挖最近的田里的土坟。人多，土坟几下子便被挖开。坟里面空空荡荡，除了土还是土，半截断掉的蚯蚓在土里扭动，除此之外，再无其他。一连好几个坟，都是如此。

村民连锄头都来不及扛，一路号叫着跑回去，将这个爆炸性的消息带给大家，祠堂里一片死寂，村民们脸上的表情变化多端，十分精彩。

人群中最先爆发出一声大叫："你个假货，真的要害死我们！"

话毕，村民们纷纷觉得自己呼吸不畅，头脑发胀，浑身仿佛一瞬间都有了不适感。他们又怕又恨，心中烧起怒火，扑上前来，将梁众异捶打在地，拳脚并用，全都招呼了上去。皮影师在一旁看着，露出了满意的笑容。

梁众异护着脑袋，直直地看着皮影师。

村长看出梁众异话还没说完，花了好一会儿时间才把冲动的人群劝下去。

梁众异拖着负伤的身体坐起来，继续说："我可以给你们解开鬼符，但是，我要知道，他是谁。"

所有人顺着梁众异手指指着的方向看去，很明显他说的是皮影师。

村长点点头，走到皮影师身边，说道："这位兄弟，你既然已经帮了我们这么多，你不如再帮我们一把，说出来，你是谁。"

皮影师愣住："村长，你不知道我是谁吗？"

村长摇头。

皮影师又问其他人："你们都不知道我是谁吗？"

其他人的拳头还没放下去，也摇头。

皮影师脸上的笑容一下子褪去，他茫然地念道："怎么可能，你们怎么可能不知道我是谁……他都承认了，自己不是梁众异，那你们也应该知道我是谁了……"

旁边有村民催促道："你是谁，你自己不知道吗？你快点说，不要耽误大家解咒。"

皮影师深呼吸一口气，眼珠子骨碌碌地转："别放弃，还会有人知道，还有人知道。"

村长见皮影师这副模样，轻轻问："你真的不知道自己是谁？"

皮影师看到村长脸上的试探，再一看，周围的村民都期待地望着自己，一如当时村长问梁众异是不是梁众异时，他们望向梁众异的眼神。

皮影师明白了，梁众异把自己和大家都耍了，他故意顺着自己的话说下来，就是为了套出自己是谁。

有的村民突然"哎哟"一声，腹痛难忍，坐在地上，还有的头疼欲裂，恨不得去撞柱子，好几个都开始出现这样的症状，其他还没感觉的人也都开始慌了。

梁众异先是一愣，待他看到那些人头顶反着光的细细一条，笑了。

果然，那个人又来帮他了。那人善于在千里之外将银针射在人的穴位上，从而使人的身体机能暂时改变。

"你笑什么！"有人怒叫。

梁众异装作得意扬扬的样子："你们中的有些人时日不多了，真的不打算告诉我这个人的名字吗？"

大家看了看彼此，交换眼神，纷纷逼近皮影师："你到底是谁，叫什么？"

皮影师两手空空，想去摸自己兜里的皮影人，手腕却被村民抓住。他再粗壮的手臂也抵不过四五个人同时抓着他，不一会儿就像只待宰的羔羊被团团围住。

梁众异看见又有两根银针插入两个人脑中，那两个人便"扑通"一声倒地，毫无征兆，将所有人都吓了一跳。

村民望向皮影师的眼神更加可怕，皮影师大吼："别动手，老影子知道我是谁！"

这话一出，梁众异看到所有人的脸上都有一丝恐惧闪过，所有人都定在原地，祠堂里一片寂静。

村长突然也倒下了。他腿脚发麻，下令："那就去找老影子！"

"村长！"有人惊叫出声！

梁众异看到大家的表情都很古怪，似乎对"老影子"这三个字很害怕。他爬到小臭子旁边，问："老影子是谁？"

小臭子上下打量着梁众异："你……你……你到底是谁！"

梁众异懒得和他解释，干脆吓唬他："你身上的符咒尤为重，别看现在没事，发病的时候会皮肤皲裂，灰飞烟灭而死，你现在告诉我，我可以给你解开。"

小臭子立刻吓得噼里啪啦全说了出来："老影子不可怕，可怕的是老影子所住的地方。"

梁众异从小臭子的描述中，知道村子中有三大禁地。这三大禁地，之所以被称为禁地，是因为其诡谲光怪的传说。其中老影子居住的"石棚"，即为之一。传说石棚中，结过婚的人不能去，去了，当天回去就会看见自己的妻子或者丈夫变成一只家禽，混在其他家禽中。这还不算完，去了的人也会在几天后变成家禽，唯一的解决办法就是将自己的妻子或者丈夫所变的那只家禽杀了，喝掉血吃掉肉，方可破除诅咒。

没人知道老影子多少岁了，村子里最老的一个老人说自己出生的时候，老影子就在了。前几十年，老影子还没住到石棚里，那时人们很爱去找他，因为老影子可以回答他们所有的问题。无论是哪方面的，只要你问，老影子一定答得上来。还有人说，老影子掌握这村子里最原始的秘密，这个秘密，比全村人的生死还重要。

"你竟然不知道三大禁地和老影子？你到底是谁？"小臭子缩成一团。

梁众异顾不上回答小臭子，他只想知道，"老影子"是不是指使皮影师诬陷他的那个人。

皮影师那边，有症状的人只觉得自己越来越难受，在一旁哀号。痛苦的惨叫声中，村民逐步逼近皮影师。

村长觉得自己一口气马上就上不来了，他叫道："在场的，谁愿意让自己的儿子带着他去石棚走一遭，去问问他的名字？"

众人都不作声了。

"去的，每家多分一亩田！不去的，今年上缴粮食九成。"村长挤出这几个字，不少人立刻举手："我娃行！"

梁众异目瞪口呆。

不一会儿，大部分人都将自己的儿子叫了出来，争先恐后在村长面前报名字，家里没儿子的，纷纷捶胸顿足，还有的直接吼道："村长，我去！"

"你不管你老婆了？"

"要你多嘴！"

一片队伍迅速集结，押着皮影师浩浩荡荡地往石棚走。村长突然出声："等等，把这个假梁众异也带上，问出名字，立刻叫他解咒。"

梁众异立刻被人架起，走在了最前面。队伍里全是十几岁的少年，他们用纯真的眼神望着一身是伤的梁众异，不知道为什么前几日还和他们玩得熟的大哥哥怎么此时成了全村人的仇人。他们什么都不知道，只知道按照父辈的意思去石棚。石棚的危险对他们来说形同虚设，去了这一趟，他们既可以见到传说中的传奇人物，还可以保证自己家今年不饿肚子，一举两得。

梁众异被抬着往山上走去。路上路过自己的家，他看见祖父本来坐在门口望着祠堂的方向，看到他被一众人抬着，吓了一跳，拐杖都来不及拿就往前跑去，没想到摔在地上。一直到队伍远去，祖父都没有爬起来。

第十章　老影子

梁众异被人抬得摇摇晃晃，眼睛里看到的灰蒙蒙的天空也是晃动的。晃得头晕了，他偏头正打算睡去，瞥见队伍后面跟着一个身影。

"小臭子，你跟过来干啥？"梁众异喊道。

小臭子看着梁众异往后面看，正想躲，没想到就被发现了，在梁众异的再三招呼下，才走到梁众异的面前。

"回吧，你爹娘还在等你呢。"

小臭子没回答。

"不想回，你就别待在村里，等这个人证明了自己的身份，大家信他了，他肯定不会放过你。"

小臭子反问："所以你真的不是梁众异？"

梁众异懒得再和他扯皮，闭上眼睛不说话了，小臭子等不到回答，又溜到了队尾跟着。

梁众异的目光又从队尾转到队伍最前面。队伍中两个成了家的人押着皮影师，梁众异打着先给他俩解开诅咒的名头，忽悠他俩将那皮影师带到他面前来。

皮影师被拉来，瞥了一眼梁众异，又仰着头直直地看着前方。

余光中，梁众异看到皮影师的手在远离他的一侧转动着，手指交错挥舞，一个小号的皮影人露了出来。不一会儿，周围的人疑惑地转了转头，拍拍自己的两只耳朵。

梁众异假装没看见，问："你的皮影戏从哪学的？"

"你不是挺聪明的吗，自己猜猜？"

"何必让我猜呢，恐怕你也不知道教你皮影戏的那个人是谁。"

皮影师转过脸来，眼神复杂："你这话什么意思？"

"没什么意思，只是觉得你和我很相似罢了。同样都来自于这个村子，但是没人记得我们。教你皮影戏的人都没告诉你你自己的名字，那他又怎么会告诉你他的名字？"

皮影师顿觉口干舌燥，不住地舔着嘴唇。

"那晚，你并不是偶然看见我从地底爬出来，而是你认识追我的那个小矮人。"

"我不知道你在说什么。"

梁众异不管他的否认，继续大胆猜测："你们先是互相看不顺眼。你是几天前到村子里的，但是那个矮人在村子里待了很久，他一直致力于收集各个人的尸体，为了什么目的，我暂时不知道。而你到来后，需要杀人取皮，为了掩盖自己的罪行，你选择了放火焚尸。你的放火焚尸破坏了尸体的完整度，让他很不开心。而且，因你而死的人都属于非自然死亡，那个人这几年收集的尸体我调查了，几乎都是病死或老死。因此，你俩矛盾很多。"

皮影师听见他的话，不住地眨眼深呼吸。

"但是你们现在又合作了。你忽悠堂师帮你杀人取皮的时候，最后需要烧掉祠堂。祠堂里有一条很窄的隧道，是小矮人之前挖的。那个大小，只有小矮人能进去。你烧掉祠堂的时候，说服了小矮人帮你运稻草，所以小臭子他们只需要将稻草运到指定的地方，剩下的由小矮人来完成。"

小矮人在村子地底下这几年，应该挖了一个四通八达的地道网，方便他随时随地挖尸体。

梁众异本来推断不出来这些，但是刚刚在祠堂，皮影师说到自己生活轨迹的改变都是因为祠堂的铜锣，这不就是皮影师烧祠堂的目的吗？

他憎恨铜锣，想毁掉铜锣和祠堂。但是他并没有直接放火或者指使堂师放火，而是忽悠堂师自焚，让大家认为祠堂被烧是因为堂师自焚引起的。他要掩盖自己的罪行，是因为他还想在村子里生活下去。

皮影师亟需找一个栖身之地。

梁众异看着皮影师逐渐沉不住气的样子，继续问："其实要杀掉村民的人，是你。"

皮影师忽地扭头说："你胡说！"

梁众异笑："怎么是胡说呢？你和小矮人怎么达成的协议，不就是村里人的命吗？你会用皮影戏控制住人，而他，则可以趁大家被你控制住的时候，将大家杀死。"

小矮人将尸体的头部割下来，应该是为了做关于人的大脑的事情。但是大脑这个东西，只有人活着的时候才是最有用的，尸体的大脑远没有刚死之人的新鲜大脑对他具有诱惑性。但是他没有能力去杀人，所以他想借皮影师这把刀去杀。

"我一直在想为什么那条空道会通向河边，直到我在河边看到了你演皮影戏的房子。白天的时候，小矮人从不会出现在地面上，所以他挖了一条通往你的木房子的通道，方便你俩协商事情。"梁众异缓缓道来。

皮影师瞪着梁众异，瞪了好久，才说："果然，被选中的人就是聪明。"

梁众异思索片刻，道："你说的被选中，不是被选中成为下一任敲锣人。"

梁众异之前以为是敲锣人，但是仔细一想，皮影师这么多次强调他被选中，那就说明他对自己被选中这件事耿耿于怀，嫉妒被选中的这个待遇。可是敲锣人有什么待遇呢？被灰爷带走三年，返乡后，家人死的死，老的老，这怎么都不见得是件好事情。所以梁众异猜测，他所说的应该是被选中其他的。

皮影师没想到自己知道的事情被梁众异都猜了个七七八八，大声辩驳："你就算猜得再准又有什么用，现在你已经不被村里人所信任了。找到老影子之后，我将是他们中的一员。而你，是个假冒别人要杀死他们的人。"

梁众异不在意他突然扩大的声音和提高的音调，又闭上眼不知道在思索什么，几秒后，他突然睁眼望着皮影师："你以前就长你现在这样吗？"

皮影师一愣，不知道梁众异问这句话是什么意思。

梁众异盯着他的脸看了很久。皮影师的脸上光滑平整，没有一丝动过刀的痕迹。

说完这一堆话，梁众异觉得累极了，闭上眼睛不再说话。刚刚梁众异就发现周围的人听不见他和皮影师的对话，皮影师自他说第一句话的时候，就将周围人的听觉关闭了，一如当时看皮影戏的时候，他将观众都迷住。

梁众异不知道这是什么法术，但是他觉得教给皮影师此术的人，很有可能就是指使皮影师陷害自己的人。

"你猜再多都没用的，等我证明了我自己的身份，你觉得大家会怎么处置你？"皮影师留下了一个意味深长的笑，又返回了队伍最前面。

笑得真难看。梁众异闭上眼睛前想。

一路行进，天色渐晚。半个多小时后，队伍停下了。梁众异抬头一看，他们站在一座矮山上。整个山呈半圆形，对面还有个相似的，两座山围成一个椭圆，中间是不大点的一个盆地。

所有人都望着盆地啧啧称奇。暮色已至，天上只洒些星子，乌云闭月，地上本无多少亮光，但是盆地却不同。里面遍地的石头，几乎覆盖了整个盆地的地面，所有的石头都晶莹透白，散发出淡淡的冷光。俯视下去，犹如天上的月亮掉了下来，安详地躺在这两座山中。沿着山脚的地方多是大块的不规则的岩石，越往里，石头越碎。

梁众异从没见过会自己发光的石头，不禁感叹这"石棚"是真的不简单。但他环顾四周后又很快察觉出一个问题，盆地里并没有什么明显的建筑物，几棵孤零零的树也不足一人粗细。一路走来，他更发现这附近并无农作物之类。如果老影子住这，那他是如何生活的？

几个年轻孩子你看我我看你，不敢下，又忍不住探头去看那莹白的光。为首的两个大人喘着粗气，拍了拍皮影师的脸，威胁道："老影子可就在下边，等找到他后你还不知道你自己叫啥，你就等着吧。"

队伍准备下山，往盆地中央走去。梁众异转头一看，小臭子还跟着。他给了个眼神，叫小臭子留在上面等他们，小臭子欲言又止，但还是留下了。

下去的路不好走，漫山遍野都是浑圆的石头，一踩上去就要打滑。几个精力旺盛的人不知是渴望见到传说中的人物，还是被盆地的亮石所吸引，走得快些，几乎是小跑着下去。梁众异被一颠一颠地背着走，颠得他差点将肠子都吐出来。

下到了盆地的边缘，却不见一个人。皮影师热切地左右张望，梁众异则找了一块石头倚上去。刚刚思考的东西太多，他的脑子有点转不过来了。梁众异突然对自己感到一种陌生。按照他的记忆来讲，自小在村里长大的他，没上过学，大字不识几个，按理说是不会推理出如此复杂的事情。但当所有相关信息呈现在他的面前时，他就会不由自主地去梳理。

就好像，这些事情对于他来说就是司空见惯，他并不会觉得太过棘手而无法思考。

而现在，梁众异渴望获得更多信息。他想知道面前的皮影师到底是谁，为什么偏要针对他。

皮影师那边望眼欲穿，也没找到有人的影子。梁众异看着他殷切的眼神，只觉得他下一步就要蹲下扒开石头缝找人了。

梁众异注意到周围的几个巨大的石头。这几个石头个个都有一间房子那么大。他起身大概一丈量，长十尺，宽和高都约为十尺，真真就是一间小房子的大小。

"你们快看！"有人突然叫道。大家纷纷凑过去，顺着那人指的方向，大家发现石块表面上似乎有一丝缝隙，在淡淡的光下看不太真切，有人顺着裂缝往上擦了一条薄薄的泥巴，那条缝隙立刻就显现了出来。

梁众异没过去，他绕着这块大石头转了转，突然发现有一处上面有淡淡的黑点，呈喷泉状散开，很像是什么东西溅上去的痕迹。他又仔细看了看，不是外层的，像是从里面透出来的。

梁众异正打算再细细观察，忽然看见面前的石块移动起来，他一惊，再探头一看，其他部分没移动，只有有暗点的这一面在移动，再往旁看去，原是几个人合力在顶这面石，这面石和整个石块已经脱离。

梁众异隐约见石板后一个身影闪过，大叫一声："小心！"

忽地，从推开的石板后面划出一把尖刀，刀尖在半空中迅速划开一个扇形，然后里面窜出一个白影，抓着石块的上部一跳，回头朝地上众人扫了一眼，在梁众异那定格半秒，飞身即逝。

所有人都始料不及，最前方的一个人突然瞪大眼，捂住自己的脖子，倒了下去。鲜血不断从他的指缝中涌出，他的头部轻微地抽搐了两下，不动了。

周围的人上一秒还沉浸在喜悦中，为自己推动了巨大石板而高兴，转瞬间一个人就倒在了地上，死不瞑目，有两个人直接眼珠一翻，晕倒在地上。

梁众异跑上去招呼其他人将晕倒的两个人掐醒先背回去，刚说完，一抬头，看见石块内部的样子，他震惊到失语。

原来整个石块中间是被挖空的，刚刚他们看见的缝，正是石室的门缝。挖空的石块内，一个头发胡子一大把的人就睁眼躺在门口，他的脖子上裂开一条口子，刚刚梁众异看到的石板上的暗点，即是他的鲜血溅在"门"上所形成的。

一个中年人指着地上的人，连连后退："老影子！老影子……死了！"

人群哗然。地上的人的胡子和头发长到盖住了他的脸，根本看不清是谁，但是敢住在石棚里面的，也只有老影子了。

一股大力突然推倒梁众异，梁众异被狠狠撞在石板一侧。

扑过去的是皮影师，他怒目圆睁，拨开老影子一层又一层染血的毛发，看到下面的那张脸，僵住了一会儿，然后他抓住老影子的肩膀将其拽起，疯狂摇晃。

"醒醒！喂，别睡了，醒醒！"

梁众异来拽皮影师，没想到根本拽不动，反而被其带倒。梁众异挣扎着爬起来，正好看到老影子的头因为剧烈的摇晃往后坠去，而其脖子间的伤口一下子被撕裂，整个脖子上的皮肤突然被扯开，露出里面一截血淋淋的脖子。

梁众异隐隐看见那截血肉里有一个发亮的东西，他刚想伸手去掏，又怯怯地缩回去了。

皮影师仿佛对他的"杰作"视而不见，大喊一声，将尸体转身一扔，扫倒最前面的一片人，然后拔腿就跑。离得最近的梁众异没抓住，只能眼睁睁地看着皮影师爬上山路，翻山而去。有人去追，两个人一前一后一溜烟就跑没影了。

对比着这两人的奔跑速度，梁众异这才发现刚刚那个身影的奔跑速度几乎就是非人的快，他像是闪电一样两三下就蹿上了那座矮山。

那东西走之前和梁众异对视过一眼，把梁众异看得起了一身鸡皮疙瘩，那根本就不是人的眼睛，很圆，黄绿夹杂，倒像是野兽的眼睛。

梁众异扫了一眼老影子尸体里的发光处，觉得那肯定是个重要信息。他缓缓靠近，强烈的血腥味直往鼻子里钻。那血红刺到梁众异的眼睛里，他再不敢看，跑到一边剧烈呕吐。

后面几个人这才反应过来，意识到老影子死了，皮影师跑了，还死了一个孩子。现在他们只剩梁众异了。

梁众异吐完，用袖子擦了擦嘴，转过身，只见那两个当家的中年人都围在自己身边，手上绷着刚刚捆皮影师的绳子，一点点往梁众异这边走。

"芝麻，哦，假芝麻，你想怎么着，现在死的死，跑的跑，你不会也想走了吧？"

梁众异被逼得后退，笑了笑："叔，你身上不疼了？"

那俩人脸色一变，对视一眼，突然朝后面一群十几岁或二十出头的孩子喊道："娃们，还记得出门的时候你爹咋给你们说的吗？这人要杀你们的爹和娘，你们只能看着吗？"

那些孩子围上来，眼神里意味不明。

其中一个中年人继续指着后面脖子开花的老影子说："他给我们全村人都下了咒，大家最后都是那个死法。他平日里对你们有多亲近，你们就多危险，熟人多好下手啊。"

几个青年你看我我看你，攥紧拳头，慢慢围上来，梁众异没想到这几个青年如此好挑拨，他正不知道如何反应，旁边石头的淡淡光亮提醒了他。

梁众异反问道："他说什么就是什么吗？石棚的传说大家都知道，你们觉得，你们面前的这两个叔，甘愿和自己的妻子一起变成家禽吗？"

青年们听懂了他的意思，好几个都深吸一口气。娶了媳妇的人进入石棚，要么和自己的媳妇一起变成家禽，要么吃掉自己媳妇变成的家禽。

其中一个青年咬着嘴唇，开口："叔，你们会变成大公鸡吗？"

那两个人敷衍地摆摆手，回答道："回去再说，别听他胡说！"

梁众异看着青年们犹豫的样子，觉得可能有戏。自己正要再煽风点火追问两句，自己的两只手突然被后面的人拉住，梁众异回头一看，是两个不知道什么时候绕到他后面的青年。其中一个猛地抓住他的头往前按，他被压倒在地上，脸狠狠地砸在石头上。

面前的那几个青年脸上的犹豫不决一扫而光，取而代之的是诡计得逞的坏笑。

梁众异心都凉了，他早该想到的。三年的怪事不断，人人岌岌可危，牺牲他人保护自己是所有人都会养成的习惯。这些和他一样大的人为了活下去，心中的纯真早就一扫而光，而他再试图用道德伦理去唤醒他们，就显得有点可笑。

他们不会管那两个中年男子怎么处理自己的妻子，就算他们将自己的妻子吃了，他们可能也会无动于衷。毕竟，自己还没死。不抓住自己，他们就要死。

环境恶劣时，好人活不长久，剩下的早就习惯了吃人肉喝人血。

越来越多的青年涌上来把他抓住，梁众异感觉十几双手抓着自己的肢体，将自己像个战利品一样抬起来，高举过头顶，然后往山顶上跑去。

第十一章　贵人现身

被人抬上山顶，梁众异没看到小臭子的身影。刚刚那个白影上来的时候不知道有没有和小臭子撞上，但是梁众异估计只要小臭子不主动出击，那白影就不会主动攻击人。那白影似乎就是为了杀老影子而来的。

要不是今天他们来石棚走了一遭，老影子的尸体估计几十年都不会被人发现。

不过梁众异现在不应该担心小臭子，更应该担心担心自己。在这三年怪事频发的地方，能活下来的，必定都是敢于舍人为己的人，现在这些村民觉得自己生命受到威胁，指不定将自己怎么着。

梁众异长叹一口气，不知道是不是离家三年的缘故，他恍惚觉得自己根本不属于这里。他正思索着自己一会儿被带回祠堂的时候怎么才能脱身，突然，队伍停了下来。梁众异看不见，只听见抬着自己的青年朝前面吼："小臭子，你拿把刀要干啥？"

梁众异侧头看去，余光中看到拿刀挡在路中央的小臭子，梁众异吓了一跳，大喊一声："小臭子！"

小臭子阴沉着脸走过来，对几个青年说："把他放下来，我要找他算账。"

青年们对视一眼，幸灾乐祸地笑，问："小臭子，你俩不是最要好吗，你找他算什么账呢？"

"算什么账，不需要你管。"小臭子又扬起脸，对梁众异大吼，"我爹娘死了，是不是你下的咒！"

梁众异没听懂。他早上被那皮影师带去祠堂的时候还看见小臭子的爹娘坐在门口，怎么就死了？他双手双脚挣扎起来："放我下去，小臭子，你这话是什么意思？"

小臭子紧咬嘴唇，强忍泪水，嘴唇一开一合，好像是要说些什么。大家都等待着。

忽然，小臭子挥起菜刀，冲梁众异砍去，梁众异的四肢被抓住，只能眼睁睁地看着那菜刀猛地落下。

"啊——"一声惨叫，小臭子脚底一滑，菜刀一偏，刚好砍在抓着梁众异左手的一排手上，顺着惯性贴着梁众异的手臂劈开了那一排手，几个青年纷纷捂着手惨叫。

"脚滑，脚滑！"小臭子喊道。

梁众异的手心突然被人塞了一把小刀。

那几个青年捂着自己的伤口倒吸冷气，不管小臭子是脚滑还是手滑，上来就要一巴掌打在他脸上，小臭子一弯腰，喊道："别愣着了！"

梁众异反应过来，用松开的那只手拿起刀子快速向自己右手上的一排手划去，那些人吓得一缩手，梁众异上半身失去支撑，往下一坠，他顺势双手一撑地，倒立在地上，小臭子趁此将菜刀胡乱砍向那几个抓着梁众异腿的人，那几个人连连后退，梁众异再一蹬腿，两条腿迅速挣脱，他摔在地上，往左一滚，向后一翻站起来。

小臭子将一把菜刀挥舞得生风，不见菜刀，只见残影，几个青年都害怕自己被误伤，不敢上前。

小臭子和梁众异连连后退，猛地，他将菜刀往外一扔，推着梁众异就跑。

梁众异大惊："你扔了干啥！"

小臭子边跑边吼："不扔过去吓退他们，我俩咋跑！"

梁众异吼回去："你拿在手上我们还有个武器，你扔了，跑不过咋整？"

果然，菜刀刚落地，就失去了自己的威胁力，几个青年拔腿就追，梁众异往后一看，其中一个还捡起了菜刀，瞄准自己就要扔过来。

梁众异吓得腿都要跑断了，奈何路上空空旷旷，根本无处可躲。

"啊——"一声尖叫，小臭子以为是梁众异被菜刀砸中了，扭头一看，梁众异好端端地还在往前跑，而刚刚正举起菜刀要扔过来的那个人手臂瘫软，菜刀正砸在他前面一个人的肩膀上。

梁众异眼尖，瞥见了那个人大臂上有细细的反光，当下如获大赦，那人又来救他了！

梁众异正要告诉小臭子，却被小臭子一把拉住，没再顺着大路往前跑，而是钻进旁边的林子里，三拐两拐，连梁众异都不知道他要去哪。

梁众异跑得呼哧呼哧喘，问："小臭子你这要去哪，你以前不是路痴吗，怎么都记得这么复杂的路了？"

小臭子回过头看了他一眼，一吸鼻子："你都说了是以前的事了。"

穿过那片树林，又爬上了一座矮山，等到半山腰，小臭子拉着他钻进一个小道，出了小道豁然开朗，后面是一个开阔异常的平台，站在平台上，可以将整个村子俯瞰在眼底。

到了平台上，小臭子才拉着梁众异停下来呼哧呼哧喘气。

梁众异从未到过这个地方，惊讶地张大嘴，他两步跑到平台最前面，发现这个方向正好对着村里的祠堂，梁众异看到祠堂里面，村长和几个村民正抓着供桌席地而坐，那几个青年在门口徘徊许久不敢进去，左右一合计，转身就跑了。

梁众异再微微向左转，就能看到村里的小河。

梁众异心里清楚，这里视线极好，尤其对祠堂和小河边上发生的事情尽收眼底，难怪每次都能在关键时刻伸出援手。

梁众异想找找那人到底是谁，然后向左右望去，只见漫山遍野银装素裹，天地间净净的一片白，什么都没有。

梁众异正疑惑着，刚想问下小臭子，却见一堆白雪中突然走出一个人，那人身上穿着雪白的衣服，全身上下包裹得只剩眼睛，刚刚就趴在雪地上。梁众异吓了一跳，看着那人走到自己面前，一双眼睛直勾勾地看着自己，将梁众异看得怪不自在。

看够了，那人转身走到一棵树下，梁众异这才发现那里有个隐蔽的帐篷，约有一间单房那么大，完全融进了雪景之中。

那人掀开帘子，回头看了梁众异一眼："进来啊。"

声音隔着一层布料传出来，听得模模糊糊很不真切。

小臭子过来拉愣住的梁众异，将他往里面带。两人进帐篷后，这才发现里面真的是样样俱全，甚至不少都是他们没见过的高级货，只听从县里来的"瓶底儿"说过。角落里打了一张地铺，上面的毛料子看着又顺又亮，梁众异看得心痒，正要去摸，那人冷冷道："不准碰。"

声音比刚刚清晰，细细的，像是一根针直直地扎进人的耳朵。

梁众异摸摸头，挪开，席地而坐。

那人将自己的头巾取下来，脱掉雪白色的长长的外套，里面只着两层单衣。梁众异只觉得这个人和村里的那些女人不太一样，村里的女人胖胖的，矮矮的，很亲切，给人一种母亲般的安全感，而面前的这个人又瘦又高，好像身上没几两肉，只剩一具骨头在撑着。不过她的右手臂却看着要强壮一些。

她的身后，一面布墙上，用细线挂着一根根银针，九根线，总共有八十一根针，梁众异瞠目结舌，凑过去，伸出手想摸摸，那人皱眉："说了别乱动。"

梁众异讪讪，只敢看。细细一看，他很快发现这八十一根针，竟然每一根都不同，有的粗些，有的细些，有的带着木纹，有的则是铁丝磨成，还有的就真真的是银的，泛着银白色的光。"真厉害……"梁众异自言自语，被那人听到，那人转过来看着梁众异观察她的针。

梁众异回头，和那人对视上。这次他将那人的脸看清了，很瘦，眼睛细细的，眉尾向上飘，鼻梁也是细细的，嘴唇薄薄一片。她脸上像个十七八岁的小姑娘，眼神却又老气横秋，仿佛洞悉一切。梁众异判断不出她的年龄。

梁众异向小臭子使眼神，问他这是怎么回事。

小臭子凑在梁众异耳朵边一一说了。当时小臭子被梁众异要求留在上面，看到一个白影从自己的身边闪过，还没看清是什么，又听见下面一片嘈杂，皮影师又跑了出来，紧接着就看到梁众异又被控制了起来。小臭子想了一下，决定先帮梁众异。但是他一个人打不过那一堆人，正一筹莫展，一个浑身裹得紧实的人将他掳走。他被一路拉着跑到了山脚下，那人说自己可以救梁众异，叫小臭子先想办法将梁众异从那堆人的手中脱身出来，剩下的她来解决。

小臭子边说，边想伸手来指，没敢，往那个女人身上瞟了一眼。

梁众异问："她说她能救我，你就信啊？"

小臭子说："那个时候，不信也得信。"

"那你怎么选择相信我？"梁众异又问。

小臭子声音低下去："其实我看见那天晚上你去我家里看我爹娘，但是你没进去。我后来跟踪过你，发现你在调查我们几个失心疯的事情。"

梁众异咧嘴笑了："算你还有点良心。"

那人听着听着也笑了："那耍皮影戏的冒充我，你不也信了？"

梁众异有点不好意思，挠挠头，平日里的机灵劲儿也不见了。

小臭子在一边看着，忍不住了，怯怯地开口："阿姨，刚刚你也太晚了，我俩差点都被打死。"

女人闻言，一挑眉："谁叫你蠢，自己把武器拱手送人。"她把自己的外衣叠好放整齐，"还有，不准叫我阿姨。"

"那我们叫你啥啊？"

"就叫名字，永秋。"

梁众异顺着看去，发现她的衣服和物品都摆放得十分整齐。他说道："永秋，谢谢啊。"

永秋吊起眼看了他一眼，说："不白救，你得还点什么吧。"

梁众异眼珠子骨碌碌地转："行啊，但是你得告诉我，你为什么要帮我，你为什么要这么隐蔽地住在山上。你在监视村子，对吗？"

永秋笑了："我还没问你呢，你先抛出一堆问题来。你又是突然从哪冒出来的？"

梁众异明白了，这人是在自己被灰爷带走之后来村子里的。

"你那针法，是怎么做到的，这么远的距离，却能精准地扎到每个人的穴位中？"

"你还懂穴位？"永秋问。

小臭子闻言问梁众异："啥叫穴位？"梁众异哑然，发现自己也说不出个所以然，但自己就是有个大概的概念。可能是自己失忆的三年中了解到的吧。

他继续说："你别问，先回答我。"

永秋垂眉，掏出一根小棍子细细地磨。任凭梁众异再问什么，永秋一句话也不吭了。她不说，梁众异就在帐篷里乱逛，看看这个摸摸那个，啧啧称奇："这些都是好东西啊。"

永秋刚开始还出声制止，后面干脆不管了。

梁众异在那片"针墙"下面摆着的木桌子上，发现了好几个小型的长条状东西，上面还有很多小零件。他正要拿起来看，永秋闪过来压住他的手："别碰，你碰了，下次射不准咋办？"

梁众异明白了，这就是永秋用来发射银针的东西。他追在永秋后面问了半天这是什么，永秋不耐烦了，问："弩见过吗？"

梁众异想了想，那东西好像在村里老人讲的话本子里出现过，能射箭。

永秋也不管他点头还是摇头，直截了当地说："我这个和弩原理相似，射银针，更精准，射程更远……"

梁众异抢话："所以对精度要求很高，只有你会操作？"

永秋点点头。

梁众异还想看看，外出解手的小臭子突然着急忙慌地跑进来，断断续续地说："那个，那个，耍皮影戏的，把他的小木房子拉到了祠堂里面，在给大家表演。"

梁众异愣住，那皮影师是什么意思，怎么这时候想给大家找乐子了？

梁众异还愣神着，永秋已经将白色的长外套往身上随便一套就往外跑去。梁众异跟上去。

三个人站在山上的平台上，看见皮影师的那间可移动的小木房子就横在祠堂门口，祠堂里的人全都朝着小木房子的方向席地而坐，直愣愣地，身形僵硬，明显已经被皮影戏吸引了过去。

梁众异不敢想现在迫切希望知道自己身份的人这个时候蛊惑村民是意欲何为，但是他实在看不下去大家迷醉的样子，一拍小臭子："走！"

永秋拉住梁众异："你去有什么用，你怎么叫醒村民？"

梁众异无话可答。

永秋继续问："你们在石棚里有没有发现奇怪的东西？"

梁众异感觉永秋可能知道些什么，忙将他们在石棚里发生的大致说了，不过对于老影子喉咙里那玩意儿，梁众异没说。永秋低头，眼珠子一转，问："没其他的了？"

梁众异脑子里闪过老影子的喉咙，摇了摇头。

永秋进屋拿了几样东西，然后指挥梁众异："带路，再去石棚里找一找。"

梁众异冷静下来，他看着永秋，不理会她的催促，反而返回帐篷里，一屁股坐下不动了。

永秋快步走进来，问道："走啊，你怎么不动？"

梁众异搓搓手掌，抬头问："你到底是谁？你知道石棚，知道石棚里有不同寻常的东西，你却不是村里的人，你之所以帮我，是因为我刚好在调查你想知道的东西。"

永秋眯起眼睛，双手抱在胸前，深呼吸好几口，说："好，我可以说，作为交易，你将那晚上在地底看到的和在木房子里看到的，都要告诉我。"

梁众异点头。

永秋想了想自己从哪里开口，最后还是先问了问："你真的是村子里的人吗？"

梁众异想点头，但是他迟疑了。

永秋似乎得到了答案，她简短地将自己的事情介绍了一下。

永秋家在南方。十几年前，他们所在的城里的医院，接到了一个棘手的患者。患者家里没钱治病，就将其悄悄扔在医院门口。院长一眼看出这个病例不简单，叫人赶紧拉到城里去研究研究。那病人从面上看就是一个再正常不过的人，但是他不会和人交流，无论是眼神还是肢体。每隔一段时间，他突然就会说一段很奇怪的话，说完以后，不管在哪，都会倒地昏睡七天，醒了之后继续不言不语，如此往复。

病人所说的话没有人能听懂，有人还专门请教了语言专家，都没查出是什么语言。研究来研究去，仍是没有一点收获。医院研究不起了，将病人扔在太平间的一间隔间中。当时医院有个扫地的老头，有抽大烟的毛病，钱花光了，穷得裤兜比脸还干净，就动了歪念头，把那病人骗出去卖给了一个配阴婚的，卖的钱拿去抽大烟。配阴婚的正准备将那病人杀死拿去卖了，没想到第二天，反而死在了自己的房子里。那病人坐在房梁上，晃荡着腿，不休不止地说些奇奇怪怪的东西，声音越来越大，周围的邻居害怕，请了一个道士来看，那黄袍道士说，此人身上有邪祟，就安排了一场法事驱邪。第二天，人们又发现道士死了，那病人也不知所踪。

那道士，便是永秋的二爹。二爹平日里对待永秋就像对待自己的亲女儿一样，永秋知道二爹惨死，夜不能寐，决定找到那个奇怪的病人一探究竟。她于是花费了十几年来追寻病人的来处，一直都是大海捞针般无半点收获。直到三年前，她才找到了那个病人的家，就是梁众异所在的村子里。

　　永秋这三年来，一直蛰伏在这座山上，目睹着村里不断发生的怪事。很多事情绕在一块扑朔迷离，在她还以为自己又是一无所获的时候，她发现了两件怪事。

第十二章　藏在尸体里的石头

第一件事，她发现村子里一直有人在地底活动。她都能听见地底下有刨土的声音，时而夹杂着人的跑步声。若她将耳朵贴在地面上，她还能听见模糊的说话声。

第二件事，村子来了一个皮影师。那皮影师不养牲口，却总拖回来一张带血的皮子，在河边洗了又割，缝制成一个又一个的皮影人。皮影师每制作完一个皮影人，就会在木房子里昏睡三天。

这和那个奇怪的病人的症状有点相似。永秋渐渐觉得事情有了眉目。

"后来你就出现了，我该怎么评价你，胆大还是鲁莽？地底下随随便便就钻进去，那小木房子也一点不防备地走进去。"永秋冷笑。

梁众异忽略掉她的讽刺，抿了抿嘴，道："石棚里，我的确还发现了一个东西，可能是你要找的。"

"嘶——"永秋细细的眼眯起来，眸子里闪出寒光。

梁众异浑身一抖，感觉自己此时就好像正被一头饥饿的老虎盯着看。

"你别这么看着我，我也是才想起来。"梁众异装无辜，"老影子死的时候，脖子里掩了块发亮的玩意儿，具体是啥，不知道。"

永秋继续盯他。

"我真不知道！"梁众异加了一句。

永秋转身去抽屉里拿出一把尖刀插在腰间，推了一把梁众异："带路！"

梁众异三人一路不敢停，跑着去了石棚。刚一站稳在山上，却见下面的盆地里，一个矮矮的身影拖着老影子的尸体正往另一边的山上爬。

"偷尸体的小矮子！"梁众异立刻辨认出对方。

永秋反应快，举起针弩稍一瞄准，"咻——"，一根木针飞出，只见小矮人的左腿一下子瘫软，扑在地上，尸体压得他根本起不来。

梁众异叫："小臭子，走！"

梁众异飞奔下去，小臭子犹豫了几秒，捡了一块石头也跟上。两人奔跑的脚步声引起小矮人的注意，他将尸体一翻，从自己背上扔下去，利索地将腿上的木针一拔，爬起来拼命往前跑，赶在梁众异二人来之前翻过山顶。

梁众异紧追过去，山坡上一片光秃秃的，不见有人。他气得踢飞石子，在山坡上一圈一圈地转悠着，一步一步"咚咚咚"地踏下去。但每一块都是结结实实的厚土地，根本找不到空道。

"梁众异，别管他了，快来快来。"小臭子在盆地里喊他。

梁众异四处环顾，找不到那小矮人消失的地方，只好去了盆地。下了盆地，他这才知道小臭子刚刚为什么要喊他。

小臭子的面前，永秋跪在老影子的身边，脱去刀鞘，用尖刀挑开周围的皮肤，彻底暴露出里面粘着红血的白肉，白肉下，根根骨头往外凸，骨头中间有一个微微发亮的东西。永秋将刀尖在尸肉上一点，往里一压，匀速向胸膛处划开，利刃毫不费力地剖开白肉。

到这里，小臭子已经扭过头去干呕。梁众异的五官缩在一起，手握成拳，抑制住自己逃离的冲动。

下一秒，梁众异看见永秋伸出自己如削葱根一般的手指，插进划开的脖子里，再辅以尖刀，在里面搅了搅，握着一个圆圆的东西再次伸出。黏稠的血肉组织黏在她的手上，像一双血手套。

梁众异再忍不住，转过身和小臭子一起干呕。

永秋看都不看他俩，掏出一块布将那浑圆的东西擦拭干净，那东西立刻亮了好几分，像一个小小的月亮落在手心。

梁众异和小臭子做好心理建设，来到永秋面前，左右端详，小臭子道："这不就和地上这堆会发光的石头一样吗？"

梁众异摇头："不一样，这比地上的更亮，而且自然界中很少见这么圆的。"

永秋要腾出手来擦手，小臭子和梁众异都伸手，永秋越过挨得近的小臭子，放了梁众异的手上。小臭子脸色一变，稍纵即逝。梁众异只顾着看光石，没注意到。

永秋缓缓道："这个的确和地上的不一样。有人见不得你们村子里死人，来救你们了。"

梁众异疑惑，待细细一想，问："这石头可以解皮影师的邪术？"

永秋点点头。

梁众异明白了。如果是老影子主动吞下光石，一定会滑进肠胃。但光石却在脖子里卡着，那就说明是有人在老影子死后塞进他的喉管里的。

永秋又开口："不对，说不准，不一定是救你们。"

梁众异脑子也转过弯来。塞进光石的人怎么会知道村里的人要来找老影子，再说了，皮影师是最先接触尸体的人，老影子死后，那个有集尸癖的小矮人也来驮尸，万一是给皮影师或者小矮人留的呢？

既然如此，这石头是不是那个白影所留？老影子也不一定是白影所杀，万一那白影来送石头的时候，老影子就死了呢？

老影子活了这么久，有人要杀早就杀了，现在来，那就说明杀死老影子的人，必定和皮影师有关。他害怕皮影师知道自己的身份。皮影师的皮影戏也不知道是从哪学的，如此邪术，害人不浅。

梁众异想到关键的一点："你怎么知道这石头可以破解皮影戏？"

永秋又眯了眯眼："无可奉告，你信就行了。"

梁众异刚要继续追问，小臭子在一边提醒："既然拿到了对付皮影师的东西，那我们快点返回祠堂吧，皮影师不知道还会干出什么事情来。"

话音刚落，永秋瞥了小臭子一眼，意味不明。梁众异将这一眼看在眼里，总觉得永秋其实对小臭子态度不太好。

梁众异觉得可能永秋就是如此，脾气傲，看不上谁。

"一会儿我将一根针射到皮影师身上，让他动弹不了。梁众异，你趁机将这光石放在演皮影戏的白布面前，小臭子，你注意把守住大门。受了蛊惑的人如果跑出去，会蛊惑住更多的村民。"

永秋带着两个人往祠堂赶，一边走一边说。

十分钟后，三人快到祠堂，前方的锣鼓声和唱诵的高调幽幽地传来，三个人互相对视一眼，加快速度往前奔去。

到了祠堂门口，三人藏在墙边，扒着门缝往里看，却见祠堂里空无一人，安安静静，里面的一切全都物归原位，好似从来没有今天这一场闹剧。

梁众异揉揉眼睛，不敢相信，他正要推门进去，永秋拉住他，朝他摇摇头。

永秋贴着地面冲里面扔了一块石头，石头往前滚了几转，好像碰到了什么东西，忽地停下来了。但那里空空荡荡，什么都没有。

梁众异心里发慌，却见永秋将光石掏出，放在眼前死死地盯着看，五六秒后，她再从门缝里看去，神色蓦然严肃起来。她将光石放在梁众异眼前，道："别眨眼，盯着它。"

梁众异不知所以，但还是照做。他目不转睛地盯着光石，慢慢觉得光石越来越刺眼，猛地一片白光乍起，梁众异急忙将眼睛闭上。再睁眼，余光瞥见门缝里重重叠叠的人影。

梁众异又揉揉眼睛，凑到门缝上看，院子里和刚刚不一样，果真是一个又一个人，每两个人面对面坐着。而那个石头，就正正停在一个人的脚下。

他一愣，一股寒意袭来。

永秋将光石往小臭子面前凑，小臭子突然后退，撞到梁众异身上。

梁众异觉得这两人的气氛有一点奇怪。

永秋面无表情，道："小臭子，来，光石可以帮助你恢复视力。刚刚我们靠近祠堂时所听的声音，是皮影邪术的一部分，会使我们看不见眼前真实的情况。你看两眼光石，就什么都能看见了。"

小臭子推托："这玩意这么邪乎，我不看。"

永秋又低声说："不会的，我和你的好兄弟不是都看了吗？"

小臭子依旧摇头，将眼睛死死捂住。

永秋转头，冲梁众异一挑眉，扯起一边嘴角似笑非笑。

梁众异有点不明所以，突然感觉到一道灼热的目光盯着自己看，他转头一看，一个人正扭头从门缝中看着他，头和身体扭成了活人不可能做到的角度。

慢慢地，更多的人转过头来，静静地望着门缝外的三人，所有人脸上满足的笑容都逐渐消失，愣愣地看着梁众异。

梁众异头皮发麻，手脚发冷。他刚要提醒其他两个人，身边的小臭子一下子呆住，然后猛地冲进去，大喊："爹，娘！"

梁众异心里凉了半截，永秋伸出去抓小臭子的手也愣在半空中。小臭子冲进去那一刻，所有声音全都爆发开来，唱戏的，敲锣的，叫好的，梁众异只觉得自己的耳膜都要被刺破了。

梁众异这才看清院子里的众人，大家两两相对而坐，全都齐刷刷地望着门口。小臭子扑向的角落，小臭子的爹娘倒在地上，眼睑出血，嘴唇发绀。小臭子扑在他们身上，号啕大哭。

周围人还是一动不动地盯着梁众异看，好似小臭子不存在。

梁众异看小臭子如此大的动静冲进去都没事，也大胆往里面走去。永秋没跟着他，将光石塞进他的手中，往旁边跑了几步，向上一跳，翻身上了院墙。

梁众异这一踏进去不得了了，所有的人突然全都倒下去，血从他们的眼角边、鼻孔里、嘴巴里流出来，死不瞑目。

声音越来越大，大到震得梁众异大脑发晕，耳鸣不断，他捂住耳朵，呆在原地。地上一个又一个的尸体看得他浑身发冷，大脑停止思考。

"梁众异！"

墙头上，永秋大喊一声。

梁众异浑身一震，狠狠扇了自己一巴掌，猛晃两下头，心神稳下来。他从倒下的尸体上跳过去，抓住小臭子，背起他往门外跑，小臭子不断挣扎："放我下去，我要带走我爹娘！"他在梁众异的背上扑腾，梁众异一个没挺住，摔在地上，小臭子滚下来，又扑向角落里的两具尸体。

"梁众异！"

永秋又在喊他。

梁众异爬起来，看到永秋指指自己的眼睛。

梁众异明白了，掏出包里的光石，凑近自己的眼睛。白色的光逐渐占据他的眼睛，再次抬头，院子里的所有人都好端端地站着。

"站住别动！"永秋喊道。

梁众异照做，一根木针飞过来，扎在自己的左耳朵。

"转身！"

梁众异转身，又是一根木针扎在右耳朵。霎时间，所有的皮影戏声音都消失，梁众异的耳边一片安静。

梁众异这时注意到周围和刚刚他未踏进门时一样，大家纷纷望着门口。他深吸一口气，往角落里看去，失望地发现躺在那里的两个人还是躺着，口鼻流血。

梁众异跑过去，将小臭子一把拉起，小臭子扒着爹娘的身体不撒手，梁众异无能为力，向墙头看去，永秋又射出一根针扎在小臭子脖子上，小臭子动作一滞，向下倒去。梁众异趁机背起他就跑，一路跑到门外，永秋早就跳下来在门口等待，和梁众异一起抬起小臭子。

永秋指指上面，梁众异点头。两人抬上小臭子连忙往山上跑，一上山，永秋就将自己和梁众异耳朵上的木针拔了下来。

梁众异伸手要照着样子拔小臭子头上的，永秋却按住了他的手。

几分钟后，梁众异和永秋藏在帐篷里，小臭子在他们面前躺着。

永秋正收拾着自己的针弩，清点剩下的针，听见梁众异出声说道："光石果然能破解皮影邪术。"

"你到现在才相信我？"永秋手上的动作停住了。

梁众异没注意到永秋的变化，继续分析说："皮影师想让我们放松警惕，引我们进去。他的皮影戏所发出的声音，使准备靠近祠堂的我们产生了幻觉，以为里面没人。但是我们发现自己中了幻觉，用光石解开了，他看到光石害怕了，知道我们有了对付他的皮影邪术的方法，所以改变了想法，不想让我们再靠近。所以我进去的时候，他制造了多人暴毙的场面，想将我吓出去。"

永秋冷笑："分析能力不错。"

入夜了，山里冷，梁众异不住地搓手。他继续说："如果真的是这样的话，他会想办法毁掉光石。"

"他不会来的。"永秋又在磨银针，"那光石，只能用一天"。

梁众异猛地一抖："什么意思？"

永秋想了想措辞，简单地说："他那所谓的邪术，有一部分，其实就是运用声音中的能量对你的眼睛和耳朵造成破坏，通俗点说就是看见和听见本不存在的东西。而光石所散发的能量刚好能消除掉这种破坏。但是能量会随着时间消逝，变得越来越少，这一块，只够一天。"

"能……能量？"

"你可以理解成一种'力'，这种力能够对我们的身体造成影响。"

梁众异回味着永秋的话，缓慢地点了点头。

永秋继续说："他知道这块光石只能用一天，所以他会拖时间，拖到一天过去，光石没用了，这个时候，我们就危险了。"

梁众异说："没事，我们还可以扎针。"

永秋摇头："不行，扎针在耳后可以抵挡邪术，让人听不见皮影戏的声音，的确有用。但是如果扎针超过两个小时，人就会永久性失聪。"

梁众异低下头，沉默了一会儿，又抬头问："你怎么知道光石的作用？"

永秋将自己的针弩和针再次放进腰间，道："还是一问换一问。我问你，皮影师到底在你们村里要寻找什么？"

梁众异回答得很快："找他的名字。"

"什么？"永秋以为自己听错了，梁众异又回答了一遍。

永秋点点头，道："那这和你梁众异又有什么关系？"

"你还没回答我的问题。"

"好，我之所以知道这块石头的用处……"

"救命！"小臭子突然惊醒，全身发抖，将永秋的脖子从后面紧紧抱住，永秋呼吸困难，人往后翻去。

梁众异赶紧拉开小臭子，小臭子平复了一会儿，看清了眼前的两个人，这才平静下来。

永秋剧烈咳嗽着，指着小臭子的手都在颤抖。小臭子立马弯腰道歉："对不起……对不起……我只是梦见我的爹娘死了，皮影师也要来杀死我……"

梁众异一边安抚小臭子，一边道："看小臭子爹娘的样子，似乎是被憋死的。"

永秋问："你怎么知道？"

梁众异低下头去："村子里谁生了女娃不要，一般都扔到后山上去。有人怕女娃哭，就拿布把娃娃的嘴蒙上，娃娃哭不出声，鼻子也被鼻涕堵着，没等到狼来叨，就憋死了，死的时候就是从眼窝窝里流出血来。"

永秋"呸"一声，往地上啐了口，不说话了。

梁众异又问："你为什么知道光石的用处？"

永秋沉默了，她将针弩和备用针装在自己的身上，起身跺跺脚："算我欠你的，我们先将皮影师这个问题解决了，我会告诉你。"

梁众异毫不意外永秋会突然反悔不说了，他总感觉永秋和他说话的时候有所顾忌。

永秋掀开帐篷："走吧，趁着光石还有效，再去试试。"

梁众异问小臭子："还去吗？"

小臭子擦掉眼泪："去，去把我爹娘抬回来。"

永秋猛地回头："你不准去。"

小臭子愣住："我这次不会冲动了！"

梁众异也帮腔说："去吧，多一个人多份力量。"

永秋这时偏偏强起来："他去，我就不去了。光石给你，你自己决定。"

梁众异想再劝劝，小臭子指着远处的祠堂叫起来："你们看，大家怎么都往祠堂里去了！"

第十三章　姓名将显

他们三个只不过回去调整了二十分钟不到，祠堂里就变了个大样，一个又一个的村民涌入祠堂，梁众异预感不太好，急匆匆地说："先把小臭子带上，这些村民都跑进去，还不知道会被皮影师怎么着……诶，等等我俩！"

永秋不愿再和他们啰唆，转身就走，赌气似的跑得飞快。蓦地，她又忽然停下，用短针扎进梁众异和小臭子的耳朵旁，将凸出的针折掉，转身又自顾自地跑了。

"自己顾着点时间，最多一个小时。聋了我不管！"

这次三个人还是按照计划来，小臭子看门，永秋阻断皮影师的动作，梁众异趁机放置光石。这次走到祠堂门口，永秋提前拐了弯，绕到祠堂的后面，噌噌噌又窜上房顶，在房上找了一个隐蔽的地方趴下来。

梁众异本来也打算换个地方进，结果远远地，他看见祠堂的门口跪了一排人，都是村里的妇女和老人。梁众异窜到一边躲起来，不知道这会儿皮影师又要耍什么把戏。

观察了半天，他看不出个所以然，那些跪着的人低着头，也看不清他们的脸色。

"咚——"一个老人受不住了，头往前一栽倒在地上。大寒天跪在外面，饶是换个年轻小伙子也受不了。

没人敢去扶那个人，大家还是跪着。旁边的一位妇女仰天大哭："梁众异哇，你快来救救我们啊！爹……爹……你坚持住……"

梁众异明白了，皮影师这是拿村民的命做威胁，逼自己出来。情况有变，他得和其他两个人商量一声，正欲转身，祠堂里面隔墙扔出一根拐杖，梁众异定睛一看，这不正是祖父的拐杖？

梁众异心一凉，他知道这次自己必去不可了。

永秋刚透过瓦片的缝隙瞅见皮影师藏在哪，正欲和梁众异通个气，也听见了祠堂外那妇女的哭叫声，抬头往前一看，祠堂的院子里，一个老人正被压在一个藤编靠背椅上，其余中年人纷纷站在院子一角，还处于神志不清中。几秒后，永秋看见梁众异昂首挺胸地从大门走了进来。

梁众异进了门，果真看见自己的祖父坐在院子正中央，颤抖着闭着双眼。周围几个村民将其控制住，一把菜刀还横在祖父的脖子上。耍皮影戏的小木房子就停在祠堂门口，一刻也不停歇地演着，但是由于他耳朵上的短针，他暂时听不见皮影师所耍的诡术。

"耍皮影戏的，我梁众异来了，直说吧，你要什么？"梁众异在祖父前几步停住，冲屋子里大喊。

屋子里的唱戏声停了，一阵笑声传出，皮影师手上捧着个皮影人从祠堂里走出来。梁众异发现他全身上下都包裹得很严实。

房顶上的永秋也发现了，看来皮影师学精了，这样她根本就没有下手的机会。

"梁众异，我就不废话了，只要你告诉我，我是谁，这一村的人，我都可以放走，包括你。"

梁众异道："你都说我不是梁众异了，我巴不得这一村子的人去死，我为什么要管他们？"

"你是不是，你自己知道。只是你忍心看着这些人今天全死在这吗？他们已经被我的诡术所控制，只要我想，他们可以以任何一种方式死去，甚至还不用我亲自动手。"

梁众异趁机顺着他的话说："现在看来，要害死村民的不是我，而是你。"

梁众异继续说："耍皮影戏的，你还不明白吗？唯一知道你是谁的老影子叫人杀了，我还活着，那我就一定不知道你是谁。"

"我不管。他说这件事和你脱不了干系，那你就一定知道。"

梁众异笑了："你有点不讲理了，别说你，我连你说的'他'是谁都不知道。"

皮影师脸色变得越来越难看，他道："知道小臭子爸妈怎么死的吗？村里的人都被锣鼓声吸引过来看皮影戏，我问他们，我是谁，有没有人记得我，大家纷纷说不知道。小臭子的爹娘看着我，说眼熟，我继续追问，他们还是说不上来，就被皮影人掐死了。"

梁众异呼吸变得急促起来。

"所以，你好好想一想，你到底认不认识我。"

梁众异果真按照他的话低头想了想，然后说道："我真的不知道。但是我记得你的箱子里有个'木'字，那是否就是你的姓？"

皮影师一口否定："不可能，村子里都姓梁，怎么独我一人姓木。"

"别急。我观察过，那个'木'的上半部分被人用小刀划掉过一层皮，我怀疑，那个箱子上，划掉的就是'梁'的上半部分，所以说那个箱子上可能写着你的真实名字。你去找找吧。"

皮影师半信半疑，逼两个村民将他的箱子抬出来。他指了指梁众异，又指了指箱子："你来找。"

梁众异心里暗喜。那箱子离小木房子近得很，这刚好利于自己的下一步动作。

梁众异正迈出去一步，皮影师手一伸挡了挡："等等，让那个到处乱扎人的人先出来，否则我现在就取出你祖父的指骨，刚好这个皮影人缺一条支架。"皮影师笑着，冲梁众异挥舞手中的皮影人。

梁众异仔细一看，那皮影人不正是照着自己做的吗？

皮影师一点头，几个村民将菜刀从祖父的脖子上移开，悬在祖父的手上，祖父望着皮影师，又白又长的眉毛盖住他满含泪光的眼睛。

梁众异胸腔中火愈烧愈旺。他不知道永秋会不会出来，永秋并非村子里的人，只在乎皮影师和那个古怪病人之间的联系，就算不出来，他也不能怪她。

梁众异正想着如何应对，从房瓦上翻身下来一个人，正是永秋。待站稳后，她对着皮影师一扬眉："伤害老人和孩子，你不得好死。"

皮影师无所谓地摇摇头："不要嘴硬了，你阻碍我的事情，帮助梁众异调查我，你'送'我的十几根银针还放在我那，你也就只会这点，离了它，你还会干什么？把你手上的东西扔掉，否则他祖父那边，我可不敢保证。"

梁众异觉得皮影师彻底疯了，他今天不只想要弄懂自己的名字，估计还想将他和永秋解决掉。他对永秋积怨很深，因为他以前在村子里就没少对村民施以诡术，只不过都被永秋阻拦了。

祖父那边传来一声呻吟，梁众异转头一看，菜刀已经挨到了手背上。梁众异心一颤，回头用眼神乞求永秋。

永秋瞟他一眼，将自己手上的针弩往皮影师那边一扔，皮影师捡起来在手中翻来覆去地玩，玩够了，他一用力，将针弩掰成了两半！

皮影师这才对梁众异说："来吧，在箱子上找名字。"

永秋身子前倾，身侧的拳头握紧，梁众异往前走的时候，拉了拉她的手，永秋猛地甩开。梁众异知道这会儿永秋更不会帮自己了。但他现在顾不得了，在箱子前蹲下，左右翻看箱子。

还没看出个所以然，头上的皮影师突然又开口："还有那块石头，也扔过来。"

梁众异一愣，缓缓抬头，对上皮影师那张皮笑肉不笑的脸，他手脚冰凉，手不自主地按在自己胸口的位置，不愿挪开。

皮影师要去夺，梁众异别开他的手，皮影师收起笑容，正要挥手，几步外的永秋突然一屁股坐在了地上，盘着腿冷笑："交吧，现在我们干不了什么，还不如交出去保命。梁众异，我可不想死这。"

梁众异不可置信，他没想到永秋这么快就倒戈，回头皱眉望着永秋，永秋一直笑，毫不避讳他的眼神。

梁众异慢慢地伸手，伸进自己的棉袄里掏出光石，不情不愿地放在了地上。

"递到我手里来。"皮影师说。

梁众异抬头怒视着他，牙齿咬得发响。

"梁众异！"

"众异……"

永秋和祖父同时叫他，永秋的声音急促，在逼他，祖父的声音迟缓，在求他。

梁众异长长呼出一口气，将光石举过头顶，放在皮影师的手中。

"快找！"皮影师催他。

梁众异又呼出一口闷气，强迫自己先找出箱子上的东西。箱子年岁很久了，有几处还生出虫眼。"木"字的上面，有几道小刀划过的痕迹。梁众异在箱子内外翻来覆去地看，其他多余的字迹再没有了。梁众异不放弃，继续找，被底部一块蚂蚁大小的黑色印迹吸引。那印迹混在一小片虫洞中，很不好找。梁众异仔细摸了摸，是凹下去的。那印迹紧挨着侧面的木板，似乎还有一点藏在侧板和底板的连接处。

梁众异向皮影师伸手："我需要锤子，将这个箱子拆开。"

皮影师刚刚拿黑布将那光石包裹好，他一边小心翼翼地将其收在胸口处，一边道："不给，自己想办法拆。"

梁众异无奈，晃了晃这个木箱，发现木箱很结实，自己徒手肯定弄不开，他只好将箱子抬起来，朝地上狠狠砸去，砸了好几下，箱子终于散架了。

梁众异捡起那几片木板。有一小块掉到了永秋的手边，梁众异要去捡，永秋眼疾手快抓起来藏在自己的腿下，梁众异怎么瞪她，她都不给。

梁众异觉得永秋是和自己赌气，他怕皮影师知道永秋藏了木板，不敢有大动作，不动声色地起身，拿着剩余的木板走到皮影师身边仔细端详寻找。他挑起底部那块，果真看到一行字在最边上刻着，恰好能藏在与侧板的连接处。梁众异看清那行字后一愣，望向皮影师。

"什么，上面写的什么？"皮影师抢过木板，凑近一看，木板上是一群奇怪的字符。他又将木板扔给梁众异："我不识字，你给我念，别耍花样。"

梁众异感到疑惑，相信皮影师是真的不识字了。这木板上刻的，根本就不是汉字，只是和汉字很像。其中的每一个字，都比和其相似的汉字多了几笔。

梁众异也不明白这串字是什么意思。他皱眉，刚想说自己也不认识，旁边的永秋突然开口。

"我知道你是谁了。"永秋冲皮影师晃着她刚刚藏起来的那块木板，"这上面写的有。"

话毕，皮影师呆住，两行泪突然流了出来，他屏住呼吸，冲永秋吼："把木板给我，我要看！"

永秋不急不慢地站起身走过来，忽略掉梁众异望向她的探究的眼神。

等快走到皮影师面前的时候，永秋突然身子一侧，转到了墙边上，墙上挂着一盏烧得正旺的油灯，烛火在油碟之上摇曳。永秋冲皮影师一笑，迅速将木板放在烛火上面。

"想知道？我有要求。我给你说木板上的内容，你要放我走。哦，别想用他们这些人来威胁我，我现在想清楚了，他们死不死，与我无关。"

永秋手拿着木板悬在灯芯上，火苗不断舔舐着木板，底面逐渐因高温变黑，而永秋的手还有再往下降的趋势。

"好！我答应你！"皮影师急匆匆地说，"快将木板给我。"

永秋不动："你先让我退到门外，我再把木板给你，不认字也没关系，你可以让梁众异给你认。"

忽然被提到的梁众异失望地抬头看永秋，永秋冲他笑了笑。

皮影师明显焦急得很，但还是强忍着，反驳道："不行，万一你是骗我的怎么办，其实木板上根本没有字呢？"

"你让梁众异来看看，这上面有没有字。"

皮影师往梁众异身上踹了一脚，梁众异不情不愿地过去，示意永秋将木板从灯上取下来给他看一眼，永秋说："我不取，你趴着看就可以了。"

梁众异只好弯腰，以一种极其奇怪的姿势去看木板底面的字。字的痕迹很小很轻，一撇一捺的划痕还很新。

梁众异心里疑惑，待看清这行字，他猛地瞳孔放大，悄悄地瞅了瞅永秋。

"梁众异，上面到底有没有字？"

梁众异直起身子，道："真的有字，而且，我还看到了内容。"

永秋脸色一变，双目一瞪，伸出腿去踢他："不准说！"

梁众异两步闪到皮影师后面，道："你既然要抛下我自己走，那就别怪我翻脸不认人。你别想走了，我这就给他说木板上是什么字。"

永秋抓起上面的油灯朝梁众异扔过去，皮影师将梁众异往旁边一推，梁众异刚好到了小木房边上。

皮影师大笑，五官激动到扭曲，他对梁众异说："你快说，你说了，你祖父就得救了！"

梁众异缓缓道来："你可要信守承诺。木板上写，他是村里的木匠，这个箱子就是他为他儿子准备的。他的儿子出生的时候，脖子后颈处有一指头大小的胎记。"

皮影师焦躁地将自己的围布往下扯，扯得自己面红耳赤，扯下来后，他将后颈对向梁众异："有吗？有吗？"

皮影师没听见梁众异说话，却见永秋突然变脸，右手一挥，寒光一亮，一根银针直直飞出，扎在他的脖子上！皮影师一惊，来不及闪躲，他顿觉四肢发麻，大脑混沌，渐渐地什么都感觉不到了，往地上倒去。

梁众异从后面托住他，竖起大拇指："没有那个弩，你竟也能射这么准！"

永秋拍拍手，不以为傲："我一开始就是徒手射针，后来为了增加射程才用了针弩。"

梁众异这才明白为什么永秋的右胳膊很粗。

那边看守着梁众异祖父的几个人看见威胁他们的皮影师轰然倒地，转身就跑，他们经过自己的妻子和儿女，连连作揖："原谅我吧，我先跑为上，等一会儿真的没事了我再来救你们！"而他们的妻女，还呆呆地站在一边，眼神空洞，根本不知道自己的男人或爹已经将自己抛下。

梁众异将这一幕尽收眼底，心中有点不是滋味。

永秋才不管这些，她蹲下去，伸进皮影师的衣服里，将用黑布包裹着的光石掏出来，拉了下梁众异："别看了，院子里的人还被诡术迷惑着，他们现在仍处于一种没有知觉任人摆布的状态，我们必须尽快用光石消除掉邪术带给他们的'力'的影响。"

梁众异收回目光，将光石接过，往小木房子里走去。推开门即将走进去的时候，他转头问永秋："为什么是我，你自己也可以将光石放进来。"

永秋愣了愣，道："我在外面帮你看着，要是有人偷袭，你能怎么办？不还是得我来。"

梁众异想了想，被说服，刚要走进去，小臭子从门外匆匆忙忙跑进来："刚刚那几个人跑出去，我没拦住。"

梁众异宽慰他："没事，那几个人是正常的。"

小臭子点点头，他注意到倒地的皮影师，凑过来上下端详："呵，不是挺能的吗？不还是躺在这。"

梁众异没接下一句，他知道自己此时此刻需要立刻进去将光石放置到正确的位置。他推开门，里面白布前面的影人还在兀自演着戏本子里的戏。

梁众异握紧光石，迈腿进去。突然他感觉自己的脚被谁拉住，低头一看，皮影师睁开眼睛，阴恻恻地看着他。

"永秋！"梁众异心里一惊，大叫道。

永秋被小臭子挡住，根本没看见皮影师突然醒了，被梁众异一叫，她侧身去看，刚好看到皮影师先是用另一只手重新将自己的脖子裹好，然后用力将梁众异拉倒，从他的身上爬过去去抓梁众异手上的光石，他的旁边，银针不知为何掉落在地。

梁众异和永秋都不知道为什么皮影师脖子上的针会突然掉在地上，永秋扎出去的针从来都没有出现过这种情况。

可能是穴位上被扎的劲儿还没过，皮影师腿还软着站不起来，但是他的一双手力大无比，将梁众异死死压在身下，顺着他的身上爬上去。

小臭子吓得跌在地上，手脚并用往后爬去，永秋再无处下手，抓起旁边的木板狠狠砸在皮影师的头上。

第十四章　皮影的把戏

皮影师没有被木板砸晕，木板在他的头上碎成好几瓣，光石已经到了他的手上，他另一只手死死地掐住梁众异的脖子，渐渐用力，不论永秋如何去抓他、打他，他都仿佛不痛不痒，渐渐地要将梁众异掐死。

慢慢地，梁众异白眼一翻，停止了扑腾。

皮影师爬起来，转向永秋，活动活动胳膊和手臂，道："你们逼我的！"

永秋呆在原地，小臭子跑过来拽住她的手臂要跑，皮影师已经一手抓住一个，将他们往小木房子里带去。

"既然不想活着，那不如死了来给我的皮影戏加点乐子吧！"

永秋和小臭子挣扎着，奈何皮影师的手劲实在太大，他们越挣扎，脖子上的手臂勒得就越紧。皮影师跨过地上的梁众异，正要走进小木头房子，他胯下的梁众异突然睁开眼，上半身腾起，铆了十足的力气，冲他两腿之间狠狠一顶！

皮影师一瞬间疼得浑身抖动，他无暇再去抓那俩人，双手捂裆，连连后退，永秋趁此一扯他的衣服，光石"咕噜噜"掉出来滚在地上，而皮影师再没了心思去捡，他倒在地上，蜷缩成一团。

永秋捡起光石，扶起梁众异，将光石塞在他手里，将他往木屋里推："快去！"

梁众异不敢再磨蹭，两步跨进去，将光石放在白布前。刚一放下，梁众异就发现了端倪。

光石放置在皮影的旁边，散发的白光在空中弥漫，半空中突然多了很多根细细的线，细到梁众异以为那只是自己的错觉。他伸出手去空中捞，果真碰到了一根线，线在他的手掌里面都细到若隐若现，稍微一变换角度就看不见了。梁众异将线轻轻一拉，白布前的皮影小人突然不寻常地动了动。

　　梁众异脑子里灵光一闪，他抓起光石照着细线，手掌搭着一根线，往皮影人那边慢慢捋，果真看见线的一端连在皮影人身上。他再朝另一个方向捋过去，视线越来越往上，最后，线没入木房子的顶板上去。

　　梁众异顺手拿起一根木棍，往上捅了几下，"哐"，上面的一层薄薄的木板被捅出一个大洞。梁众异索性将整个顶板全都捅下来，里面的布局一下子便暴露出来。

　　梁众异张大嘴，惊讶地看着头顶上的东西。几十根线绕过一根木棍，全都被挂在向上勾起的小钩子上，小钩子连在细细的木棍上面，木棍又通过各种节点和齿轮，连接上一个方形的木框，木框内细细的小棍子交错，根本弄不懂哪根连着哪根。

　　梁众异只在他们平日里种田用的农具上见过一些简易机关，这么复杂的机关，他还是头一次见。他将光石高高举起，使自己更能看清上面的结构。梁众异突然发现，那些根本就不是木棍，竟然是一根根人的骨头。

　　梁众异毛骨悚然，他从机关看到线上，顺着线看到皮影上，这回终于明白了皮影为什么在没有人操控的情况下还会动。哪有什么邪术秘法，这根本就是有机关在控制，只要启动机关，有没有人，皮影人都能动。

　　梁众异脑海中闪出一个更可怕的想法。他又用光石照着那些细线看了看，顿时心凉得彻彻底底。这些细线，根本就是一根又一根白色的头发。

　　梁众异试着扯了扯发丝，发丝不断，看来和顶上机关所用的骨头一样，从人的身上取下来之后经特殊处理过，所以才能如此有韧性。

梁众异举起光石，取下皮影，想让其停止。没想到皮影即使从白布前取下来了，还是挂在发丝上，飘荡在空中，那皮影的影子在白布上变得更大，更加诡异。他又试图扯掉发丝，发丝还是扯不动。

梁众异知道自己要想停掉皮影戏，那就只能关掉机关了。他在四周摸索。在光石的亮光照耀下，他发现了许多平日里肉眼看不见的东西。看了一周，他还没找到机关的启动器。

没有开关，这机关怎么启动？

梁众异想起那日他被骗进木房子里，皮影师开始耍皮影戏之前，割了自己的血往皮影上滴了一些，突然有了些思路。

梁众异靠近皮影，从旁边的工具袋中抽出一把小刀，再次划开自己的手掌，往上面滴了一些血液，果然，几个皮影慢慢地往下坠，最终停了下来。梁众异依照同样的方法，发现了铜锣鼓槌的原理，和皮影人一样，都是发丝所做的细线在上面拉扯。在光石的帮助下，皮影戏的奏乐和画面都齐齐停了下来。

梁众异大大地松了一口气，他举着光石走出去，冲永秋和小臭子点了点头。

永秋刚刚已经再次扒拉下皮影师的围布继续将其扎晕，为了不再出现上一次的错误，她一直守在皮影师身边，一直到梁众异出来，她还紧紧盯着自己的针。

梁众异如蒙大赦，取下自己耳边的细针，将光石抛给永秋，道："戏停了，这算不算完？"

永秋摇摇头："远着呢，看到这些人没，'力'对他们的作用还没消解，还得给他们一个一个看一眼光石。"

梁众异数了数院子里的人："四十多个啊，行。走吧，小臭子，活还没干完。"

没人应答，梁众异转头四处去找小臭子的身影，却见他往祠堂内跑去。他顺着看去，看见祠堂内，一个白影站在侧墙边上，高高举起锣槌，朝向墙上高悬的、金灿灿的铜锣敲去！

"不要！"梁众异大脑炸开一片混沌，三年前灰爷将锣槌一掷，敲响铜锣的场景猛地袭入他的脑海中，梁众异疯了一般地跨过高高的门槛跑进去，还没抓住那白影，白影就破窗而出，再也不见。

一声接着一声的铜锣声低沉而缓慢，响彻整个祠堂，越过高高的院墙，传向村子的每一寸地方。

梁众异一口气上不来，他倒退几步，整个人砸在门框上，喉咙里涌上一股腥甜的气息，他没忍住，一口血喷出来。

"别动！"永秋跳过来将他扶住，抓起他的手掌扎了几针，"别急，别急！"

梁众异用力眨了眨眼睛，将针一把薅掉，挣脱永秋的臂膀，冲出门，去看院子里的村民的反应。

院子里的人，全都倒在地上呻吟，他们的眼神不再无神，而是痛苦地望天。他们捂着自己的头，脑子里剧烈的疼痛让他们不住地往地上和墙上砸，院子里一片碰头的沉闷的声音。院子中央的祖父却没什么反应，只是焦急地看着大家。

梁众异想张口说点什么，却又说不出来，只是无声地嘶吼，他同样也感到仿佛有千万只蚂蚁在啃噬自己的大脑。永秋又将他抓住，往他头上扎针。

永秋吼道："别动！我用针灸帮你缓解一下。"

祖父急得连拐杖都不需要了，蹒跚地跑过来，他心疼地伸出手摸向梁众异，面对着梁众异扎成刺猬的头又不敢下手。

"众异，快喝点血，人血可以缓解……"祖父颤颤巍巍地说。

永秋一听，神色一变，大吼道："闭嘴！"

迟了，院子里的人已经听到了，他们挣扎着爬起来，找到地上的碎石子和碎瓦片，划破自己的手指，嘴凑上去拼命地吸食，两颊用力到凹陷下去。不够，远远不够，手指流出的血根本缓解不了多少。

那些人转向祠堂门口的梁众异一群人，眼里逐渐放光。

永秋和小臭子被那眼神看得心里一凉，赶紧一人拉梁众异，一人扶他的祖父，四个人进了祠堂，小臭子迟疑了半天，还是将皮影师也拽了进来。他一进去，立刻将门关上，和永秋一块儿死死用背抵住。

外面的人刚冲过来就被挡在门外，气急败坏，在外面"哐哐哐"地砸门。

奈何祠堂是村子里修得最结实的房子，这门即使被十几个人一齐推，也纹丝不动。

祖父还不知怎么回事，永秋没好气地说："老人家，你这么一说，不管有没有用，大家肯定会杀人取血。"

祖父抖得更厉害了。

不知是拍门声太大，还是头上的针起了作用，梁众异清醒过来，他沉默了一会儿，问祖父："祖父，铜锣给人造成的影响会持续多久？"

祖父回忆道："大概只有半个小时。三年前，大家难受了半个小时左右，就会陷入昏睡中，睡醒后，就再也不会难受。"

梁众异摇摇头："半个小时太长了，他们坚持不了。开门！"

永秋白了他一眼："开什么门，等他们进来喝我们的血吗？"

梁众异皱眉："他们受不了的时候，你猜，他们会干什么？"

永秋望着梁众异闪烁的眼神，和梁众异想到了一块儿，但她还是说："不能开，你有解决的办法吗？没有，你出去就是送死。怎么，想舍身为人？那你自己去，别拉上我们！"

梁众异不说话了。

突然，外面传来一声凄厉的女声，梁众异头皮一麻，要推门出去，永秋和小臭子将他死死按住。

梁众异抵抗不过两个人，他爬起来，跑到窗户边上，望着外面，须臾，他捂住自己的嘴，身体剧烈颤抖着。

外面，疼到极点的人们，开始将人血的来源转移到了同伴的身上。他们冲向自己身边的人，青壮年之间互相控制不了，于是就转向周围的女人和小孩；女人渴望得到解脱，打不过男的，就抓着小孩不放手；小孩干不过大人，纷纷扑倒老人；而老人，躺在地上，放弃了挣扎，一动不动……

院子里尖叫不断，不断有人倒下。最后站起来的那些，龇着牙，牙缝里都是血。

不知道过了多久，院子里归于平静，十几个男人和几个强壮的女人站在一堆尸体当中，茫然四顾。

"吱——"祠堂的门开了，梁众异迈着沉重的步伐走出来，永秋和小臭子跟在后面，祖父不忍再看，留在了里面。

梁众异什么都感觉不到了，他看着那几个人，那几个人也齐刷刷地看着他。

梁众异突然发现，地上的血流淌在一起，汇成了一片图案，这图案和石棚里老影子死的时候所显现的图案一模一样，四个同心圆内，四条线自圆心处蜿蜒而出，时粗时细，铺满整个圆。

大家都知道这个图案，这图案曾经和祠堂内刻的一个图案一模一样。

他们都认为，这是祖上传给他们的。一旦显现，必有大灾。

而此时他们身边躺了有二十多具尸体，都是他们的妻儿和亲戚朋友。他们脸上的茫然一点一点消失。其中一个人突然扑到一具尸体上，哭号道："孩他娘，你怎么死了！"

旁边的人你看我我看你，纷纷后退。

地上哭号的人突然不哭了，他舔了舔嘴里，转头和边上的人对视了一眼，大家纷纷摸了摸自己的嘴角，手上立刻粘上尚存温热的鲜血。

忽地，所有人开始指责对方："是你先开始的，是你先开始的……"

"不是我，明明是你……"

梁众异不想再看他们，他走到院子中央，去看那个被血染红的图案。

祠堂那边，皮影师突然醒过来，和身边的祖父面面相觑，他突然站起来，一言不发，走到祠堂门外，望着院子里的人，咧开嘴，笑了。

"我知道我是谁了，我想起来了，我是梁众异啊，我是梁众异，我是梁众异啊！"

梁众异猛地回头，不可置信。

"我是梁众异啊，我想起来了，我是梁众异啊！"

院子里的人仿佛也被点醒，认出了那个耍皮影戏的，正是梁众异。

而梁众异，那个消失三年归来的人，此刻站在院子中央，不知所措。

他是梁众异，那自己是谁？

小臭子和永秋急忙跑过来护在梁众异身边。

小臭子小心翼翼地问："梁众异，你还好吗？"

此话一出，有人大叫："小臭子，他是假的！"

有人附和："对啊！他是假的，他对我们图谋不轨，他希望我们都死！"

有人恍然大悟："这些人不是我们杀的，是他用妖术迷惑我们杀的！不是我们，不是我们，是他，是他，是假的梁众异迷惑我们杀的！"

十几个人随之纷纷叫道："对，他迷惑我们杀人！他迷惑我们杀人！"

那个扑在尸体上的人吼道："烧死他，他第一次杀我们的人，就是烧死的，我们也要烧死他，为死去的人报仇！"

十几个人好像为自己杀人找到了合理的理由，一下子不再互相推脱，高喊着一起来抓梁众异。刚好站在中间的梁众异来不及跑，被人一下子举起来，永秋和小臭子想过来救人，也被抓了起来。

祠堂里，祖父不知所措，没了拐杖的支撑，他站不起来。他看着身边耍皮影戏的"梁众异"，又看看远处被抓住的梁众异，不住地叹气。

十几个人此时莫名地团结，迅速将三个人五花大绑，然后从邻近的家中抱来柴火，很快就在祠堂的院子中央垒起一个高高的柴火堆。

一把火扔进去，火堆迅速燃烧，十几个嘴角带血的人围在旁边，大喊着："为死去的人报仇！为死去的人报仇！"

"烧死他，大家都会变好，邪术也会消失！"

"烧死他，烧掉邪术！"

口号越来越奇怪，橙黄色的火焰在黑夜中格外醒目，照亮了每个人的脸。梁众异在火光中，看到了他们每个人脸上的凛然正气。

第十五章　吞金兽

院子中央的火愈烧愈烈，火焰直冲云霄。不断摇曳闪烁的橙色火苗包裹住枯枝败叶，干燥的柴火整个被吞噬，发出噼里啪啦的燃烧声，还未干透的木枝则被烧得滋滋冒水，那水不一会儿也化为袅袅烟气，汇入浓烟中向穹顶飘去。万亩村庄沉睡在黑夜中，幸存的人将脑袋深深埋在被窝里，假装听不到高昂的叫声，瞅不见冲天的火焰。

梁众异三人的双手双脚都被捆了起来，被人东倒西歪地扔在墙角。而那个声称自己是梁众异的皮影师，手中还抱着自己做的皮影，靠在墙边，浑身软弱无力，独独一双眼瞪得浑圆，射出如利刃般的光，将梁众异死死盯住。

永秋的眼神在梁众异和皮影师两个人脸上转了几个来回，梁众异发现了，问她："你早就知道我不是梁众异？"

梁众异记得十几个小时之前，他第一次见永秋，永秋曾经问自己是不是村子里的人。

永秋不遮不掩，道："没错，我早就感觉你不是梁众异，你只是借了梁众异的记忆。"她看着梁众异疑惑不解的样子，继续说："其实你不用奇怪。我之所以能看出来，是因为我之前见过很多像你一样的，不是本人，只是借用了本人的记忆和身份。你即使对这个身份的记忆再熟练，也不可能做到比本人更加熟练自然。你如果和我一样，见过一个这样的人，下一次遇到类似的人的时候，你也能凭直觉感受出来。"

梁众异抓住了重点："我……还不是唯一一个？"

永秋点点头："我遇到了五六个，这其中还不包括你。"

小臭子在一旁听得目瞪口呆，张了张嘴，不知道说些什么。

梁众异沉默了一会儿，突然道："永秋，我对不起你，把你带到了现在这个地步。"

永秋眨了眨眼说："没什么对不起我的，我本来也要弄清这皮影师到底是谁。你真正对不起的，可能是他。"永秋冲皮影师那边指了指。

梁众异过去一瞅，皮影师还直勾勾地盯着他看。

永秋道："他日复一日寻找自己的身份，不知道寻找了多少年。今天好不容易想起来了，你觉得村里的人还会接纳他吗？他的家人还会接纳他吗？"

祠堂里，祖父藏在门背后，怯怯地望过来。他一看到梁众异看过来，立马低头。

梁众异不说话了。

永秋笑了："纠结什么呢？现在都快死了，还管什么对不起对得起，你真闲得慌。"

梁众异被逗得苦涩地笑了两声，仰头，灰蒙蒙的天上飘下一片雪花落在他的鼻尖上。他伸出舌头去舔，够不到。

"哪有人死的时候，刚刚知道自己不是自己。"

一直沉默不语的小臭子突然道："谁说的，我们不一定会死。"

梁众异刚疑惑着，自己的腹部结结实实挨了小臭子一脚，他疼得蜷缩在一起。

"是你害死的我爹娘！是你害死的我爹娘！"

一脚又一脚，小臭子将自己捆起来的两只脚高高抬起，落在梁众异身上，梁众异没躲闪，把头一偏，老老实实地挨着每一脚。

那边正在磕头的村民听到了声音，转过头来呵斥："干啥呢？"

小臭子听见那边的问话，手脚并用地爬过去，不住朝那几个人磕头："求求你们了叔叔，放我去给我爹娘收尸吧……我爹娘死得太惨，眼睛都闭不上……"

村里人人都认识，都知道小臭子的爹娘老实，和大家没有什么矛盾，小臭子平时嘴也甜，见着谁就叔叔阿姨地叫，深受大家喜爱。今日里发生了如此大的事情，小臭子哭得眼泪鼻涕都混在一块，着实叫人可怜。

几个人一合计，寻思着小臭子也是被那假的梁众异蛊惑，也没做出什么事情，也就将他放了。

麻绳一圈一圈地解开，小臭子跌跌撞撞地跑到爹娘跟前，摸了摸爹娘的脸，把鼻涕吸溜回去，找了块木板，把两个人翻上去，然后将木板一点一点往外推。他的整个身子都贴在了地上，面目狰狞，用力一次，木板才往前移动一点。

梁众异就这么看着小臭子一点一点挪出去，临出门之前，他看见小臭子给他递了个眼色。永秋在一旁道："小臭子什么都不会，装可怜倒是一把好手。"

梁众异听得怪不舒服："什么叫装可怜，他自己的爹娘死得不明不白，本来就很可怜了，他这么做也是出去帮我们，你干啥要这么说他。"

永秋看了看他的眼睛，里面清清澈澈一片水光，道："你单纯得很，小心叫人骗了。"

梁众异觉得这句话没头没脑，刚想反驳几句，又想到两个将死之人也没必要吵来吵去，便闭了嘴。

沉默了十几分钟，那边磕头的人终于站了起来，张开膀子朝两个人走过来。梁众异闭上了眼睛，感觉自己被人抬起，往火堆那边走去，他突然想再和祖父说两句话，睁开眼，祖父还在祠堂那边藏着。

梁众异又重新闭上眼睛。

梁众异越往那边靠近，感受到的温度越高。终于抬着他的人停下，他感觉那火苗不断舔舐着自己的发丝。他的脸被火烤得紧绷炙热，闭着眼，却还是能看到一片橙红色。

忽地，梁众异睁眼转向旁边一样被抬着的永秋："你还没告诉我，你为什么知道光石的作用。"

永秋平静地望着天空："与其想这个，不如想想你的救兵怎么还没来！"

梁众异再也想不了了，几个村民喊起了口号："一——二——三——"

"三"刚一落下，梁众异和永秋就感觉自己被人往前扔去，整个人腾空，火苗在自己的面前闪了闪，即将吞噬自己的整个头……

"啊！"

猛地，梁众异突然感觉什么东西冲过来顶在自己的侧腰上，带着惯性将自己往侧面顶去，自己又撞到了永秋，和永秋一同被那个东西一直顶出几米开外。两个人的头被火堆的外焰燎了一下，落地的时候头上都带着火。梁众异顾不得自己散架的身体，赶紧扑灭自己头上那团炽热的火焰。

梁众异和永秋互相搀扶着爬起来，只见一头四脚兽站在自己的面前，圆圆的眼睛和自己对视一眼，然后就转过身去，挡在他俩面前。那四脚兽的尾巴扫在他们的脸上，脸上一下子起了一道红印。

从梁众异的角度看去，那野兽足有一人高，五条尾巴摇摆生风，向上折了个弯，指向正前方；其身形似豹，瘦长却健硕，四肢短而粗壮，全身赤红，犹如浴火重生一般。它的头上立着一只又短又粗的角，一圈一圈的金色文字盘旋而上，密密麻麻，透着不容侵犯的肃穆之气。

梁众异以为自己眼花了，见着这么个奇异古怪的野兽，莫非是自己已经烧糊涂了？

一声石头撞击的声音传出，原来是这五尾兽所发出的。它仰头长啸，两只前肢一曲，四条尾巴一闪，盘上自己的腰，俯身趴在了梁众异面前，剩下的一条尾巴绕到已经愣神的梁众异和永秋身后，将他俩往前一推，倚靠在自己身上。

祖父半张着嘴，扶着墙走出来，激动地高喊道："吞金兽啊！这可是吞金兽，你们还不跪！"

村民茫然的脸上突然浮现出莫大的崇敬，一个接一个全都"扑通"跪倒在地。

吞金兽用尾巴将梁众异和永秋继续往前一推，然后扫了扫村民的头，一个村民急忙爬过来，蹲在梁众异和永秋身边，手放在麻绳上，迟迟不动。

吞金兽一口气从鼻子里喷出，喷到那村民的脸上。

村民一抹脸上的寒气，不再犹豫，麻利地将两个人手脚上的麻绳解开。

吞金兽再用尾巴一扫旁边的村民，头点了点火堆，几个村民立刻拿木耙将火堆里的燃烧物抛开，将火扑灭。

梁众异还没弄明白这一切是怎么回事，就见刚刚救了自己的吞金兽又扬起尾巴，在自己脸上扫了扫，然后向院墙边走去。

吞金兽在大家的注目礼下走到院墙边，回头看了一眼梁众异。

梁众异被那吞金兽炯炯有神的眼神一盯，浑身打了寒颤。他觉得吞金兽要说些什么，不知不觉地往前迈了几步，吞金兽却转过身去，尾巴一摆，四肢一用力，跃过墙头，消失不见了。

门口探出一个脑袋，是小臭子。他瞟了一眼灭掉的火堆，趁着大家还在发愣，蹿到了梁众异身边。

"怎么样，这救兵，威武吧！"小臭子眉飞色舞道。

梁众异没回答，他抬头，看见天际那轮弯月，黑色慢慢变淡，过渡到一层蒙了纱的灰色，然后又是白色，但那层纱却仍旧蒙在上面，从未掉下来。

一个没有太阳的阴天，到来了。

梁众异三人被关在祠堂的左室，祠堂正中央，那十几个村民正叽叽喳喳地商议着如何处理梁众异。

左室里，原先用来运稻草的空道已经被人用泥土填了起来，梁众异就靠在那面新建起来的墙上，听着小臭子讲那吞金兽。

"犯了族规的人，其实也不一定会被处死。你听说过吞金兽吗？它本来只出现在传说中，那传说在村子里流传了几千年：吞金兽是老天爷赐下来的福报和横财，吞金兽出现的地方，就会有金沙沟出现。金沙沟，听这名字就知道，那里有无尽无穷的财富。千百年来，村子里的人们除了盼着江秦神回来，再就是盼望见着吞金兽。吞金兽一出现，所有当时发生的恩仇都要一笔勾销，人们和好如初，合村美满才行。如果做不到，村民们就算见到了吞金兽，也找不到那金沙沟。有人说，金沙沟会躲着睚眦必报的小人。"

梁众异问："所以我没被烧死，是因为走运，遇到了传说中的吞金兽？"

小臭子点头，又摇头："对，也不对。这吞金兽是我引过来的。我将我爹娘拖出去的时候，在我家碰见了这吞金兽。我一开始还不相信，就扇了自己一巴掌，脸上火辣辣地疼，我这才相信。你祖父曾经给我俩说过这个传说，我立马就想到了这可以救你俩……"

梁众异听到这，低下头去。

小臭子见状急忙改口："村里有人给我说过，我觉得这可以救你俩，就赶紧将那吞金兽引过来了。"

梁众异叹口气，道："我都不是梁众异，你还帮我。"

小臭子一摊手，回道："那我能咋整，我爹娘都死了，你要我去哪？和这些人一样吗？我可不乐意。"

梁众异拍了拍小臭子的肩，对他点了点头，算是道谢。

"既然恩仇不计，他们也没办法将我们怎么样，为什么还要关着我们？"

永秋一语道破："找金沙沟。经过昨晚上那一番，藏在家里的他们看不上，强壮的又不剩几个，刚好，我们仨劳动力，帮他们去找金沙沟。"

果不其然，永秋的话音刚落，几个村民就推开了左室的门。

领头的，也就是给梁众异解开绳子的那个人，大手一挥，不容置疑地说："你们三个，今天下午跟着挖金队进山去，不找到金沙沟，死在外面都别想回来！"

说罢，他朝三个人吐了口口水，门一摔出去了。

小臭子愣了好一会儿，问："怎么办，咱去吗？"

梁众异道："去，为什么不去。为什么要留在这，我又不是这村里的人。"

小臭子急匆匆地附和："那我也去！和他们在一起，还不如和你待着，起码你不会害我。"

永秋瞟了他们两眼，手一甩，一根银针扎透窗户纸射出去，窗户外一个模糊的身影一抖，倒了下去。

两分钟后，祖父蹒跚的身影出现在门口。

梁众异嘴里的"祖父"差点脱口而出，他掐了自己一把，咽下去了。

祖父靠在墙上，梁众异给小臭子使了个眼神，小臭子心领神会，将祖父扶了进来。

祖父在小臭子的搀扶下，站在梁众异的面前。梁众异深呼吸一口气，抬头看了看祖父，冷不防与祖父悲悯的眼神对上，他的心里猛地一颤。

"祖父，你早就知道我不是你孙子？"

祖父点点头，坐在小臭子搬过来的一个矮凳上。

"孩子，你是不是我的孙子，我怎么感觉不出来呢？众异这孩子，从小就是我带大的，我们俩熟得很。"

梁众异点点头，又更加用力地点了点头："那就好，那就好。"

"我一直在等我的孙子回来，等到你的时候，我知道你不是，但是感觉快了，我孙子快回来了。"

祖父哽咽着，继续说："你就要走了。我说的，不是跟着他们进山找金沙沟。你会去到别的地方。你走之前，我有件事跟你说。我知道你有自己的事要干，你要干的事，绝对与村子里发生的怪事有关。"

梁众异本来想反驳，说自己其实现在也不知道自己应该干什么，不知道自己是谁，也不知道自己要干什么事。但是后面祖父开始滔滔不绝地讲起了三年前的事，他也就没插嘴了。

三年前，铜锣一响，真正的梁众异被指为下一个敲锣的接班人，随后被灰爷带走，被锣声折磨得七荤八素的村民们神志不清地倒在地上，没人去管自称"江秦神"的灰爷往哪走去。而祖父和几个老人却清醒得很。几个人跟在灰爷身后，眼瞅着灰爷往村子后面的那片山走去，七拐八拐，就消失在了山林中。没人看清他的去向。他们合计了一下，便再也不敢追去了。那后面的山，属长白山余脉，群峰耸立，鸟兽出没，情况复杂。他们这群老人进去，活不过几天。

祖父说，他当时看见自己的小孙儿被灰爷夹在腋下，不停不休地走了老远。回去以后，村子里的人也醒了，后面的事，他早就给假的梁众异讲过了。村民们没找到财物，去追，一无所获，回来后，村子里就怪事不断。

祖父长叹一口气，眼神缥缈："知道为什么我们那几个不受锣声的影响吗？正如我说，人血可解这些影响。"

祖父用力眨了眨眼睛，说起陈年往事来。

十几年前，天灾横行，田里长不出粮食，两三年过去，存粮也早已吃完，每家每天都一锅稀汤紧着五六口人吃。有一个人饿得不行了，就动了邪念，将自己的孩子杀了吃肉。那个人杀孩子的时候就像杀鸡一样，从他孩子的脖子里放了血。吃饱了以后，他把那碗人血煮成块，放在了路上。祖父几个外出找吃的，没找到，回村看到路边放着碗熟血，饿极了，没仔细想，几个人一分，囫囵吃了，后来才知道那是人血。

那几个吃了人血的人，便是和祖父一样没被锣声影响的人。几个人也觉得奇怪，在一块儿一商量，觉得可能就是吃了人血的缘故。后来村子里再怪的事情，都没有发生在他们身上。他们几个害怕被人唾骂，从来都没和别人说过这件事。

第十六章　杀人断头

"我也不知道说这些对你有没有帮助，如果有，那就当我为当年吃人血一事赎罪吧。"

梁众异惊愕了很久，不知道该说些什么。

永秋看梁众异不说话，自己问了两句："那个吃孩子的人，后来去哪了，您知道吗？"

祖父想了想，道："不晓得。那个人最后外出讨饭去了，有人说他往南方去了。具体去了哪，没人知道。"

"他外出逃荒的时候，具体是哪一年？"

"我想想……他是过了年走的，七八个月后饥荒缓解，我的孙子就出生了……那就是十八年前。"

永秋猛地握拳，那个奇怪的病人在医院门口出现，也是十八年前的下半年。

"那个人还有没有亲戚朋友什么的？"

祖父想了想，说了一个地名："他老婆在刚闹饥荒的时候就带着他们其中一个孩子跑了，据说去了奉天，投奔娘家去了。"

"我还有最后一个问题，你的孙子在消失之前，有没有昏睡好几天不醒的毛病？"

祖父摇摇头。

永秋不说话了，祖父最后摸了摸梁众异的头，让小臭子将他扶出去了。到门口的时候，祖父转过来对梁众异说："去吧，去你该去的地方。"

祖父走了，留下各自沉思的梁众异和永秋。

梁众异不晓得祖父说的自己该去的地方是哪。他现在对自己的身份一无所知，越来越觉得自己身边的一切陌生万分。挖金队要进山里去寻找金沙沟，而祖父说，当年灰爷也是消失在了山里，自己跟着挖金队伍，说不定会找出点什么。

梁众异正想着，突然听见永秋说："走吧，我们一起进山。"

梁众异问道："你是想去找让梁众异患上相似病症的原因？"

永秋点点头："没错。去奉天的路太远，我们先去山里。"

三个人说定，谁也不想跑了，就等着下午跟着村里的挖金队伍进山。

挖金队伍由那两个带头去石棚的人担任领队，一个叫梁祥，一个叫梁水。梁祥是典型的糙汉子，肥头大耳，破衫烂鞋。他将整个队伍的供给粮食扔在梁众异背上，压得梁众异差点倒下。梁众异抬头，刚好看见他冲自己挥了挥拳头。

梁水是个和事佬，队伍里谁和谁吵架了，他就打个哈哈把事情暂缓下来，然后又分别在两边充好人。一遇到好事了，他想要，不明说，暗地里拐弯抹角、使尽解数也要沾一手。

一路上，梁水都围着梁众异三人转，问这个问那个，对谁都笑。梁众异一开始还没觉得什么，永秋一点拨，他才发现这梁水就是梁祥派过来监视他们的。

三五天过去了，梁众异渐渐觉得梁水在他面前转得他心烦，就和小臭子使了个计，让梁水在大家面前狠狠出了回丑，两人在一旁哈哈大笑。结果当天下午开始，两个人就发现自己的粮食供给少了一半，根本吃不饱。后面两天都是这样。最后还是永秋过去，用针灸的方法治好了梁水的偏头痛，两人的伙食这才恢复。

闲暇时刻，梁众异便缠着永秋教他扎针。梁众异还发现永秋不仅有银针，还有木针、铁针，每种针的制作材料都不一样。永秋解释，不同材料的作用不同，比如木针的效果持续时间最短，铁针伤害能力最强，引起的破伤风能致死。

小臭子也想学，永秋不理他。不知道为何，梁众异总感觉永秋对小臭子爱搭不理的，甚至在教学扎针的时候还刻意支开小臭子。小臭子自己也感觉到了，和永秋拌了好几次嘴。他俩一拌嘴，梁水就要过来和稀泥。两个人看着梁水就难受，后来也就不敢再在明面上吵了。

转眼间，挖金队伍已经在山林里走了整整半个月。这十几天来，挖金队一无所获。大家再也没见过那头独角五尾的吞金兽，更别说找到金沙沟了。渐渐地，队伍里的人越来越疲倦，行进速度也变缓了许多。有两个人生了退意，半夜往回跑，被起夜的人发现，告发到梁祥那去，梁祥将两个人揍了一顿，最后那两人能走路能干活，但浑身就是要命的疼。

山林里野兽出没，队伍为了安全，晚上总会派三四个人守夜。梁众异老是和梁水分到一组，这是他唯一不讨厌梁水的时候，因为梁水总和他讲很多老林子的传说，其中一个，梁众异印象最深。

传说中，这深山老林里并非渺无人烟。三大帮的人世代都穿梭在这一片浩渺的山林中。所谓三大帮，即为木帮、淘金客、棒槌客。平常人看不见他们，却又能感觉他们无处不在。三个帮派，从哪来，到哪去，首领是谁，大家一概不知。

这后俩帮派，听名字都让人眼红。淘金客寻金子，棒槌客采人参，找的都是一顶一的好东西，随手一换就是几十几百张大票子。这两大帮派找到的东西，从不放在明面上交易，而是偷偷找黑市去卖，卖给谁，卖什么价，除了他们和买家，再没有第三个人知道。这俩帮派在林子里人数众多，势力极大。两帮不轻易碰见，一旦碰着了，那必定要从天亮斗到天黑，再从天黑斗到天亮，不决出个胜负决不罢休。所以，人们都称这俩帮为"林中双雄"，双雄决高低，惊天动地，害命伤财。

接着这句话后面，还一句话：深山藏虎豹，宁碰双客，莫惹一帮。

这一帮，便是木帮。

木帮究竟是做什么的，没人知道。为什么大家这么怕木帮，也没人知道。仿佛对木帮的莫大恐惧就是根植在人们基因里的东西，不需要后天培养便能牢记。那双客远远地看见木帮，宁可绕道走，也不敢正面硬刚。

也不知道这林子里有什么，三大帮就靠着这片茫茫的山林过活，从来都没有人提出离开。关于三大帮的传说也越来越多，里面也不乏产出了一些侠肝义胆的英雄伟人之类的，在传说里行侠仗义，山林结拜。

"有点像一百零八位好汉。"永秋睡不着，也起来守夜，刚好听到梁水讲三大帮，顺嘴点评道。

梁众异和梁水齐齐问道："什么是一百零八位好汉？"

永秋惊诧，解释道："小说里的人物，也是类似这些奇人之类的人。"

梁众异似懂非懂。他和永秋相处的时候，永秋总会蹦出一些他不明白的话，他也早已习惯。

梁众异拨弄着面前的柴火堆，用一根木棍将燃烧的木棍架起来，然后再将下面燃烧过的灰刨开，这么一弄，火烧得更旺了。

梁水困了，拍拍梁众异的肩膀："我先去睡会儿，你俩看着啊。"说罢，自己就钻到简易帐篷里去了。

永秋盘着腿坐下来，一双细细的眼出神地望着火堆中央。她突然说："梁众异，可能这两天我就要走了。"

梁众异诧异："这么快，不再找一段时间？"

永秋伸出手去取暖："不了，这十几天虽说也发生了一些事情，但是没有一件事与我要寻找的事情有关。"

梁众异明白她的意思。这十几天里，其实队伍走得并不是一帆风顺。林子里野兽多，机关也多，甚至还有不知道什么时候、什么人埋下的炸药之类的。出来的时候是二十来个人，短短一周，没了一半。虽然事情多，但是这些事情和永秋要找的那个病人都毫无关系。永秋不仅要耗费大量精力去寻找线索，还要和队里的赤脚医生一块儿照顾伤员，时间不断被耗费。更何况，她一个女子，跟着一队男的混在一起，总是不方便的。刚开始几天，还有胆子大的趁着夜色钻永秋的帐篷，差点被永秋扎残废。

永秋继续说："我打算借假死脱离队伍，不要对小臭子说。"

梁众异疑惑地问："你为什么对小臭子的敌意这么大？"

永秋笑了笑，欲言又止，最后只说："可能直觉不喜欢他。你太容易相信别人了，记得对人保持戒心。"

梁众异总觉得永秋在意指什么，但是没有证据，所以没有明说。

"还有一事，我不想蒙你。其实寻找那病人的，不是我，是我娘。我娘在十几年漫长的寻找中，不知为何失踪了，我记事后，就没见过我娘。"

梁众异仔细回味了一下这句话："所以，你现在才二十来岁？"

永秋皱眉："你的关注点怎么这么奇怪？你不怪我骗你？"

梁众异无所谓地道："为什么要怪？你骗我，必有你的理由。只要这个理由不是害我，那就没关系。只是，你确定你现在就要离开？山里情况如此复杂，你一个人要走多久才能出去？那你出去了之后呢？去奉天？"

永秋道："对，我再去奉天找找。不用担心，我来的时候沿途在安全的地方做了记号，回去的时候我就按照此路走。我只有一个请求，你在继续前进的路上，请帮忙留意留意有关那个病人的线索。如果有，写信寄到这个地址。"

永秋递过来一个小字条，放在两个人的中央。她见梁众异低着头不接，正要往火里扔，梁众异就手快抢了过来。

"没问题，我会的。"梁众异点点头。

永秋慢慢地收回手，小声说："如果你以后没处去了，也可以到这来，说是我的朋友就行。"

梁众异还是第一次听见永秋说"朋友"这个词，永秋总给他一种独来独往、冷酷决绝的感觉，这种人一般是不会承认谁是她的朋友的。他没想到这个词主动从永秋的嘴里蹦出来。

"你说什么？"梁众异假装没听清，笑着问。

永秋白了他一眼，双唇紧闭，低头继续烤火。

梁众异又往里面扔了两根柴火，将火烧得更旺些。

梁众异这一晚上都没等到下一组来换班，也就迷迷糊糊地睡着了。早上他是被梁祥一巴掌拍醒的，梁祥指着熄灭得没有一点热气的火堆骂道："这就是你看的火？没有火，大早上的叫我们吃冷饭吗？"

梁众异被扇得差点一跟头栽到灰堆里，他摸摸脑壳，龇牙咧嘴道："我守前半夜啊……"

梁祥转身冲周围的帐篷大喊道："该谁值后半夜？谁？"

没人回答，有个人探出脑袋，怯生生地往角落一个帐篷一指，道："是他俩。"

梁众异瞅见梁祥一下子横眉瞪目，气冲冲地走过去。如果他没记错的话，那两个人就是之前逃跑被发现的两个人。

梁祥冲过去，猛地掀开帘子，一句怒斥正要喷出，没想到生生掐断在喉咙里，他整个人呆住，然后踉跄后退两步，跌坐在地上。

梁众异看出不对劲，跑过去一看，帐篷里两个人都平平稳稳地躺在里面，他们的脖子上，却空空如也。

越来越多的人围过来，不少人尖叫出声，打扰了清晨山林的寂静。

永秋闻声，从帐篷里跑出来，她拨开人群也是一愣，随即蹲在尸体旁边，仔细看了看，啧啧称奇："真惨，生生被人割了头。"

此言一出，周围人纷纷倒吸口气，还有人捂着自己的脖子，仿佛已经感受到了疼痛。

"会不会是老虎之类的，晚上饿得直接吃了他们的头？"有人问。

永秋站起身，走出了帐篷："谁知道呢，可能吧。"

梁众异发现永秋路过梁祥的时候，看了他一眼。

梁水安排人把两具尸体埋了，一队人尽快离开了原地，马不停蹄地向前行进了半天。

中午吃饭的时候，梁众异刚把碗端起，永秋便走了过来，低下头假装吃饭，低声对梁众异说："别吃，饭里有毒。"

梁众异手一抖，张开的嘴又合上了。

"那两个人，是梁祥杀的。这饭里的毒，也是他下的。"永秋继续低头说道。

梁众异看到梁祥状似不经意地往这边瞥了一眼，赶紧腮帮子动起来假装在嚼东西。

"你怎么知道？"

"那两个人不是生前被割头，而是死后。生前割头，切口会收缩，并呈绽开状，但尸体并不是，尸体的切口很整齐，是死后切割。昨晚那两人吃的东西是梁祥亲自端过去的。他为了不被发现，伪装成脑袋是被野兽咬掉的。"

梁众异想了想："不一定是他割的脑袋。他可能只毒死了人，但是割头，是那个小矮人干的。毕竟他就爱收藏人的脑子。"

永秋惊讶："难道他一直跟着我们？"

"说不准。但是梁祥为什么要毒死他们？"

"不是他们，是我们。他觉得自己要找到金沙沟了，人越少，他分得就越多。"

梁众异嘴角扯了扯："他咋这么确定要找到了？"

永秋继续用早上的语气说："谁知道呢。"说完，她看向一个方向，梁众异看过去，小臭子正往这边走过来。

小臭子将最后一口饭扒拉进嘴，边嚼边说："哥，你俩在这干啥呢？梁祥叫你俩过去一下。"

梁众异刚想提醒他别吃了，却又想起来小臭子的饭是自己去打的。

梁众异和永秋放下碗，对视一眼，往梁祥那边走。小臭子看到两个人没动的饭碗，笑道："你俩不饿啊？刚好，我还没饱，那就帮你俩解决了？"

梁众异一巴掌轻拍在他脑袋上："想得美，一颗米都别想动，我俩回来吃。"

梁众异和永秋走过去，梁祥笑着欢迎，带着两人到了一个大石头后面。他冲永秋问："你懂点救人治病的本事，你觉得，早上那俩人为啥会死？"

梁众异心里一惊，转头看见永秋不动声色地扯谎："我只懂点扎针方面的，还真不会尸检。"

梁祥一边点头一边说："啊，是这样啊。"他又转向梁众异："那你觉得，我们还要多久才能找到金沙沟？"

梁众异诚实地摇摇头："我不知道。"

梁祥又一边点头一边说："啊，是这样啊。"

梁祥开始在腰间摸索，他翻开厚厚的棉袄，从里面解下一只酒壶，拔下塞子对他们说："这是我家那婆娘酿的好酒，你俩尝尝。"

梁众异下意识摆摆手："不了不了，领队你留着慢慢喝。"

梁祥大笑："好酒送美人，漂亮的永秋就要离开了，我不得大方一回？"话毕，他阴恻恻地看着对方，脸上笑容变得阴险难测。

梁众异一惊，大喊："永秋快跑！"

永秋比他速度快，一根针已经飞了出去。没想到梁祥早有预料，缩身一躲，双手一举，死死地将永秋抱住，然后双臂用力往中间压，压得永秋再也抬不起手。

梁众异摸出自己藏着的一根针，学着永秋的样子扔了出去，没扎中，但是梁祥为了躲，手上松了力，永秋往下一缩逃离了他双臂的包围，又是一根针飞过去，梁祥双腿瞬间无力，瘫倒在地上。

梁祥突然开口大喊："杀人了！他们要杀死我然后逃跑，大家快来看啊！"

梁众异想去捂他的嘴已经来不及了，小臭子最先蹿过来，躲到梁众异后面问："你俩干啥？说话说一半咋打起来了？"

梁众异骂他："哪是我们，分明是他先动手的！"

但赶来的其他人明显不听他们的解释，拿着刀纷纷将他围住，梁水大喊："兄弟，都走到这时候了，你咋还要跑？"

梁众异刚要解释，永秋说："别和他们费口舌了，这是梁祥的计。"

梁众异恍然大悟。梁祥假装主动出击，然后倒打一耙，就是要借别人的手杀他俩！

梁众异索性拔出自己腰间的短刀放在梁祥的脖子上："别动啊，都退后，放我们仨走！"

梁祥此时又喊："别管我，他的刀没开刃！"

梁众异一愣，他低头一看，自己的刀果然被人调换了！

那些人一看梁众异的表情，就明白了梁祥说的是对的，全都冲上来打算生擒三人，小臭子吓得哇哇大叫，原地跳脚，永秋连连后退，正打算一针扎在梁祥的脖子上再次威胁大家，没想到身旁的梁众异突然下沉下去。

梁众异正摸索着身上还有没有凶器，没想到脚下一空，自己还没来得及拉住点什么，整个人就向下坠去。

永秋和小臭子一看，吓了一跳，他们的脚下突然裂开一条一人宽的裂缝，黝黑黝黑的，深不见底。梁众异已经掉了下去，永秋也毫不犹豫地抓住小臭子跳了下去。

第十七章　裂缝

这一觉，他觉得自己睡了很久，梦里他又回到了三年前铜锣敲响的时候，只不过此时的他，没有跪在祠堂里，而是在村子后面的山上远远站着。他看见祠堂里上百个人肃穆地跪下，从院子里一直跪到门外，他看见一个披着大皮袄的人飞在半空中，手指向人群中的一个少年，他又看见铜锣被敲响，所有人轰然倒地，穿皮袄的人落下来，带走了那个少年。

身后有人叫他，他最后留恋地往村子那边望了一眼，然后转身迅速跑向声音的来源。他顺着山上弯曲的小路一路跑下去，在半山腰刹住车，七拐八拐，穿过了七八个山洞，最后来到一长列石阶面前。他又继续一口气爬上长长的石阶，推开一扇棕灰色的门。屋内围坐在一起的几个人纷纷看过来，见来者是他，一言不发地走了出去。

最中央的那个人没有走，从他推开门的那一刻就注视着他。他呼哧带喘地在那人面前坐了下来。

那人说："你拿着东西走吧，不要再回来。"

他说："我还没忘，我不能走。"

那人起身，边转身边说："那就等你忘了，你自己走。"

他说："我可以不走吗？"

那人要走出屋子了，回头望着他，说："我不是让你走了吗？"

他望着那人波澜不惊的眼神，低下了头。

梁众异做了一个很奇怪的梦，然后被一阵耀眼的光晃醒了。那光从眼皮的缝里钻进去，一丝又一丝细细密密地闪着自己的眼珠子，他受不了了，伸手去挡，手还没放到眼皮上，先碰见了一个又冰又硬的东西。

梁众异眯着眼睛去看，却又被闪得没怎么看清。他揉揉眼睛，再去看。待看清了那个东西，梁众异吓得连连后退，浑身汗毛竖起。

那是一颗冻得发紫的人头，揪着头发被挂在树上。人头已经被冻得呈紫黑色，表面挂了一层白白的霜，脖子断口处的血肉已经凝固成一团，又黑又红无法分辨。

挂着人头的那棵树离梁众异很近，那人头和梁众异几乎就是耳朵挨着耳朵，他忙爬起来，跑得远远的。跑远了，梁众异这才发现这颗人头有点眼熟。

这不就是他们挖金队伍里的人吗？

梁众异又往前走了两步，细细端详。那张脸翻着白眼，嘴角处渗出一条暗红色的血迹。黑紫色的皮肤上，人中处一个明显的痣看得不是很明显，正好和死的人其中一个对上了。

梁众异倒吸一口凉气，往自己旁边一抓，两手空空。

"小臭子？永秋？"梁众异不敢放开嗓子吼，只低低地喊了两声。没人回应，他茫然四顾，不见一个人的影子，周围全部都是一片灰蒙蒙，一个又一个灰色的树影子向远处延伸去。

梁众异不知道自己该往哪走，在原地转起了圈。每个方向都是一模一样的雾团和树影，唯独那棵吊着人头的大树独一无二。他最后面对着大树停了下来，猛然发现大树的古怪之处。

寒冬腊月，人头都冻得坚如磐石，那树却郁郁葱葱，每一枝树干上都爬满了翠绿的叶。灰雾中，那树越发的绿了。周围一点风都没有，上面的树叶却四处摇晃着，发出窸窸窣窣的声音。

悠悠地，远处传来几声叫喊。

"梁众异……梁众异……"

梁众异想转身应答，却发现自己忽然浑身无力，慢慢地往地上倒去，头挨在地面的那一秒，他望着枝繁叶茂的大树，慢慢闭上了眼睛。

"谁让你胡扎的？"永秋指着昏睡的梁众异脖子上的一根针，厉声问道。

小臭子唯唯诺诺："我看那根针快掉了，就拔下来重新扎了一下，谁想到位置偏了一点，他就一直昏睡到现在。"

梁众异靠着大石块再次迷迷糊糊地醒过来的时候，永秋和小臭子正双双凑在他面前。

"醒了！"小臭子一下子握住梁众异的手。

永秋屏气凝神，一动不动地盯着梁众异的脖子："别动他，还没结束。"

永秋又扎了一根针进去，梁众异终于感觉自己六神归位，心鼻口肺没了刚才的沉闷淤塞的感觉，他看见自己两侧是陡峭的崖壁，抬头看去，崖壁自下而上慢慢向中间聚拢，像是一个蚌壳一样在头顶合上，仅剩的缝隙里，繁星洒一线。

梁众异心有余悸地向自己脑袋右边看去，没有看到树，也没有看到树上挂着的人头。

"哥，你找什么呢？"小臭子疑惑不解。

"你们没看到那个人头吗？"梁众异想指给他们看，却又不知道该指向哪里。

永秋和小臭子都是一愣，然后摇头。

梁众异回想着刚刚那一幕："我刚刚醒过来的时候就看见死的那个人的人头挂在树上，就挂在我旁边！"

永秋不容置疑地说："不可能，你从掉下来就一直昏到现在。我跳下来的时候，你就已经晕在地上了，我们叫不醒你，为了以防万一，我给你扎了几针，没想到被他换了一根针的位置，差点扎在你的死穴上，到现在你才醒。"

梁众异看向小臭子，小臭子低下头去不敢看他的眼睛。

"那我们现在还是在掉下来的位置吗？"梁众异问。

永秋点头："对。已经是晚上了，我们再不去找点生火的东西，都得冻死在这。"

梁众异活动了一下自己冻僵的四肢，裹紧身上厚厚的衣服，扶着崖壁慢慢站起来，道："走吧。"

三个人互相搀扶着顺着崖壁往前走。随着前进距离的增加，两边崖壁呈喇叭状向外散开，中间的距离越来越大，大概走了半个多小时后，两面崖壁已经几乎变成了一面高墙。他们头顶上能看到的天空的面积也越来越大，星子随意挥洒在深蓝色的一片天幕中。

三个人越走越冷，寒意似乎可以透过棉衣从而侵蚀他们的肉体。掉下来之前，几个人身上装备齐全，大棉袄、厚毛裤，头上还顶着一个厚实的狗皮帽。掉下来之后，两个帽子不知所终。剩下一个，仨人轮流戴。

小臭子晃晃冻得生疼的脑袋，感叹："太冷了，太冷了，这一路上连个树都没有，更别说柴火了。咱不会要冷死在这吧？"

永秋不搭理他，梁众异也被冻得反应迟缓，张了张嘴，冷风窜进嘴里，他赶紧又闭上了。"树"这个词在他脑袋里打了个转儿。

自己看到的真的只是梦吗？为什么会偏偏梦到消失的人头和一棵茂盛的树？

梁众异思来想去，总觉得那不是一个简简单单的梦。他手上触摸到那个人头的冰冷触感是那么真实，那棵无风却飘摇的树也仿佛伸手可触，会有这么真实的梦吗？

"怎么不走了？"小臭子拉紧自己的衣领，"快走吧，要冻死了。"

梁众异摇头："我觉得那不是梦，可能真的存在那么一棵树，我们去找找吧。"

小臭子冻得舌头都是冰的，他反驳："别了吧哥，大概率找不到，梦就是梦。"

梁众异转向永秋，问永秋的意见，永秋没说话，和小臭子站在了一起。他愣了愣，二十来天，这还是永秋第一次和小臭子意见一致。

但是梁众异还是想去，他继续说："我真的觉得不是梦，平常做梦，醒来以后不会记得里面的细节……但是这次不一样！对，是不一样的，我现在还能清晰地记得那个人头的每一个特征。"

永秋和小臭子还是不说话，只是摇头，梁众异急了，边跺脚边说："你们信我一回吧！我真的有很强的直觉！你们别摇头，说句话啊！"

小臭子低着头不知道在干什么，永秋冷静地看着他，扔下一句："说话会散失热量。"

梁众异望着永秋，突然想到了第一个梦里，那个人即将走出门时，转过头来看他的眼神，比这还要冷，仿佛眼神看向的人是世界上最无关紧要的人。

不知怎的，梁众异心中生起一股闹心的烦躁，他忘记了呼吸，直到大脑缺氧让本来就冻疼的神经变得更疼的时候，他才想起来大口呼吸。他的嘴像是鱼在水底呼吸那样一开一合，最后在永秋诧异的目光里转身向另一个方向大步走去。

永秋不知道怎么回事，两步追上他，抓住他的胳膊，梁众异狠狠一甩，道："我自己去！"

永秋又拉了几下，被梁众异甩开，她索性一巴掌拍在梁众异的脑袋上。梁众异往前一摔，倒在冻得梆硬的泥土地上，转头愤怒地盯着永秋看。

梁众异刚想爬起来继续走，却看见永秋背后的小臭子还保持着刚刚低头的姿势，根本没有发现他俩不见了，紧接着，小臭子突然头一栽，直挺挺地倒在了地上。

梁众异和永秋都没料到，急忙跑过去把小臭子扶起来。小臭子浑身发烫，烧得迷迷糊糊的，嘴里不停地喊冷。

梁众异直起身子就要脱外套给小臭子，脱到一半，旁边的永秋突然也脖子一扭，倒了下来，刚好落在梁众异胳膊上。梁众异费了好大劲才把她扒拉下去，把衣服完全脱下来，再一摸永秋的额头，比小臭子还烫手。

梁众异的烦躁一下子烟消云散，他望着两个人发紫的嘴唇，手足无措。小臭子喊冷的声音也越来越小，最后只能见嘴张着，却听不见声音。

梁众异望向茫茫的一片土地，心中生出一阵苍凉空白的无力感。

慢慢地，天际和地面交错处忽然生出一个小小的光点，那光点越来越高，长高到一个人的高度时就停止了，然后开始慢慢地往这边飘。那光越来越近，逐渐变成一小团。

等那光点越来越近了，梁众异这才看清那个光点是一盏煤油灯，灯光映出一个老妪的面孔。那老妪直直地就往梁众异这边走来，笼罩着煤油灯的油纸在冷风中哗哗作响，那声音驱散了梁众异心中的茫然。

梁众异又昏睡过去了。当时他们三个顺着山谷里的空隙一直往前走，其实已经走到了山的另一面。他们只要再多走一公里，就会看见山谷下藏着一个木头房子。那老妪便是从木头房子里来的。按照她的说法，她闻到凄冷的北风中带来不同往常的气息，就知道有人来了。

那老妪拖来一个草担架，和梁众异一同将小臭子和永秋拉了回去。老妪一打开木门，热气扑到梁众异的身上那一刻，他迷迷糊糊地，也倒下了。这一夜睡得很踏实，没再做什么奇怪的梦。他醒来的时候，已经是第二天中午。

老妪正在往炕里添柴，听见梁众异咳嗽了两声，操着不紧不慢的语调说："醒了？和你一块儿回来的那个小姑娘要走了，你去送送吧。"

刚醒过来的梁众异还不清醒，反应过来那老妪说的是永秋，立马披了件放在旁边的大衣，下床走出门，在院子里找到了永秋。

院子靠近山崖，永秋坐在一块大石头上眺望山下，听见有人过来，她转头，眼里流露出从来没有的轻松和愉快。

"这么快就要走了？"梁众异问。

永秋点头："对，要走了。我的任务完成了，也要去干自己的事情了。"

"你的任务？"

永秋脸上突然露出释怀的笑容："两年前，我在寻找线索的路上，碰到一个人，他叫我去长白山余脉脚下的一个村子找一个叫梁众异的人，帮助他离开村子。"

梁众异愣住，又反应了一会儿："所以你一直在村里等我？"

"没错，但我确实是在寻找我母亲的下落和我二爷的死因。那个人告诉我只要我完成任务，就会得到我想要的线索。"

梁众异低下头去，闭上了眼睛。他现在一直感觉自己的身份并没有那么简单，皮影师的师父，和永秋遇到的那个人，都指定两个人来找他。他到底有什么样的魔力，让这么多人都如此关注？

梁众异问："是谁？"

永秋看向远处层层叠叠的白色雪山，捡了一根树枝在手里把玩，回答："不知道，每次找我的人都不是一个，我根本就没见过他们的老板。"

梁众异低下头去，心里更加茫然。

永秋起身，道："本来不打算告诉你，但是我永秋不喜欢把人蒙在鼓里。"她边说边捞起身边一个背包，搭在肩上，盯着梁众异看了一会儿。

"要不，你和我去奉天吧。"永秋突然说。

"啊？"梁众异疑惑地抬起头。

"现在看来，我家里的事，和你们村子脱不了干系。你现在也无处可去，不如跟着我去奉天，说不定还能收集到其他的信息。"

梁众异迟疑了。他知道永秋说的是真的，他现在不能继续跟着挖金队走，也不能回村里，的确是哪都去不了。他刚想答应，却见永秋说：

"但是我只带你一个人。"

"小臭子呢？"

永秋坚定地摇摇头："不，我不带他。你之前问我为什么对他有敌意，那我告诉你，你真的觉得他没死在堂师放的那把火中是江秦神救了他吗？如此蹩脚的理由，你信？"

梁众异回答："我不信。但是我觉得肯定有人救了小臭子，但是小臭子记不清了，受'力'的影响才觉得是江秦神救了他。我不能怀疑他。他两次救我，甚至搭进去了自己爹娘的性命，我更不能抛弃他。"

"那你确定了，跟着小臭子留在这里，不跟着我走？"

梁众异噎住，好一会儿才说："既然我和你的事有关联，不如你也留下，我们再想办法？"

永秋将干枝扔到崖下，笑了："不了，你相信他，我相信我的直觉。走之前，送你个东西。"

梁众异看到永秋伸手在大棉袄里掏了一个东西，朝他扔过来。他急忙伸出手接住，摊开手心一看，一个红布袋，里面是一个桃木盒子。

"记住我说的话，不要太单纯。有缘再见。"

永秋顺着山路走下去了，留给梁众异一个瘦瘦高高的背影。

梁众异站在原地，将桃木盒子取出来，使劲掰了掰，打不开。整个盒子严丝合缝，表面十分光滑。梁众异又晃了两下，里面传出"咣当咣当"的碰撞声。

"外面冷，进来吧。"

老妪在梁众异背后叫他，他将盒子收起来，朝山下望了眼，茫茫一片冬雪中看不见任何人影。他转身进了屋。

一进屋，萧瑟的风被隔离在门外，暖和的空气侵入梁众异的每一寸皮肤。他上了炕，盘腿坐在矮桌上，接过老妪递过来的一碗热茶。

"谢谢老人家搭救。"梁众异鞠了一躬。

那老妪扶住梁众异的肩，说："叫我麻婆婆就好了。"

梁众异刚想介绍一下自己，却发现自己根本没有能介绍的。他都不知道自己叫什么。

麻婆婆将他的呆愣模样看在眼里，也上炕盘腿，一动不动地盯着梁众异看，等到梁众异把热汤喝完，身上力气恢复了，她才开口："我等了你很久了。"

梁众异吓得差点把碗摔下去。

"我等你很久了。我不断在纠结和徘徊，我一直不确定该不该告诉你那些事情。一方面，我觉得我不能违背誓言。但是另一方面，不告诉你，对你是不公平的。幸好，你在我觉得我应该告诉你的时候出现了。"

第十八章　麻婆婆

梁众异只觉得身边的人越来越古怪，所有人好像都认识他，但是他却不知道自己是谁。皮影师的师父指定皮影师来找他，永秋遇到的神秘老板也让永秋来找他，现在麻婆婆也在等他，他自己到底是何种身份，要劳驾这么多人对他如此关注？

麻婆婆不知道面前的人奇奇怪怪的心理活动，她已经开始了自己的讲述。

"你知道三大帮吗？"

梁众异一愣，这不是梁水在守夜的时候给他讲过的吗？他实话实说："听别人说过。"

麻婆婆笑了笑："既然他给你讲了，那我就不多费口舌了。"

梁众异一惊，麻婆婆怎么知道是谁给他讲的？

麻婆婆看出了梁众异的惊诧，但是不做解释，继续她下面的讲述。

长白山最北边的余脉，是位于黑龙江省东部的王达岭北麓。而他们所处的地方，则在与王达岭主脉相隔甚远的又一支余脉，地理位置偏远，是县里地名册上都载录不进去的一个地方。但若追溯到几十年前，这里也曾是世人眼红的一块宝地。借着王达岭的光，这片山林盛产石油和煤炭，山里不多的村民都以挖煤为生。但由于地势偏远，开采技术不发达，人数稀少，村民并没有靠挖煤富裕起来，反而很多人死在山林里野兽的爪下，死在简陋的煤洞里，死在运煤的路上。二十年前，这条挣钱的路子也断了。沙俄占了东北，疯狂地抢掠。同时也秘密派出了好几支小分队向北继续探查。其中一个小分队在王达岭的山脚下碰到了去卖煤的村民，偶然得知山林里有许多煤矿资源，遂紧跟村民，找到了这片山林。小分队控制了村民，强迫村民带他们上山采煤。没想到刚一上山，三十来个沙俄兵全都稀里糊涂地死了。有村民说，自己曾经看到过三大帮的人的影子。

三大帮一直隐匿在这片山林中，一如大家所传的那样，各自帮派有各自帮派的事情。淘金客寻找金子，棒槌客挖人参。木帮做什么，却没人知道。村民们上山挖煤的时候，偶尔会看到几个神出鬼没的影子，却从来见不到正脸。三个帮派据说都功夫了得，除了他们，在这山林里还真没人能对付那些真刀实枪的红毛鬼子。

红毛鬼子死后，村民纷纷逃下山，为了感谢三大帮的救命之恩，他们约定不再进入深山，只在山的外层活动。这个约定一直持续到十年前，村里的农田全都长不出粮食，人们没了粮食，外层山林的煤矿也挖不下去了，整天饿肚子。有个有点本事的村民拖上猎枪打算去山里碰碰运气，不知不觉越过了约定线，往深山里走去。他这一去就是十多天，被人找到的时候，他坐在山脚下，嘴里不知道在说些什么。

后来那个人不到一年就死了，他死的时候，清醒了一阵子，说出当时他在深山里看到的东西。当时他一直走到了山林深处，口干舌燥，喝了山涧里小溪的水，继续往前走。走着走着，自己身边突然飘来了硕大一团灰雾，紧紧地将自己包裹在其中。那迷雾越来越大，弥漫整个山林，不一会儿山林里就只剩下了模模糊糊的影子。他继续往前走，又见迷雾中出现几个影子，人影越来越多，待他走近看清后，他呆在原地。他看见人群分成三拨，分别占据一片空地的一个角，最中央有十几个人被死死绑在木桩子上，每个木桩都有一根长长的铁线，一直向上延伸出丛林。六七个人在其中穿梭，举着各式各样的东西转圈。稍许，天上雷声大作，一片亮光闪过，几簇闪电打下，像蛇一样迅速爬上铁线，然后缠到被绑着的人身上。那十几个人猛然抽搐，最后垂下头去，没了声响。

打猎的村民看着十几个人纷纷丧命，吓得连连后退，突然，前面那些人发现了他，纷纷转过头来盯着他看，他吓得撒腿就跑，一根铁丝猛然从后面缠上他的脚，他只觉自己浑身酥麻，再然后就失去了意识。

那个村民说完就一命呜呼了，他的遗言也迅速传开，从此没人再敢进山去。

麻婆婆说到这，梁众异有点明白了："当时迷雾中的那些人，是三大帮吧？"

麻婆婆点头，道："没错。"

梁众异不解："他们为什么要……杀人？而且这和我又有什么关系？"

麻婆婆神色严肃地说："他们不是在杀人，你以后就知道了。你的父辈，就是三大帮的人。"

梁众异想了想，道："不可能，麻婆婆，你就别骗我了。"

麻婆婆有点惊喜："你怎么这么肯定自己不是三大帮的后代？"

"我听别人说，三大帮不会轻易碰面，我的父辈怎么可能是三大帮的人？一个家族不经常碰面，这太不寻常了。"

麻婆婆笑了："确实，你的父辈不是三大帮，但都曾与三大帮有过接触。"

那日迷雾中的三拨人，的确是三大帮的人。而那些在捆绑着的人中间穿梭的七个人，分别来自三大帮。这个说法也不严谨，他们七个人本就是一族，从外地而来，迷失在山林中。七个人在山上走散后，分别被三大帮所救。又因为他们各自都有点本事，就被允许加入了三大帮。

三大帮各自收纳了两三个能人，当时并没有察觉出有什么不对。沙俄军上山的时候，那几个人还给三大帮帮了不少忙。三组人分别跟着三大帮去埋伏红毛鬼子，最后凭借他们族人特殊的打法而找到了对方，七个人得以重逢。

这时三大帮不乐意了，自己救回来的人频频和其他两帮来往密切，三大帮因此碰面的时间也比以往多了不少。这违背了往日不成文的规定。那七个人也不情愿抛下自己的兄弟，老老实实只待在自己的帮派里。三大帮最后一商量，觉得这样不行，得想个解决办法。思来想去好久，终于有人提出了一个办法，那就是让他们七个人去试试"巫神虎刺"。

此言一出，众人哗然。"巫神虎刺"乃是山林中比三大帮还神秘的一脉，必须由各族中最拔尖的几个人组成。这一族要不惜一切代价，守护山林里最大的秘密。

也不是所有人都能成为"巫神虎刺"这一族，被推举的人必须进入更深处的山林待上整整一个月。那个地方，就叫最深山。最深山里有什么，没人知道。以往也有推举出去的人，但都是有去无回。

那七个人什么都没说，接受了，进入了最深山。一个月后，七个人完好无损地走出来了。

三大帮的人惊掉了下巴，他们这才明白这七个人的那一族必定有极其特殊的血脉，否则不可能从最深山走出来。七个人出来后，也变得和以前不一样。他们除了守护那个最大的秘密之外，也开始调和着三大帮的关系。这片山林中，有些东西正在悄悄地改变着。

梁众异听着觉得不对劲："调和关系？可是没听说他们三大帮之间关系好过。"

麻婆婆眯着眼笑了："你发现了很重要的一点，但是我不能回答你的这个问题，剩下的，就要靠你自己去寻找了，夏侯淳。"

他思绪停滞，慢慢地问："夏侯淳，是我的名字？"

麻婆婆抓着他的手，柔和地抚摸着："没错，夏侯淳，你的名字。你是巫神虎刺的后代，但是具体是谁的孩子，我也不清楚。"

"那你是谁？"

"你以后会知道的，但是你相信我，我不会害你。"

夏侯淳哽咽了，他继续想问些什么，麻婆婆拿起饭碗下了炕，说："剩下的我就不能说了，和你说这些，已经是我破例了。"

夏侯淳只好把自己的疑问存在脑子里，目送着麻婆婆出去，她甚至还哼上了几句听不懂的曲子，脸上轻松的表情和永秋走之前的表情并无二样。夏侯淳感觉到，麻婆婆说这些事情的时候，好像在以一种视死如归的态度去追求那种说出来的畅快感受。

不一会儿，麻婆婆又进来了，还带进来两个人，一瘦一胖，一个看着就凶巴巴的，一个脸上总带着笑。

夏侯淳认出了两个人，吓得差点摔下炕去。

"梁祥，梁水！"

夏侯淳惊慌失措，四处都摸不到一件可以当武器的东西。他又想跳下炕跑出去，但那两人将门堵得死死的。他又转向墙上的窗户，正要打开窗户跳出去。

麻婆婆一杆子挥过来把窗户压住："你跑啥？"

夏侯淳瞪大眼睛："你们一伙的？"

麻婆婆回答："是啊……你别跑，我还没说完，他们是三大帮的！"

梁祥和梁水上炕稳稳当当地坐下，一人捧一碗热汤，望着满屋子乱窜的夏侯淳边喝边笑。

夏侯淳看这两人也没准备把自己怎么样，这才慢慢安静下来，和他们保持着一段距离。

"你们是三大帮的人？"夏侯淳问。

梁水笑嘻嘻地说："不全是。我们隶属于三大帮，但不是正式成员。三大帮不可能与世隔绝，而我俩，就相当于他们和'世'之间的桥。"

"那你们还要抓我，你们还杀人？"

梁祥把热汤全倒进肚子里，一抹嘴巴，大大咧咧地说："我们不亲自抓你，你觉得那些人会怎么对你？"

梁水接着说："至于死的那两个人，不过是障眼法。当时他吓得坐在地上，就是挡在帐篷口，免得你们走进去看出问题。"

夏侯淳仔细一回想，好像确实是这么回事。梁祥和梁水不管是在石棚里，还是在挖金队里，都避免了他受到更大的伤害。从某种程度上，他们还推进了许多事情的发展，要不是他们，他也不能这么快地找到自己的身份。

"那永秋也知道那两具尸体是假的？"夏侯淳突然想起当时永秋是唯一一个靠近尸体的。

梁水点头："这姑娘聪明，一看尸体就知道我和梁祥要设计将你送出去，于是就将计就计，后面的事你也知道了。"

夏侯淳几乎要瘫在炕上："难怪永秋说我单纯，这都没看出来。"

梁祥数落起了夏侯淳："你是真单纯。难怪有人要害你。"

"有人要害我？"

梁祥"哼"了一声，双手一攥拳，刚要骂骂咧咧，梁水就将他推开，仔仔细细给夏侯淳说了这件事。

原来他们一直不知道怎么将夏侯淳送出挖金队伍，多耽搁一天，麻婆婆就要多等一天，万一磨蹭到麻婆婆不愿讲了怎么办？况且山林里情况变幻莫测，多待一天就多一丝风险。但是队伍里人多眼杂，将夏侯淳送出来也不是个简单的事。他们从一周前就开始思索，就是得不出一个完美的方案。直到三天前，有人给他们提供了思路。

有人在梁祥守夜的时候扔过来一个字条，字条上写，他是队伍里的人，他其实早就发现了金沙沟的线索，但是队伍里人很多，他不好说。他说自己可以和梁祥合作，但是条件是必须要先杀死队伍里的其他人，尤其是夏侯淳。

"人家还说，你梁众异，哦不，夏侯淳，是个打破砂锅问到底的主，麻烦得很，要早些解决。"

夏侯淳脸色煞白，他现在深深感受到了他所入之局的棘手和麻烦，同时也为自己什么都不会还老靠别人而羞愧。他咽了咽口水，永秋的话浮上心头。

"不要太单纯。"

夏侯淳眼一闭："我怎么相信你们？"

麻婆婆和梁祥、梁水互相看了看，都笑了。麻婆婆说："现在警觉起来了？那姑娘是不是留给了你一个东西？你拿着那东西，跟我走。"

麻婆婆转身推开门，来到木房子背后的一口井边上，毫不犹豫地就跳了下去。

夏侯淳目瞪口呆，紧跟出来的梁祥在他背后一推，他也一跟头栽了进去。

落地就是一瞬间的事，夏侯淳睁开眼睛，发现自己正好落在厚厚的一堆稻草上，他爬起来，发现自己胳膊腿都还全乎。再抬头一看，麻婆婆早就站了起来，来到一堵墙前面，神秘地笑着，向他招招手。

夏侯淳一边走一边惊讶地观察这个小空间。这是个四周都用石头搭起来的小地下室，四周墙壁都光秃秃的。他走到麻婆婆跟前，发现那墙上凸出一根细细的木棍，说是木棍都说粗了，夏侯淳看这比永秋用的针粗不了多少。

"拿出来吧。"麻婆婆说。

夏侯淳犹豫了一会儿，将那红袋子从怀里掏出来，取出里面的桃木盒子，道："这盒子我打不开。"

麻婆婆说："这不是个盒子。"

夏侯淳愣住："但我晃它的时候有声音。"

"没错，里面有东西，但它确实不是个盒子。里面的东西你以后可能会用到，怎么取出来，那就要看你能不能找到方法了。但是就外面这个方桃木，现在就有用。你试试，将这个方桃木立在这根棍子上。"

夏侯淳皱眉："这怎么可能？"

麻婆婆说："不试你怎么知道不可能？"

夏侯淳先是尝试让方桃木的一个边与木棍接触，但是很快就掉了下来，他又试了几次，还是不行。他本来想放弃，但是看着麻婆婆的眼神，又觉得她不会听自己说什么。

"试试只用一个角。"

夏侯淳大叫："怎么可能，一个角更立不稳了。"

麻婆婆笑着回应他："信我，你应该用这个方法。当你把方桃木立在棍子上时，这面墙后就会出现你想要见到的东西。"

话音刚落，麻婆婆来到稻草旁，坐进一个水桶里，把绳子一拉，上面梁祥收到回应，缓缓地将木桶往上拉。

夏侯淳问："那我怎么办？"

麻婆婆舒服地靠在木桶里，闭上了眼睛，道："你会想见到门后面的东西的。你在这继续，看到了后面的东西，你才能出来。"

"可是这不是普通人能做到的啊！"

"巫神虎刺的后人，本来就不是普通人。"

木桶的下沿已经消失了，麻婆婆上去了。

夏侯淳又尝试了好几次，但都以失败告终。他感受到了无边的烦躁，将方桃木往前面一扔，方桃木不偏不倚刚好就掉在稻草堆上，滚了几下，停住了。

夏侯淳跑过去，任由自己倒在厚厚的草堆上，闭上了眼睛，脑子里开始了胡思乱想。

小臭子也不知道醒没，他会弄这破玩意吗？

永秋走到哪了，这么冷，她带吃的没？

祖父不知道怎么样了，皮影师回家会照顾他吗？

夏侯淳又拿起方桃木，在手中转了起来。

这东西没有缝，打不开，里面的东西怎么取出来呢？

正想着，夏侯淳余光中瞥到上方洞口一黑，一个大屁股往下坠了下来！他吓了一跳，赶紧往旁边一滚，下一秒梁水就落在了他刚刚躺的位置上。

"你下来也不说一声啊！"夏侯淳捂着胸口。

梁水也心有余悸："我怎么知道你躺在这，我们从不躺这。"

两个人拌了会儿嘴，夏侯淳受不了梁水那张碎嘴，抓起方桃木继续去试。

梁水跟在他后面问："你知道门后面是什么吗？"

夏侯淳糊弄道："谁知道呢，可能就是山林里最大的秘密吧。"

梁水突然变得严肃，凝神说道："别胡说！"

夏侯淳看梁水的反应，觉得这秘密不简单，问："你知道这个秘密是什么吗？"

梁水拉着夏侯淳，叫夏侯淳站好，自己也站得端端正正，这才回答夏侯淳。

"这秘密，是山中的巫神封禁起来的。你想想，必须得巫神才能封住的东西，那得是多么了得。巫神虎刺就是专门守护这个秘密的。这个族群和这个秘密一样神秘，他们受巫神的委托，要不惜一切代价守护这个秘密。相传，这个秘密一旦泄露，将关乎整个人类的命运和生死……"

第十九章　巫虎神刺

　　那日，梁水手舞足蹈地说了巫虎神刺所守护的秘密有多么厉害、多么重要之后，就悠闲自在地坐到木桶里上去了，留下一知半解的夏侯淳在下面继续完成那个几乎不可能的任务。

　　此后十几天，夏侯淳除了吃喝拉撒睡，就一直在尝试着把那个方桃木在墙上的木棍上立稳。

　　日复一日，夏侯淳就尝试那一套动作。用大拇指和食指将方桃木捏起来，慢慢地立在棍子上，又迅速去接住落下来的桃木。他也曾想过将桃木的一个角稍稍磨平一点或者磨出一条缝隙，这样子就可以刚好和木棍嵌合从而使方桃木刚好卡在上面。他也这么做了，但是很快发现这个东西非常硬，根本就不是正常的桃木，磨了半天，方桃木一点变化都没有。

　　夏侯淳也想过放弃，双手一摊躺在床上。睡着的时候，他的脑子里又浮现出吞金兽出现的那天，祖父站在祠堂左室的门口，回过头，浑浊的眼睛缓缓闭上，对他说："去你该去的地方吧。"

　　他又想起自己从山缝里掉下来的时候，做的第一个梦，梦里那个人叫自己离开。所以自己就离开了吗？以梁众异的身份离开了，去到了村里？自己是从什么地方离开的呢？

　　或许就像麻婆婆说的，有的答案，就在这墙后。

　　大半夜的，夏侯淳爬起来，捡起墙角的方桃木继续试验。

　　将方桃木立在棍子上，只用一只角与其接触，其实也不是完全没有可能。十几天的尝试，已经让夏侯淳有了一点感觉。手上的感觉对了，同时控制好里面的东西，让其稳定下来，不要乱晃，那么方桃木就可以立在上面。这种感觉微乎其微，当桃木在木棍和夏侯淳的手的支撑下能够立在木棍上时，传递到夏侯淳手上的力的大小和其他状况下力的大小是不同的，这种不同，小得几乎感觉不到。

夏侯淳进行了无数次的尝试，一点一点感受那个力的区别。夜深了，外面梁水和麻婆婆的谈话声音也消失了，取而代之的是梁祥的呼噜声。不知是不是他们忘了将井上面的木板盖上，丝丝寒意从井口逐渐蔓延进来。

夏侯淳全神贯注地盯着桃木和棍子，丝毫没察觉到周围变得越来越冷。他浑身都发热，所有的血好似都汇在了他的手指头上，他闭着眼，细细感受从指腹传过来的细微差别。

夏侯淳觉得差不多了，将手松开，下意识地将手捧在下面去接掉落下来的桃木。

一秒，两秒，三秒……好几秒过去了，并没有什么落在他的手上。夏侯淳迟钝地抬起头，张开眼睛，看到桃木盒子稳稳地立在木棍上，和木棍只接触了一只角。

在夏侯淳心里的喜悦还没来得及漫上心头，"咔嚓"一声，石墙中间突然显现出一条细缝，将石墙分成两半，向两边缓缓移动。

石门打开，里面是漆黑一片的石道。夏侯淳取下方桃木揣好，屏住呼吸，取下一盏墙上挂着的油灯，试探地走了进去。

这条石道很长，夏侯淳一直向前走着。一路上碰到好几个岔路口，他想起了当时在地底下被小矮人追着跑的时候，自己拿着永秋的针指引方向，走了出去。他又掏出永秋留下的针，细针真的给他指了一个方向。他就靠着银针一路往里走去。

不知走了多久，夏侯淳感觉到外面石室的冷意都还没蔓延进来。他的面前出现了一堵石墙，石墙上也凸出一截木棍。

夏侯淳故技重施，石墙缓缓打开，眼前豁然开朗。远处星辰灿烂，群山耸立。夏侯淳走出去，清风拂面，身上渐渐感觉不到冷了。

夏侯淳踩上一大块悬空的石板。石板大约有两间房那么大，站在石板上环顾四周，视野开阔，一览无余。夏侯淳来到石板的最外边，一眼望过去，山林在月光的照耀下，呈现一片起伏的翠绿色。

夏侯淳几乎不敢相信自己的眼睛，他从没见过在寒冬腊月依旧保持翠绿的山林。

正惊诧着，夏侯淳身后一阵风闪过，他猛地回头，见一人从洞穴上方一跃而下，飘飘然降落在自己的面前。

"你回来了，夏侯淳。"那人说道。

夏侯淳将油灯靠近他的脸，发现那张脸就是梦里叫自己离开的那个人。

两人在崖边并肩而坐。夏侯淳将双腿垂下石板，在半空中晃荡。

"所以，'巫虎神刺'的掌门人就是你，三年前你让我离开。"

那人盘腿而坐，一动不动，道："没错，你还是和三年前一样，不怕我。"

"我为什么要怕你？"

"你的父亲和你的人，都怕我，因为我是掌门人，我可以消除你们的记忆，将你们赶下山去。"

"所以我是被你消除了记忆，然后赶下山的？那为什么我会有一段梁众异的记忆，而且似乎还有很多人关注着我的情况。"

掌门人缓缓转头："其实对你来说，以另一种身份重新活着，可能是一种解脱。我们这一族，因为身上所肩负的使命，牺牲了许多。三年前的事情，就是最惨痛的一个教训。但是我没想到你会记起来。你还是假装自己不知道，下山去吧。"

夏侯淳沉默着，几秒后轻轻摇了摇头："我不能假装不知道，我冒充了一个身份，影响了很多人的正常生活。现在我发现了很多与我有关，我却不明白的事情，我必须要弄明白。"

掌门人开始上下打量他，脸上变幻莫测，道："行，有巫虎神刺后代的骨气。但是我还是劝你，既然你忘记了，不如就忘记。忘记对于所有离开最深山的人来说，都是一种福气。最深山里的秘密太重，重到能影响到所有人的命运。我们这一族，势必要生生世世与其纠缠到底。"

夏侯淳不想理会掌门人说的福气不福气，他从来都不信这个，他直截了当地问："你怎么使我失忆的？又怎么给我植入的其他人的记忆？你们是不是还会控制别人所看见的和所听见的？既然你说巫虎神刺和山林的秘密息息相关，还说我是巫虎神刺的后代，那么我不就理应去弄明白吗？"

掌门人望着远方的山林，叹口气说："担子太重，我们不想落在后人身上。不要再问，也不要再查。"

夏侯淳低头说："我最起码要弄清楚自己的身世。"

不知为何，夏侯淳说完这句话，掌门人收回目光，又落在了夏侯淳的身上，他看了许久，然后将自己的腿也伸出半空中。

"那你去吧。你要记得，任何时候回头，都不晚。"

话音刚落，掌门人站起来，顺着一阵风，消失在了渐渐泛白的天边。

夏侯淳一个人坐在崖边，望着远处郁郁葱葱的山林，陡然生出一种纵身一跃的快感。他抑制住，提起油灯，转身走入石道中。

夏侯淳返回了石室，坐在桶里等待上面任何一个人醒过来。麻婆婆先发现了他，从井口眯着眼看了老半天，叫来了梁祥将他拉上来。

"你的决定是什么？"麻婆婆问他。

"去找找吧，我不太想混沌地度过每一天。"

麻婆婆点点头，说："从明天开始，你每天到我房里来，我教你些东西。一年之后，你方可离开。"

冬去春来，夏消秋至，夏侯淳坐在镇子北边的市场上，咬下一口饼子，远远地望着远处层林尽染的山林，嘴里叫喊着："便宜卖啊！便宜卖！"

小臭子忙着给上一单顾客称重打包，踹了他一脚："别吃了，起来帮帮我。"

夏侯淳收回目光，把饼子包好，揣回怀里，蹲着给小臭子搭手。

这是他们离开王达岭的第二个月。一年前，他见了掌门人以后，麻婆婆开始教他一些奇奇怪怪的东西。他也按照麻婆婆的要求，学习了一年，其间一直没有离开过麻婆婆的家。一年期满，他决定出门去寻找自己的身世，就离开了王达岭，来到了五十公里以外的千岁镇。据永秋说，这个镇子上曾经出现过和奇怪的病人有相似病症的人。

"咋卖的？"一个人蹲下来挑挑拣拣。夏侯淳削了一块递给他："尝尝，不甜不要钱！"

那人从一堆水果里抬起头，去取刀子上的果片。

夏侯淳与他一对视，先看到他鼻梁上架起的一副厚得犹如瓶底般的眼镜。

那人一愣，抓起果片喂到嘴里，跳起来转身就跑，夏侯淳也没想到那人见着自己跑这么快，一愣神，跨过摊子，拔腿就追。

那人别看瘦弱，跑得倒挺快，穿街过巷好不利索，像只老鼠似的灵活地躲过无数挡路的人和物。夏侯淳在后面追得也不费力，在山上学习的一年他也没少上山爬树。

那人见自己都跑了五条街了，夏侯淳还紧追不舍，抹一把头上的汗水，瞅见一个院门打开的屋子，闪身一躲，跳了进去。

后面的夏侯淳笑了，这不是他和小臭子住的院子吗？他倒不跑了，悠哉悠哉地走到门口，将门锁上，然后从后院颇隐蔽的一道门走进去。进去的时候，那人估计也是跑累了，双手扶在自己膝盖上大口喘气，随手抓起院子里石桌上的碗，将里面的水仰头喝尽。

"屋里还有，不够的话我再给你去倒。"夏侯淳高声道。

那人吓得一口水呛在喉咙里，边咳嗽边往大门跑，差点就撞上紧闭的大门。夏侯淳两步跑过去，抓住他的衣领："跑啥啊，我又不吃你，'瓶底儿'叔。"

"瓶底儿"缩着脖子，嘿嘿嘿地笑道："我想起来我没给钱……"

"我不要你钱。"

"啊呀，这位小英雄，我就当没见过你，绝对不和他们说，你就放过我吧！"

夏侯淳听不明白了："给谁说？"

"瓶底儿"嘴一撇："你不知道？挖金队到现在都没回去，大家都说是你杀了他们，说是你要是敢回去就把你杀了喝血吃肉！"

十分钟后，小臭子收摊回来，看见夏侯淳和"瓶底儿"都盘腿坐在炕上，炕上的矮桌上放着半碗馍馍，"瓶底儿"吃得正香。

"你这是多少天没吃饭了？"夏侯淳将倒满水的碗递给他。

"别提了。我之前给你报信的事情让他们知道了，追着我打，我只好从村里离开，又回了镇子上。身上没钱，一天一顿都是奢望。"

"瓶底儿"吃饱喝足，眼镜一摘，往炕上一躺，这才问起夏侯淳："你小子，到底是谁？现在在这镇上，又借着谁的名头？"

夏侯淳也躺下去，道："任何人的名头，我都看不上，现在我就叫夏侯淳。"

"瓶底儿"一听到这三个字，一下子弹起来，凑到夏侯淳脸边，问："你说你叫什么？"

夏侯淳重复了一遍，"瓶底儿"一下子变得神神叨叨，五指一合，摇头晃脑一阵，猛地睁眼，指着他的鼻子喝道："就是你了！"

夏侯淳将他的手打开："什么就是我？"

"瓶底儿"不回答了，歪头继续倒下去，说道："先别急，我问你，你跟着挖金队伍上山后，到底发生了什么？"

夏侯淳想了想，结合梁水和梁祥说的，骗他说："有人起了二心，想杀我们，我逃走了，剩下的人如何了，我就不知道了。"

话音一落，只见"瓶底儿"又是掐指一算，道："你的话，一半真，一半假。"

夏侯淳笑了，不予置评。

"瓶底儿"继续说："表面上起二心的，和你一伙。真正起了二心的，才是要你命的。"

夏侯淳心里一惊，向"瓶底儿"看过去。"瓶底儿"闭着眼睛躺在那，手又摸到了桌子上，抓起一个馍馍送进嘴里。

"你别紧张。行走江湖，总得有点本事。现在你该信我了吧，接下来我说的事，你可不要觉得我在诓你。"

原来，这"瓶底儿"也不是单纯的一个落魄的教书先生。他家世代都是算命的，就是穿件旧马褂戴个瓜皮帽，坐大街上等着生意找上门的那种人。到了他这一代，读了点书，另辟蹊径，谋了个教书的差事。谁知这条路也不顺，他又被村里人逼得干不下去，只好逃回千岁镇，操起了老本行。

一周前是他开张的第一天，一门大生意就来了。一个奴仆模样的人找到他，说是他家老爷要找一个特殊的人，说是那人的名字专门逆着生辰八字取的，他八字欠火，名字里不仅不带火，反而有连绵不绝的滔滔江水。

"瓶底儿"也不知道对方找这么邪乎的人干吗，多问了一嘴，对方不耐烦，什么都没说，扔下定金就走了。那装着定金的小包上，锦丝线细致地绣着"白龙"二字。

"瓶底儿"是谁？就没有他打听不到的事情。就根据这两个字以及祖辈上传下来的野史，他弄清了此人的来历。

此人来自白龙坛，千岁镇外一个神秘的地方。据说白龙坛住着一个神秘的组织："旁门"。

何谓旁门？说不好听点，就是"旁门左道"的旁门。这个组织由来已久，早在明朝后期就已经出现。他们自己说曾经在满族老罕王努尔哈赤年轻的时候，凭借许多旁门左道救了老罕王的命，老罕王重情义，就将他们收为自己的骑兵。这个说法流传的时候，老罕王早就一命呜呼了，没人知道是真是假。后来，"旁门"虽占据山海关外的白龙坛，但势力早就蔓延到了京城里。他们从关外学来的"描寿"之道在江湖各路上占得了一席之地。总之就是各方都有他们的党羽和支脉。清代皇帝退位后，"旁门"里的人不断有小动作，似乎想做点大事情。

"描寿"之法，据说是"旁门"的伏灵之法，一般没有人知道究竟意味着什么。但是"旁门"一直很看重，每次的"描寿"之人也都不是随随便便就找来的人，身上总得有段传奇故事。

"至于为什么是你，我是真想不明白。""瓶底儿"躺在炕上，斜着眼睛看了看夏侯淳，又闭上了。

夏侯淳还在消化刚刚"瓶底儿"所说的事情。既然"描寿"之事对这样一个组织来说如此重要，他们又选中了自己，那就肯定和自己的真实身份有关。这简直就是送上门的机会，自己在镇子上苦苦蛰伏了一个月，什么收获都没有，没想到重要信息反被"瓶底儿"带过来了。

夏侯淳又去装了一碗馍馍，放在"瓶底儿"触手可及的地方，然后笑嘻嘻地问："叔，那这多好啊，我就去描那个什么寿，挣两个钱，不比摆摊强？"

"瓶底儿"道："看来你真的不简单啊，'描寿'都会。"

夏侯淳愣住了。对啊，自己根本不会，这还是第一次听说。真的被逼上去了，自己弄巧成拙咋办？但是现下也就这一个线索了，他不得不珍惜。

夏侯淳露出一个说不清道不明的笑容："我不去看看，怎么知道自己会不会。"

"瓶底儿"道："行，人家就要找你，那我明天就带你去。"话毕，吃饱喝足的他头一歪，做起了春秋大梦。

第二十章　旁门

夏侯淳早早地醒了，也不出去摆摊，就坐在院子里等"瓶底儿"醒来。他下山的时候，麻婆婆给了他足够的钱，他本来就不用自己挣钱。每天去摆摊，也是希望能在大街上来来往往的人中找到线索。

"瓶底儿"醒的时候，又讹了夏侯淳一顿稀饭馍馍，这才带着他往街上走去。他俩来到"瓶底儿"日常摆摊的地方，就坐在那等那个奴仆模样的人过来。

一直等到日上三竿，头上太阳正毒的时候，那人过来了，手上甩着一个小袋子。

"看到没，根本不怕有人抢他钱，人家武功高着呢。""瓶底儿"在夏侯淳耳边嘀咕道。

那人走近了，先是上下将夏侯淳一番打量，在他的粗布衣裳和草鞋上停留了两秒，用下巴一点夏侯淳，瞅着"瓶底儿"："这是你找的人？"

"瓶底儿"不紧不慢地坐下，眼睛一闭，叽里呱啦说了一堆，夏侯淳没听懂，就看见那人下巴又朝他一点："行，跟我走吧。"

夏侯淳抿了抿嘴，道："我跟你走可以，但是把他也带上。"他的手指指向"瓶底儿"。

"瓶底儿"一抖，仍保持着面上不动，定定地坐着。

"谁知道你们干的什么买卖，万一是杀人越货的生意，我可不干，我家里还有我弟弟要养活呢。我得带上他，以防万一。"

夏侯淳刚说完，旁边的小臭子适时地叫了两声哥哥。

接人的那人抬着鼻孔斜着眼睛，在夏侯淳和"瓶底儿"身上看了会儿，然后落在"瓶底儿"身上，道："你也跟上。"

那人转身的工夫，"瓶底儿"狠狠地在夏侯淳胳膊上掐了一把："为啥把我也拉上！"

夏侯淳笑："你不好奇吗？走吧，我俩做个伴。"

"瓶底儿"本来想趁此不备逃走，却见对方迟迟没把钱袋子给他，也只能咬牙跟上。

夏侯淳心里想的可不只是做伴。他总觉得"瓶底儿"不是他自己所说的那么简单。照他所说，"旁门"如此厉害，还需要托一个算命的给他们找人？"瓶底儿"总能在他走投无路之时送来关键线索，单说他只是好打听，所以对这些了如指掌，夏侯淳觉得不可信。他身上一定有秘密。

"瓶底儿"可能还不知道夏侯淳的小算盘，他只顾着盯前面那人手里不断晃动的钱袋子。他拍拍夏侯淳，指着钱袋子问："你猜猜里面有多少？"

夏侯淳仔细观察着，说出一个数，被"瓶底儿"否定掉，"瓶底儿"说一个数，夏侯淳又否定掉，两个人就盯着钱袋子玩着幼稚的游戏，一直走出了集市。

渐渐地，夏侯淳觉得自己走得越来越累，脑子也昏昏沉沉，"瓶底儿"也是，整个人几乎就倚在他的身上。他的眼皮越来越重，终于两眼一黑，没了意识。

熟睡中，夏侯淳感觉到有人往他的耳朵上吹气，连带着一股脂粉味往他鼻子里钻。夏侯淳狠狠地打了个喷嚏，惊醒过来。首先映入眼帘的就是一张白净的脸，那张脸的眼睛边上抹得红一道紫一道，睫毛长得能戳死人。他吓得缩身往后退，背靠着一床软得无边的红丝绸面的被子。

这会儿有了距离，夏侯淳看清这人是一位姑娘。只见这姑娘穿得十分凉快，鬓边一缕头发弯弯绕绕地顺着她的小脸，似乎在向他招手。

夏侯淳脸一红，蒙头进了被子里，闷闷地问道："这是哪？"

床边的女子柔情绵绵道："这里是待客楼，白龙坛的待客楼。"

"和我一块儿来的那个算命的呢？"

"在旁边的房间里。"

夏侯淳立刻像只刺猬，裹紧自己身上的被子，一骨碌滚下了床，光脚跑了出去，"哐哐哐"敲响了旁边屋子的门。门骤然被打开，同样裹着被子一脸恐慌的"瓶底儿"冲出门来，把门猛地合上。

"这就是你说的'旁门'，这都是什么玩意？"夏侯淳骂道。

"瓶底儿"叫苦不迭："我怎么知道这旁门左道还有这一道……"

两人裹着被子光着脚站在门外，不知道该往哪走。

"咱怎么到这的？"夏侯淳问。

"不知道啊，我就记得我睡得挺香的。"

夏侯淳明白了，自己这是先被摆了一道。这分明就是保护自己的老巢，不想被别人知道具体位置。

两人正站在走廊上面面相觑，只见走廊尽头走来一人，正是刚刚去集市上领人的人，只是这回他换了衣衫，一身黝黑的长袖长裤，那衣服料子一看就价格不菲。

那人这回不是刚刚一副狗眼看人低的模样，反而将自己身上不凡的气质收敛了起来。他的每一步走得都和夏侯淳看到的平常人不同，明显是有些武术功底的。

那人闲庭信步地走到了夏侯淳和"瓶底儿"面前，外八字站立。他看了看两个人的样子，淡淡地笑了一下，一招手，那两个女子从屋里走了出来。

夏侯淳不敢轻举妄动，一言不发，静静地等待着。女子走后，他进去放下身上的被子。这时，他才注意到自己身上的衣服早就被换了，换成和外面那人一样的长袖长裤，白色的料子看着和那人身上的一样不错。

夏侯淳穿上衣服走出去，看见"瓶底儿"还是那一身马褂长衫。他走过去，在那人面前站定，仔细观察了一番，猜测出这可能是白龙坛领导级别的人物。

"我是白龙坛坛主，司徒星耀。"那人浅笑着开口，"见面礼准备得不周到，见笑了。"

夏侯淳心里一惊，自己猜得还是保守了。看来"描寿"之人的地位不是一般的高，竟让坛主亲自接待。

夏侯淳不知道说什么，也笑了一下，点点头。

"描寿师还请在我们的待客楼歇息几天，'描寿'大典即将在四天后举办。"

夏侯淳又点了点头。"瓶底儿"藏在他的后面也跟着点了点头。

司徒星耀还是第一次看见不说话光点头的描寿师，他放弃了自己寒暄的打算，又让人给房间里送了许多吃的用的，就离开了。

夏侯淳目送坛主离开，这才有空环顾四周。他所处的楼在整个建筑的西面，四周其他的楼里住着许多穿着同样长袖长裤的人，估计那就是整个"旁门"的住处。再往中心看就看不见了。整个建筑不同于农村的土房，装饰极为绚丽。如果夏侯淳去过京城的皇宫，就会发现这里的建筑风格和皇宫并无二致，只不过小了许多。

对面的司徒星耀正在上楼，夏侯淳一眼看过去，和他隔空打了个招呼。他又看见司徒星耀后面远远跟着一个女子，正是刚刚"瓶底儿"屋里那个。那女子一边跟一边藏，特别谨慎。女子看司徒星耀在和谁打招呼，头一撇，刚好与夏侯淳对视。

女子转身蹿下楼梯，眨眼的工夫就不见了。

夏侯淳趴在栏杆上，望着对面屋檐上石头做的小年兽出神。

这"旁门"看来富裕得很，也不知道来钱的路子是哪条，从谁那走。夏侯淳总觉得"旁门"的祖上不仅仅是辅佐皇帝这一条路。自己在麻婆婆那从未听说过"旁门"这个组织，"旁门"到底和"巫虎神刺"有关系吗？

一切都暂时无解。

天色黑了下去，夏侯淳一边进屋一边想，白龙坛离千岁镇距离不短。他们出发的时候是晌午，现在却已暮色降临。

走进屋去，他手刚伸向油灯，却见一段细长的黑影闪过，将油灯打翻在地上。

"谁！"夏侯淳瞬间警觉，举起手边唯一能抓到的凳子作为武器。

又是一道黑影闪出来，直直抽到夏侯淳的脸上，然后卷起凳子的一角，凳子立刻被抽走，滚向黑暗中。

夏侯淳屏住呼吸，想往门口挪，那道黑影又闪了出来，直直飞到门口，将两扇门"哐当"合上。趁着黑影往回缩的时候，夏侯淳眼疾手快，抓住黑影，猛地往自己身上一拽，黑暗中一声倒吸气，夏侯淳差点往后摔去，好不容易站稳，仔细一看，手中只剩一截软软的绸带。

夏侯淳屏气凝神，又抓起旁边放着的什么东西砸过去，那边又闪出一段绸带，夏侯淳还不等绸带缠住自己手上的东西，迅速往前一滑，朝着绸带的方向扔出一根银针。

这还是永秋当初教他的，可惜他只学了皮毛，只有靠近对方才有扎中的可能。

果不其然，银针不知扎到了对方的何处，绸带一下子失了支撑，飘落在地上，夏侯淳在半空中接住绸带，往自己这边卷了起来，从黑暗中带出一个长头发的姑娘，正是刚刚那个跟在坛主身后的人！

那人将银针一拔，反手用力拉住绸带，夏侯淳惊诧间没站稳，一下子倒在地上。他闭上眼睛，等待着对方将绸带打在自己脸上。等了几秒，却一点感觉都没有。

夏侯淳睁眼，看见那女子将银针捏在手里仔细查看。她手指挥舞，做出了一系列动作。

夏侯淳立刻借着微弱的光认出那是手语。当时他以梁众异的身份住在村子里，以为祖父完全是个聋哑人，还专门学过手语。

"这是永秋的针，你认识她？"那女子打着手势问。

夏侯淳看那女子脸上不像是遇见仇人，大胆地说："认识，这针是她送我的。"

那女子一愣，显然，是看得懂唇语的。她伸手将夏侯淳扶起来，继续比画："你和永秋什么关系？她去哪了？"

夏侯淳想将灯点上，被女子制止了。

"我为什么要告诉你，你要杀我，你万一也要杀永秋怎么办？"

那女子比画道："谁要杀你？你还不配。"

夏侯淳一挑眉："我不配，那白龙坛坛主，配被你杀吗？"

那女子猛地瞪眼："你要是知道了，那我就不得不将你杀了。"

"那你就永远不知道永秋去哪了。"刚刚夏侯淳看见那女子小心翼翼地将银针包裹起来放进了贴身处，想必永秋对她来说有不同的意义。

女子挣扎了一下，气势软了下去。

"你是谁，你混进来就是为了杀坛主？"夏侯淳问。

那女子不想回答，正欲威胁夏侯淳回答自己的问题，却听见外面有人敲门。"瓶底儿"的声音从外面传来："夏侯淳，我听见你屋里咣咣响，又不开灯，你没事吧？"

那女子紧张起来，夏侯淳笑眯眯地看着她，冲外面喊道："没事，不用管我。"

"瓶底儿""哦"了一声，离开了。

女子松了一口气，手势软了几分，问："永秋的技法从不轻易传人，你就是夏侯淳吧。"

"永秋和你说过？"

那女子不回答了，她收起自己的红绸，走到门口，回头比画道："我不会杀你。至于你告不告发我，就看你自己的选择了。但是我认为永秋的朋友会辨别是非曲直的。"

不等夏侯淳回应，门开了一个小缝，那女子闪身出去，门倏地又关上了。

夏侯淳在原地站了一会儿，将油灯从地上捡起来，添了新油，点燃。他手持着油灯，站在那，想起了永秋。

看来永秋在下山后这一年，又在路上认识了刚刚的那个女子。只不过她为何偏要杀死白龙坛坛主？一个女子将那软塌的长绸使得出神入化，也是了不得的人物。

至于告发她，夏侯淳觉得自己不傻。他还不知道白龙坛到底是个什么地方，不如先静观其变。那女子看来是单枪匹马去行刺，"旁门"里奇人众多，她能否得手，还难说。

夏侯淳想起刚刚那女子打手语的样子，想起了祖父。他走出门去，进了"瓶底儿"的屋。

"'瓶底儿'叔，祖父……梁众异的祖父还好吗？"

"别提了，那孩子没多少耐心，不管老人家，你走后没几个月，他也失踪了，留下一个老人在家里，地都挖不动。不知道等家里的存粮吃完了咋办。"

四天后，"描寿"之宴如期而至。

这四天之内，夏侯淳经常会在送饭菜的队伍里或者其他侍从堆里看见那个女子。每每两个人碰见，夏侯淳淡淡地瞟一眼就移开了眼神，余光中，那个女子总会松一口气。

夏侯淳也想过四处去转转，坛主也默许了，但是他发现这里的大多数房间都上了锁，只能在外面望锁兴叹。他总看见每天晚上吃穿用的东西源源不断地送进待客楼和对面的楼，其中不乏奇珍异品，夏侯淳几乎都没见过。与此相对的，每天早上，总会有一批人背着包袱走出去，同时将一批人送进来。

"瓶底儿"见多识广，说这些都是从京城运过来的好东西。

"你去过京城吗？没去过也好，现在那不太平。""瓶底儿"自言自语。

夏侯淳听麻婆婆提过，其实自己的父辈很有可能就是来自京城。他们因为什么到了王达岭，又因为什么进了最深山，麻婆婆也不知道。

夏侯淳感觉自己即将得到很多关键的线索。正在他发呆的时候，门被人打开，是那个女子。女子端着的托盘上，整整齐齐放着一件质量更好的白色衣裳。

"这是晚上宴席的衣服。"女子低着头，一手将托盘举过头顶，一手比画。

"你今晚上要动手？"夏侯淳拿下衣服，问她。

女子抬头，将托盘紧紧握着，和夏侯淳对视几眼后，走了出去。

夏侯淳换了衣服，早早地被人接到了举办宴席的大厅。

大厅中央，一个约有一尺高的大圆盘放在正中央，圆盘硕大，半径有四尺。圆盘上面放置了三张青玉桌子，桌子上摆着一系列奇形怪状的东西。宾客的位置在圆盘四周依次排开，正东方的位置上，半空中悬挂着一张雕刻有二龙戏珠的宽背椅，说是椅子，却有一张单人床大小。

夏侯淳被引着站到一扇屏风后面，"瓶底儿"也跟在他的后面。

外面逐渐响起各种声音，夏侯淳心里有点紧张，定定地坐着，数着自己手里的银针。"瓶底儿"倒不怕，老伸出头去看那些来赴宴的人，啧啧称羡。

"夏侯淳，今天来的大人物可不少，全都是活在传奇里的人啊！"

夏侯淳敷衍地回他："你不也是传奇吗？"算命的去教书，任谁都想不到。

"瓶底儿"笑了："我算什么传奇，不还是要给别人干活。"话刚说完，"瓶底儿"就意识到自己说错话了，刚想圆回去，却见夏侯淳低着头，好似没听见。

夏侯淳哪是没听见，他听得清清楚楚。看来"瓶底儿"也是受人所托来推他一把的。

有人还怪希望他早日找到自己的身份的。

第二十一章　描寿

前半场宴席倒是没什么可值得留恋的地方，无非就是台上唱着跳着，台下各路神仙来拜拜，说些"生意人"之间模棱两可的话，夏侯淳大多是听不懂的，"瓶底儿"知道一点，就讲给他听。

"看出来没，这么多人物前来，有的是真心实意求庇佑，有的则是来相互试探，二十多家，没有一家只是单纯来看你'描寿'。"瓶底儿"躲在夏侯淳的身后，脖子伸得老长去窥探外面的来宾。

夏侯淳早就眼花缭乱了，来的二十多家，他只有一小部分听麻婆婆讲过，都是和"三大帮"做过生意的。其余的，他是一个都不认识。

"这里面有没来的组织吗？"夏侯淳问。

"瓶底儿"挨个数过去："没来的？哎哟，少，道上的人都在传，'旁门'做的是'大生意'，大家都想跟着混口肉吃，很少有不来的。"

夏侯淳还想着那个使三尺红绸的女子。四处一看，并没有她的身影。行刺如此大的一个组织首领，她绝对不是单枪匹马。刚刚来的组织，听"瓶底儿"的意思，都没有和"旁门"撕破脸的必要，那么女子很有可能属于没来的组织。

只是正东方那张悬挂着的宽背椅一直无人光顾，给夏侯淳一种不太妙的感觉。那女子还没出现。

夏侯淳不断回忆着麻婆婆教给自己的东西。据麻婆婆所说，这些也是了不得的。希望能在"描寿"的时候，替他这个门外汉挡一会儿。

又一曲罢，台上舞伎依次退场，夏侯淳没等到下一曲，却等到了一个人走过来将"瓶底儿"带走。他说，"描寿"即将开始，无关人士都要远离。

"瓶底儿"叼着一串葡萄毫不在意地跟着那人走了出去，夏侯淳一个人坐在屏风后，全身都绷紧了。他往司徒星耀那边看去，坛主正不急不缓端起酒杯细细地品。

夏侯淳摸了摸口袋里，安安静静地等待了三五分钟后，外面忽然响起窃窃私语的"嗡嗡"声，夏侯淳心弦紧绷，他转过头去，看见所有人都伸着脖子往这边看过来。

难道该自己上场了？也没人叫自己啊。

夏侯淳思索着，走出屏风。刚一露面，四周的人纷纷呆住，然后面带疑惑，都目不转睛地盯着他看，和旁边的人议论纷纷，宴厅里一下沸腾起来。

"描寿师在祥瑞显灵后并没有立刻现身，必有他自己的道理，大家不必惊讶。"司徒星耀稳稳当当地坐在上位说道。此话一出，人群立刻安静下来。

夏侯淳暗道不好，原来刚刚前半场没有动作，是在等祥瑞显灵。什么祥瑞？他往宴厅中间看去。

宴厅中间与刚刚并无二致。夏侯淳抬头看向正东位的上方，心里一惊。

那张悬挂的宽背椅的前面，不知何时升起一面硕大的方盘。方盘似是用水晶制成，可以模糊地看见上面还摆放了一些小物件。方形水晶盘四周并没有什么细线或者杆子撑着，就那么独自挂在空中。

"请吧。"司徒星耀站起来，向夏侯淳一拱手，然后望向那张宽背椅。

夏侯淳愣住了，那张椅子原来是给自己准备的。那椅子少说离地也有十尺，他又没长翅膀，怎么上去？

夏侯淳面上装得深沉，心里早就哭爹骂娘。周围的人一言不发，酒杯也放下了，就专门盯着他看。

"劳烦抬架梯子过来。"夏侯淳面不改色地说道。

下面又沸腾起来了，不知道在说些什么。

"描寿师连这都上不去？"

"我孙子才练了一个月的武功，比这高的都能上。"

司徒星耀将目光转到夏侯淳身上，上上下下扫了好几眼，手一挥，有人就立刻抬来一架梯子。

梯子来得很快，仿佛就是从隔壁搬过来的。夏侯淳望着迅速搬来的梯子，看向司徒星耀，司徒星耀笑了笑，做了个"请"的手势。

夏侯淳明白了，梯子早就备在外面，只不过一开始不拿出来，就是为了试探自己的实力。既然如此，他大大方方地爬上梯子。对方不知道自己的水平高低，对夏侯淳来说，不一定是件坏事。忽悠人，可是夏侯淳擅长的事。

爬到一半，夏侯淳放眼望去，下面一圈人都仰头看着自己。他快速扫了一圈，在人群中看到了一个熟悉的身影。

对方很矮，几乎要被人淹没。他站在最后面，一双大眼睛圆溜溜亮晶晶地望着夏侯淳。

村里割头的小矮子？

夏侯淳正想多看两眼，门外突然走进两排舞娘。小矮子往前走了两步，隐在人群中。

"描寿师，快点吧，祥瑞可要消失了。"司徒星耀在水晶盘的下面提醒道。

爬到和方盘齐高的位置，夏侯淳就看清了这水晶盘里的东西。盘子的角落堆着小石头，中间摆放着十几块大大小小的方砖，方砖的下面隐隐约约压着小人形状的东西。盘子里散着细腻的白沙，他还从没见过白色的沙子。

不知为何，夏侯淳突然生出触摸白沙的想法，他将左手换到右边抓着梯子，右手探出去，慢慢地伸过去。

那沙子又细又白，这让他想起了那年他刚去麻婆婆家时下的大雪。

忽地，眼看就快碰到了那白沙，夏侯淳脚下的梯子突然向地面倾斜，他随着梯子也往下坠，脑袋在水晶盘上狠狠磕了一下，然后又重重地拍在地面上。

夏侯淳还来不及反应，却见从梯子底端散开一条红绸，忽地就向他的脑袋冲过来，他忍住疼痛往边上一滚，没想到又落入另一根红绸之中。那红绸很快就缠绕在了他的脖子上，带着他往另一边滚。

周围人发出一阵唏嘘，正欲上前，水晶盘里的沙子猛然倾泻下来，连绵不绝的沙幕在空中被拉开，将所有人阻挡在外面。

"各位客人，少安毋躁，请坐。"

夏侯淳依稀听见沙幕外的司徒星耀说道。他无暇顾及，伸着舌头，只觉得自己快被勒断气了，他紧紧拉住自己脖子上的红绸往外扯，反而将红绸缠绕得更紧。他被红绸拉到一个人的脚下，那人将他的脑袋掰过来一看，细眉一蹙，双手飞快比画道：

"怎么是你！"

夏侯淳看不清，他的视线越来越模糊，女子急忙将红绸解开，夏侯淳猛吸了好几口气，定睛一看，竟是那个要使三尺红绸刺杀坛主的女子。

"坛主在外面，你是不是抓错人了？"

女子继续比画："这是坛主'描寿'的地方，你站在这干什么？"

夏侯淳以为自己理解错了："坛主来'描寿'？"

还不等女子比画完，他们脚底下的圆盘忽然往下降落。两个人赶紧矮身趴在圆盘上防止摔倒。圆盘下降到七八尺的地方突然停下，横竖共十六跟木棍缓缓地从旁边的墙壁上伸出，挡在了他们的上空。

夏侯淳心里一凉，突然明白了从刚刚"瓶底儿"被带走时，坛主就已经开始试探他了，他对女子道："坛主早就知道你要杀他。"

外面的人第一次窃窃私语，并不是疑惑为什么描寿师还不出来，而是惊讶司徒星耀为什么还不开始。第二次窃窃私语，是大家在疑惑为什么这次主持"描寿"的不是坛主，而让描寿师来。司徒星耀知道自己根本就不会"描寿"，说的那几句话，也只是误导他，好让他站上主持"描寿"的位置，从而代替他自己被杀。

也不对，司徒星耀不是想让自己死，他还有别的目的。

想通了这一切，夏侯淳突然轻松了很多。

他们头顶的水晶盘不再继续倾泻白沙，夏侯淳从地上抓了一把白沙，在手里细细地摩挲，心里涌出一种熟悉的感觉。这手感太熟悉了，他生出一种自己以前经常和这种沙子打交道的感觉。

那女子看见他的动作，瞪大双眼，双手飞快比画："这沙子被人下了诅咒，不要碰！"

夏侯淳明白了为什么刚刚那些人不敢越过沙幕，他继续摩挲，从左手倒到右手，问："什么诅咒？"

"让人丧失自我的诅咒。"

一道声音从夏侯淳的头上响起，夏侯淳抬头一看，司马星耀跨步背手站在上面。

夏侯淳将白沙扬在空中，问他："什么叫'自我'？"

司徒星耀好像没意识到夏侯淳这么问，闭上眼睛思索，好一会儿才睁开，坦诚地回答他："我也不知道，有人这么告诉我的。"

夏侯淳又问："谁下的咒？"

司徒星耀咧开嘴大笑："上一任白龙坛坛主吧。我们的本领又多又杂，到现在连自己也分不清哪些出自本门。"他挥了挥手，四个人跳了下来，两个禁锢住那个女子，另外两个走到坑壁前，组成人梯，将夏侯淳拖上去。

"我也不知道为何这次的描寿师会是你，你看起来，一无是处。"司徒星耀边说边走回主位，慢条斯理地开始更衣。

夏侯淳跟上去："但是你们还需要我，况且描寿师根本不占主要部分，只是作为画龙点睛的部分，不是吗？"

"你明白得太晚了。"司徒星耀转身去换上衣，身后的皮肤裸露出来。夏侯淳惊讶地发现他的背上有一大片灰白色的斑点，中间凹陷，四周凸起，不像是平常的皮肤病。

夏侯淳刚要说些什么，司徒星耀已经转了过来，他拂了拂袖子上的灰，道："所以我们已经不需要你了。"

夏侯淳心里一惊，还没说话，旁边的几个人拥上来将他抓住往门外推。

"怎么不需要我！"夏侯淳大叫，"描寿还没完成！"

没人理他，他被越推越远，即将要推出门。而司徒星耀已经走到了圆盘处，两三下就"飞"到了宽背椅上，他盘腿而坐，持一根长长的白玉棍，往空中一挥。

"送客。"

夏侯淳被推在门外，大门重重地关上。

待客楼里，夏侯淳和"瓶底儿"并排躺在床上。

"为什么不需要我了……"夏侯淳喃喃自语道。好不容易得到的线索就要失去，夏侯淳不甘心。

"瓶底儿"搂着一大堆打包好的好东西，道："因为坛主本来就是描寿师。"

夏侯淳惊起："他就是描寿师？"

"没错，我被人叫出去后，在院子里乱逛，一个人告诉我的。"

"谁？"

"一个长得很奇怪的人，个子很矮，眼睛圆溜溜地闪着贼光。他告诉我，其实坛主的生辰八字和名字也刚好相反。他们实际要找的这个人，命里犯光亮的东西，而坛主的名字里，是不是带个'耀'字？""瓶底儿"在空中比画着坛主的名字。

"这要求和当初跟你说的可不一样！不对，当初找你的人，就是司徒星耀假扮的。"

夏侯淳又惊又喜，脑子里飞速运转，在屋子里转起了圈："他还说什么了？"

"他还说，司徒星耀这个人一直对外保密，除了他的生父生母，谁都没有告诉。这个秘密告诉你了，就是你欠他的，你要还他。你不还，他还有个关键线索就不会告诉你。"

"他想要什么？"

"他说，你知道他想要什么。"

夏侯淳笑了，小矮子肯定还是想要人头，至于要谁的人头，这是让自己猜呢。

司徒星耀的？司徒星耀的秘密费心费力保护了这么久，在紧要关头就这么轻易地叫他给泄露了，说两人没点过节，不太可能。

夏侯淳想着想着，突然停下来，对着"瓶底儿"说道："你知道那人是谁吗？"

"瓶底儿"摇摇头。

"他在村子里，专门收集尸体的头，还挨个切开，泡在蓝色的水里。"夏侯淳翻了个白眼，吐出舌头，假装一副吊死鬼的可怕模样。"瓶底儿"一愣，怀里的东西咕噜噜全都滚了出来。

夏侯淳笑了："咋啦，害怕啦？你不是和他一伙的吗，怎么会害怕？"

"瓶底儿"脸上的迟钝和狡黠一下子就不见了，他端端正正地坐起来，将厚瓶底儿似的眼镜一摘，从怀里掏出一副金丝细框眼镜换上，将衣服略微一整理，也笑了："你是怎么发现的？"

夏侯淳目瞪口呆："我没发现，只不过想诈诈你，没想到你立刻就承认了。"

"瓶底儿"双拳握紧，死死盯着夏侯淳。

"你也别生气。你告诉我这些，是想让我继续追查下去吧，那你不如把你知道的都告诉我，我待会儿也好应付。"

"你要继续去找坛主？"

"为什么不找？"夏侯淳掏出自己怀里的银针，一根一根地擦拭。

"好，那我就告诉你。但是你不能再告诉其他人。其余时刻，我会还是假装'瓶底儿'的样子，你也就那么叫我就行。你是'巫虎神刺'的后代，我才选择相信你。"

"你怎么知道我是……"

"还听不听？"

"听！"

宴客厅里，"描寿"已然结束。大家凑在一块，再也不敢私下议论。"描寿"结果对他们都很不利，他们现在只有抓住"旁门"这根救命稻草，下半年的"生意"才做得起来。

司徒星耀翻身从宽背椅上跳下，单脚站立在圆盘上的一根木棍上，又是手一挥，宴会厅继续歌舞升平，觥筹交错。

在这一片热闹中，突然合上的大门发出的声音令所有人都吃惊不已，大家端着酒杯举着筷子纷纷看向门口，两扇门慢慢合上，中间站着一个人。

"坛主，我想，我还是有点用处的，比如，为你查出刺杀你的人是谁。"

此人正是夏侯淳，等到他身后的门完全碰上的时候，夏侯淳两步跑进来，也不管司徒星耀有没有答应他。

司徒星耀看起来似乎精疲力尽，靠在主位的座椅上，抬手一虚指，夏侯淳就被人带到了他的面前。

"你怎么查？"

"就用你'描寿'的东西来查。"夏侯淳望向圆盘上面的那个水晶盘。

司徒星耀无声地笑了："年轻人，你可知道那是什么东西？"

夏侯淳毫不犹豫地回答："空沙盘。"

司徒星耀收起了笑容，摸了摸自己手上的白玉棍，抬起眼皮瞅了夏侯淳一眼："行，那你试试，只不过丑话说在前面，这玩意儿邪性得很，玩丢了你的小命，'旁门'可不负责。"

夏侯淳伸手："我的丑话也说在前头，在座的，谁的小命被玩完了，我也不负责，您都说了，这玩意儿邪性得很。"

此话一出，众人纷纷吵嚷起来，让夏侯淳说清楚这是什么意思。

司徒星耀在众人注视下将白玉棍放在他的手上："年轻人，还需要叫几个人给你扶梯子吗？"

夏侯淳没回答，接了白玉棍，反手一转，压在自己身侧，往前跑了几步，顺手往空中随意一捞，身子就飞到了半空中，再来一个空翻，人已经稳稳地站在宽背椅上那两条龙争相戏珠的珠子上。

人群中忽地爆发出一声叫好声，又在周围人的注视下捂住嘴低下头再不敢言语。

夏侯淳往下一跳，舒舒服服地坐上宽背椅，冲司徒星耀挥了挥手。

司徒星耀抬头看了他一眼，又将头低下去，似乎是睡着了。

夏侯淳在视线死角处将自己右手的手心搓了搓，低头一看，一条细细的血线已经显露出来。这"瓶底儿"也没告诉自己这头发丝这么勒手。

"瓶底儿"说，大厅中看似凭空悬挂着很多东西，其实都是细细的头发丝所牵着，这种头发丝就和皮影师用的那种头发丝一样，材质特殊，极难发现。夏侯淳刚刚就是凭借着那头发丝"飞"上来的。

"那白龙坛和皮影师也有点关系？"

"这我就不知道了，这就要靠你自己寻找了。"

第二十二章　再入局

　　夏侯淳看向水晶盘内部，他这才发现，水晶盘上的东西和他第一次看见的东西全然不同。之前还只是些小方块，现在竟然全都是些房子的模样，而且它们组成的排列，让夏侯淳感觉万分熟悉。

　　夏侯淳头一抬，忽然发现在一个特殊的角度上看去，天花板上面有一块倾斜的大玻璃，上面不知道涂的什么东西，竟然清楚映照着整个白龙坛的模样。而这块玻璃，是在下面所有的人无论怎么变换角度都看不见的。

　　玻璃中，白龙坛的样子和水晶盘中那些房子所组成的样子，分明就是一个模子刻出来的。

　　夏侯淳倒吸一口气，原来所谓"空沙盘"，就是在水晶白沙盘中做一个和白龙坛一模一样的真实场景。难怪"瓶底儿"说，他在空沙盘中所做的一举一动，都会影响现实生活中的东西。

　　夏侯淳伸出白玉棍，将水晶盘中一棵惟妙惟肖的小树拨倒，然后立刻抬头去看头上的水晶，果不其然，水晶镜中对应位置的一棵小树也轰然倒地，荡起一片灰尘。

　　夏侯淳明了了，他找到了水晶盘中宴会厅所对应的位置，拨开门，又接着拨开圆盘上的粗木棍。

　　紧跟着，现实中的宴会厅的门真的被打开了，圆盘上的粗木棍也不知道怎么回事，慢慢地往回缩。圆盘里的女子抬起泪流满面的脸，还不知道怎么回事，只感觉有什么拖着自己往上升。

夏侯淳高坐在上，尽收眼底。刚刚他将粗木棍拨开后，见一身姿婀娜的皮影人静静躺在其中，就将其从坑中救了出来，不知道为何，他看那皮影人越看越古怪，但他也无暇顾及，没时间再去细看。

宴会厅中的人都看见行刺坛主的人突然就这么被放了出来，纷纷叫嚷着，司徒星耀被吵得不耐烦了，一挥袖，将桌上的东西全都扫落在地，盘子酒杯碎得"噼里啪啦"一阵响，响完了，大家也不吵了。

有几个好事的，偏觉得自己亲自将其抓住，坛主就会高看自己一眼，就拔剑往前冲，不知为何，总有一股不知名的力量将自己拦在离那女子十尺远的地方，任由自己怎么蹦怎么跳，都不能再往前迈一步。抬头一看，夏侯淳就坐在那，脸朝天，似乎一点都不关心他们。

夏侯淳在水晶盘中阻退了几个冲上来的皮影人，仔细回想了一下"瓶底儿"当时说的话。

"水晶盘中的白沙，据说让人下了咒，只要运用恰当，就能让沙盘中的人说出关于自己的所有事。但你属于第一次操作，你全程都只问这一个问题就好。"

夏侯淳在水晶盘的角落里找到一把小小的刀，拨到女皮影人旁边，道："你可以杀在场的一个人，他们不会反抗，你想杀死谁？"

宴厅中女子的脚边果然也出现了一把闪着寒光的利刃。

女子目光凌厉，比画问："他们不反抗吗？"

夏侯淳说："不会。"一旦反抗，他立刻就会在玻璃镜中看到，迅速在水晶盘中做阻拦。

女子环视一周，所看之处无不噤若寒蝉。司徒星耀周围的人纷纷围住他，司徒星耀却仍然靠在椅子上，似笑非笑地看着宽背椅上的夏侯淳。

女子反而没在司徒星耀身上看多久，突然笑了，纤细的手指往人群中点了好几个人，目光阴森森地在那几个人中间流动。

夏侯淳将那几个皮影人挑出来，排成一排，正等女子下一步确定人选，却见女子猛地扔出红绸，在房梁上绕上一圈又垂下来，和另一头系在一块，打了一个死结。她拽拽那红绸，冲上面的夏侯淳比画道："这是你说的，任何人不得阻拦，包括你！"

夏侯淳猜到了她想干什么，点点头，答应了。他看见下面的女子又继续比画："我死后，头送给你，你拿去，还人情。"

话毕，她纵身一跃，脖子挂在红绸上，双手抓住红绸，双脚不住地往下扑腾。

所有人都愣住了，这么多人不杀杀自己？

夏侯淳也愣住了，她怎么知道小矮人跟自己要人头的事？

但夏侯淳不能再有多余的动作，他一言不发，等待着下面的女子不扑腾了，双脚无力地垂下去。夏侯淳将白玉棍子一收，放在腿上，这才开口道："我知道她是谁了。"

司徒星耀这才从椅子上坐起来，问道："谁？"

夏侯淳指了指那根悬挂在横梁上鲜红的绸子，道："坛主，你可听说过'三尺'？"

不光是司徒星耀，平日里在道上来路颇广的那些人也纷纷摇头，不晓得这是个什么东西。

"所谓'三尺'起源于元朝末年，由女性成员组成。元朝时期，无数女性在暴政和民间恶俗的逼迫下，不得不嫁给朝堂或者地方官员做妾，一辈子受到非人的待遇。为了反抗这种压迫，争取自己的自由，许多女性宁愿在新婚之夜洞房之时用三尺红绸吊死在房梁上。不能以三尺剑刺杀仇人，就用三尺绸子毁灭自己，不给他人可乘之机，这便是'三尺'这个组织的创立理念。"

司徒星耀闻言，沉思半晌，道："我堂堂白龙坛坛主，扪心自问，从未干过任何暴虐女子的事，她又为何将我看作眼中钉？"

夏侯淳噎住，这个他还真不知道。其实刚才那些，也不是他从空沙盘中知道的，而是犹如百科全书的"瓶底儿"刚刚告诉他的。

司徒星耀见夏侯淳沉默不语的样子，站起身来，道："年轻人，看来你用这空沙盘的功夫也浅着呢。我给你个建议吧，置身事外，不如投身其中，感同身受。"

夏侯淳一开始没听懂，直到他发现即使现实世界的司徒星耀已经精气神十足地站了起来，但是水晶盘中和玻璃镜中的主位座椅上，司徒星耀仍然病恹恹地躺在那。

没来由的，夏侯淳的脚底板升起一股凉气，他伸出白玉棍，将水晶盘中主位椅上的那个皮影人慢慢拨过来。

皮影人翻了个身，正面朝上，镂空的一张笑脸看向夏侯淳。

夏侯淳脑子里的一根弦"啪"的一声，绷断了。

他见过这个皮影。

当时皮影师梁众异抓住祖父，威胁自己现身的时候，手上就拿着这么一个刚做的皮影人，那皮影人的脸的确像夏侯淳，但是身上的衣服不大像。那个皮影人，也就是面前这个，穿的一身白色长袖长裤。

夏侯淳摸了摸自己身上的那身白色衣衫，拿着白玉棍的手开始颤抖。

皮影师为什么会在一年前就雕刻出了现在的自己？而且皮影人还出现在了白龙坛。

夏侯淳的皮影人坐在主位上，那司徒星耀的皮影人呢？

夏侯淳一个一个皮影人辨别过去，却不见有司徒星耀的。他低头蹙眉看向司徒星耀，司徒星耀环抱双臂于胸前，怡然自得地观赏着夏侯淳刚刚一系列动作。他坦然自若地对上夏侯淳探究的目光，耸肩道："别见怪，空沙盘里不能有主人的皮影，这是规矩。"

夏侯淳正想问些什么，却见手中的白玉棍突然腾空而起，竖直飘浮在了半空中，自己伸手去抓，却不由自主地从凳子上往下掉。司徒星耀一踢自己身边的椅子，椅子滑过去刚好垫在水晶盘下面，将坠落下来的夏侯淳接住。

夏侯淳在椅子上翻了个身，正要起来，司徒星耀却不知何时走了过来，按住他的胸脯，道："后生可畏，你是空沙盘第一个邀请的人。"

"什么意思？"

"白玉棍高悬，即是空沙盘自己来操盘，而你，则被邀请进入空沙盘所构建的世界中，寻找你要的东西。这可是千载难逢的机会。"司徒星耀高昂着头，闭着眼，对着空沙盘拜了三拜，接着道，"而你要寻找的其中一样，就是'三尺'的人为什么要杀我。其余的，你自己把握。"

夏侯淳瞪大眼睛，指了指上面的棍子："也就是说，现在上面的棍子怎么动，不会受任何一个人的控制？那我要在盘中待多久？"

司徒星耀继续闭上眼睛，走回了主位，坐定，道："没错。你既然能获得你想要的，势必要付出代价，至于是什么，我就不保证了。至于待多久，就看那白玉棍何时掉下来。"

夏侯淳两眼一黑就要倒下去。

"年轻人，去吧，空沙盘等不及了。"

夏侯淳抬头一看，果真见白玉棍开始剧烈抖动起来。他猛吸一口气，在自己脑门上狠狠拍了一巴掌，从椅子上手脚并用地爬起来，马不停蹄地往门口跑。路过红绸的时候，他跑过去抱住那女子的腰，往上一提，再往外一推，抱着人就跑。跑出门外，他又转到门外揪出躲藏已久的"瓶底儿"，吼道："快跟我走！"

"瓶底儿"好像是专门等着他似的，一溜烟儿跑出去，比夏侯淳跑得还快。

"我们跑去哪啊？""瓶底儿"一边跑一边回头问道。

夏侯淳把快要从肩上滑落的女子颠了颠，道："去坛主住的楼里！"

二人一路不停地跑到了待客楼对面那栋楼，毫无阻拦地就上了楼，夏侯淳找到当时看见女子跟踪坛主的时候坛主停留的那间房间，推门进去，将差点跑过头的"瓶底儿"也拉了进来。

夏侯淳顾不得和"瓶底儿"解释，将女子平放在地上，将她脖子上的一根针取下，然后又是一连串的抢救，女子突然面部涨红，一口恶气吐出，猛地睁眼，弹坐起来。

"瓶底儿"吓得连声大叫"诈尸啦"，推开门就要出去，夏侯淳将他拉住："你好好看看，她没死！"

夏侯淳压着"瓶底儿"的脖子去看，果真见那女子和活人并无二致，面色红润，双眸清亮。

"当时她上吊的时候，我射出去一根银针，让她假死。但是射的位置不太准，所以银针取了之后还需要抢救。"夏侯淳擦了擦银针，重新包好。

女子见自己没死，正要继续寻死闹腾，被"瓶底儿"一阵说道糊弄住了。

夏侯淳在一旁等着，等到那女子情绪稳定下来后才问："叫什么？"

女子的唇无声地颤抖了几下："江秦。"

夏侯淳觉得熟悉："江秦……江秦神？"

江秦的眸底映出了光泽，双手的速度很快："你怎么知道我爹的名字？"

"你爹叫江秦神？那你爹去没去过王达岭那一带？"

江秦迟疑着，手势慢了几分："去过，我家是城里的，我爹当个小官，他被派去王达岭那边寻找煤矿资源，最后找到了就回来了。"

夏侯淳明白了，江秦神根本不是神，而是一个人。这个人被派到他们村子里找煤矿，而找到的煤矿也给大家带来了财富，但是事情不知道为什么传得越来越神奇，就成了有一个叫江秦的神的传说。

为什么会传得如此邪乎？大概就是有人故意为之。背后的人想利用传说迷惑村民，好方便自己干一些离奇而又不得不需要村民帮助的事。

夏侯淳哭笑不得，不知道自己该说点什么。他最终还是说："算了，不提了。先把手头的解决了。我刚刚在宽背椅上看到了整个白龙坛的构造，其中最中心的位置，就是坛主司徒星耀所住的这间房子。当时水晶盘里面对这间房子的刻画很少，周围空了至少三个房间的位置。我本来以为是因为这房间里本来就没什么，现在看来，根本不是，而是空沙盘对它主人的房间隐藏了部分细节。空出的地方，一定有我们要找的东西。"

"瓶底儿"和江秦愣了一会儿，没说话，夏侯淳一语道破："别装了，'瓶底儿'你还是想自己寻找自己要的那个玩意儿，江秦你也有你要从这带回去的东西。而且我敢说，咱仨要找的，很有可能有关联。不如一块儿。"

另外两个人没说话，但是也没提反对。

夏侯淳学着司徒星耀一挥手："找吧！"

三个人散开，在司徒星耀的房间里四处翻找。

司徒星耀好歹也是个白龙坛坛主，但是房间里的陈设布置都和客房差不多。夏侯淳猜测，这两栋楼可能是一样的。他就让大家先找找这里有哪些和客房里不一样的。三人对比了一番，也没看见这里与客房有什么不一样的。

一盏茶的工夫已经过去了。夏侯淳突然听见外面轰隆一声，戳破窗户纸一看，竟然是客房轰然倒塌，灰尘满天。

"瓶底儿"张大嘴巴："我的好东西还在里面！"

夏侯淳将他从窗户眼上扒拉下来，道："别可惜了，空沙盘已经开始操盘了，现在我们所处的环境，随时都有可能会变化。动作快一点，免得一会儿这间房也没了！"

三人继续找，还是什么都没找到。

夏侯淳突然想起那日司徒星耀假扮仆人来接他的时候，灵光一闪，喊道："我知道了，别找不一样的了，找所有房间都一样的，要颜色形状数量完全一样，普通到平常根本不会注意到的。"

隐于平常，是司徒星耀喜欢用的手段。他藏东西可能也会按照这个思路来，将关键的东西伪装成普通得不能再普通的样子。

"瓶底儿"边找边说："我看这里每一件都不普通，都是我的宝贝……"

夏侯淳和江秦都懒得搭理他。江秦跑出去一趟，几分钟后又跑回来，仔仔细细在屋子里转了一圈，双手流畅地比画着："我知道是什么了。"

夏侯淳转身一看，江秦正指着墙边的扫帚。他恍然大悟，走过去，将扫帚拿起来，仔细端详，终于发现了端倪。

"捆扫帚的线是人的头发，顶端包裹把手的是人皮。"夏侯淳道。他伸出自己刚刚找到的一把尖刀，小心翼翼地将线割下来。

江秦的神色变得紧张，谨慎地比画道："这扫把每个房间都有，一模一样，那不是每人的房间里都有一把人皮扫帚……谁的皮？"

夏侯淳早已见怪不怪，道："谁的皮说不清了。这些只能算是边角料，水晶盘里那些皮影小人才算是人皮的主要用途。你刚刚是去别的房间看物品陈设了吗？"

江秦摇头，比画道："没错，有对比才能发现。"

"旁边的房间里有人吗？"

"没有，但是感觉那房间到处都漏风。"

夏侯淳抓起扫帚，道："走，去看看。"

忽地，夏侯淳手中的扫帚突然不知道被谁抢走，他刚想回头叫"瓶底儿"别闹了，却见"瓶底儿"和江秦已经走到他的前面，一脸疑惑地看着他。

夏侯淳回头一看，什么都没有，扫帚那头的力就是不消！

"是空沙盘，快帮我！"夏侯淳铆足了力气将扫帚往自己这边拽，"瓶底儿"和江秦也立刻跑过来帮忙。三个人脸憋得通红，使出吃奶的力气都抢不过一个莫须有的东西，眼看着扫帚就要脱手，江秦快速踢开门，将红绸子扔出去绕在外面的柱子上，另一头绕在扫帚上和三个人的腰上。

最终虚无的那东西还是无法比过一根承重柱和三个人的重量，扫帚猛地被抽回，三个人向后摔去，后背狠狠拍在门上。

"瓶底儿"龇牙咧嘴地爬起来，道："这空沙盘还真是邪门，什么都能控制！"

夏侯淳没接话，将扫帚赶紧捡起来，红绸子也不解开，就拴在自己腰上，推开门："快走！"

"瓶底儿"和江秦跟在他身后，往旁边的房间跑去。

夏侯淳在门口站定，总觉得这个房间怪怪的，给他一种说不出来的感觉。

他问江秦："这里面真的没人吗？"

江秦笃定地摇头。

夏侯淳咽了咽口水，推开门走了进去。

里面的陈设果然和其他房间一模一样，仿佛他们又返回了刚刚的房间。夏侯淳眼尖地发现这屋里的扫帚不见了。

"小心点。如果我没猜错的话，空沙盘把所有的扫帚都收走了，我们这把它也一定要收走，它可以把承重柱也撤掉，但它没有。它一定还留了什么东西给我们。"

夏侯淳话音刚落，只觉得自己的脖子一凉，他向后看去，门不知道什么时候打开一条缝。

将门关上，三个人继续在屋里转圈寻找。

转到窗户边上的时候，"瓶底儿"也觉得自己脖子一凉，他往门上一看，门关得紧紧的，再一看窗户，窗户留了一条缝。

将窗户关上，三个人继续找。

找不到任何东西，江秦正烦躁着，也是一股凉风吹到她的脖子上，江秦无可奈何地比画道："这屋漏风吧，太冷了。你们是不是门窗没关紧啊？"

夏侯淳和"瓶底儿"转过头去正要和她说自己分明关紧了，待看清江秦周围后，愣在了原地。

夏侯淳结结巴巴地说："江秦，要不……你往前走两步？"

江秦费解地眨动大眼睛，满脸疑惑。

"瓶底儿"拍拍夏侯淳的肩膀，道："别叫了，她背后一堆。"

江秦脸色一变，就要回头。

"别回头看！"夏侯淳叫道。

第二十三章　长发怪物

迟了，江秦已经回过头去，刚好和她身后那个玩意儿鼻尖对鼻尖。

对方刚好和江秦一样高，皮肤像是掺了灰粉的白，眼珠子异常的黑，他伸手将江秦的一缕头发绕在瘦得只剩骨头的指间，正好和江秦对视上。

江秦呜呜地叫了几声，连连倒退，倒在夏侯淳身上。等到江秦不挡着了，大家这才发现，对方根本就没有用脚站立着，他的身体下垂到一半，在腰的部位突然绕上去，下肢开始往上走，那双腿好似两根双节棍，瘦得只剩骨头，用中间的皮连接。中间位置的皮刚好搭在肩膀上，两只小腿也刚好从他的肩膀上一左一右伸出来。

他头上的头发也竖直向上，一直到房梁上，在房梁上绕了个弯，留了一小撮绕在外面。就是他的头发将他挂起来，他的上半身才像个正常人一样。

而在他的身后，像他一样用头发将自己吊起来，自己再像个夹馍一样对折起来的"人"，密密麻麻地挂满了整个房间。

三人哪见过这么古怪的东西，冒了一头冷汗，双手护在身前，生怕这些人不人鬼不鬼的东西突然冲上来。他们憋住呼吸，一步一步往后挪，那些奇怪的生物瞪着浑黑的眼珠子，头发从一根横梁重新缠绕在另外一根横梁上，好似一片黑压压的乌云，慢慢地跟着夏侯淳三人。

夏侯淳望着他们用头发移动的动作，心里泛起熟悉的感觉。

还不等夏侯淳想清楚这种熟悉感从何而来，他们脚底的地板突然裂成两块向两边收缩回去，"瓶底儿"一声尖叫，三人突然往下掉去！

失重的瞬间，夏侯淳手中的扫帚也失手掉了下去，进入了深不见底的黑暗中。

霎时间，三团头发猛地从他们头顶上伸下来，其中两团头发拦腰卷住半空中下坠的"瓶底儿"和江秦，将他们往上拉去，而剩下的一团头发，在碰到夏侯淳的时候像是触电般猛地一抖，随即颤抖着缩了回去。夏侯淳腰间的红绸还没取，将不断下坠的夏侯淳及时拉住。夏侯淳头朝下被吊在半空中，他一睁眼，发现下面一片漆黑，根本看不清楚这个洞到底有多深。

"你俩没事吧？"夏侯淳向上大吼。

吼声回荡在洞中，和无数回声一起传了上去，好几秒过去，上面没有人回答。

夏侯淳腰上一用劲，抓着红绸子翻了个身，调整到头朝上的位置，头一扬，正好看见头顶上一个人被扔了过去。

那不是"瓶底儿"吗？

紧接着，又是一个人影飞过，是江秦。

两个人像是两个球一样，在夏侯淳的头顶上空飞来飞去，夏侯淳又叫了几声，还是没人回答，估计两个人被那怪物用头发拉上去的时候就吓晕了。

夏侯淳抓着红绸子爬了上去，一出洞口，目瞪口呆。"瓶底儿"和江秦两个人的手脚被用头发捆在身侧。那群怪物挂在房梁上，来来回回晃荡，将两个人抛过来抛过去，像是在玩某种游戏。

就像这么扔下去，两个人就算不被摔死也会晕死。夏侯淳将红绸在自己腰上又缠了几圈，使自己刚好能吊在洞口。他摸出银针，等到"瓶底儿"刚被一怪物接到手中，他就挥手甩出一根针。

那怪物好像有预料似的，将"瓶底儿"转手又扔了出去，然后借着惯性往左一荡，银针刚好射向他后边的怪物。那后面的怪物吊得低，银针不偏不倚扎进他的头发，然后缠绕在里面出不来了。

夏侯淳"啧"了一声，又扔出一根针，结果那些怪物一直在空中四处晃，根本就扎不稳。夏侯淳剩的银针不多了，他只好改变战术，将"瓶底儿"和江秦扎醒，让他们配合自己。但是距离有点远，再加上两个人还不是静止的，夏侯淳属实没把握。万一扎到不合适的位置，反而有可能会提前了结他俩的生命。

夏侯淳扒在洞口，自己不敢出去。他突然想到一个细节，刚刚那头发过来抓他，却又缩了回去。难道那些头发怕他？

现在也没别的办法了，望着空中翻着白眼被扔来扔去的两人，夏侯淳一咬牙，双脚在洞壁上猛地一蹬，扒着地面爬出去，对着怪物叫："来啊，这还有一个！"

那些怪物纷纷扭过来，盯着他看，但就是没有怪物出手抓他。夏侯淳大着胆子往前迈了几步，一直走到了其中一个怪物的眼前，那个怪物还是不动。

夏侯淳屏气凝神，突然一伸手，抓住那怪物的头发。那怪物突然面色扭曲，缠绕在横梁上的头发一瞬间没了力气，全都缩了回来，没了头发的拉扯，那怪物掉在了夏侯淳的脚边，捂着脸呻吟。

夏侯淳吓了一大跳，往后跳了两步，属实是没想到自己还有这么大的威力。那怪物见夏侯淳站远了，大喘气几下，甩起头发，重新将自己挂在横梁上，不过这次他一个劲地往后钻，一直躲到了最后面。

其他的怪物也停止了手上的动作，直直地看着夏侯淳，夏侯淳一往前走，那些怪物就往后退。

夏侯淳这会儿神气了，他一叉腰，冲那些怪物道："不怕，我不伤害你们，把那俩人放下。"

那些怪物你看我看你，也不知道听懂没。

夏侯淳看着他们，伸出手张开手掌作势要去抓他们的头发。

那些怪物急忙往后躲，然后两个人被他们挨个从后面往前递过来。

递到夏侯淳面前的时候，江秦仍旧紧闭着眼睛，"瓶底儿"猛地一睁眼，跳起来往夏侯淳身后躲。

"你没晕？"夏侯淳皱眉。

"瓶底儿"道："我不装晕他们把我吃了怎么办？他们怎么这么怕你？你小子有点本事！"

夏侯淳不想回答他，他掐住江秦的人中，将她掐醒。

忽地，一面木柜子突然冲他们砸过来，夏侯淳眼疾手快压住其他两个人的头往下一按，自己也趴下身去，木柜子擦着他们的背落入身后的空洞。霎时间，那些黑影趁夏侯淳趴下的时候，争先恐后地一拥而上。

夏侯淳心里暗叫不好，不敢起身。那些怪物却没有对他们怎么样，反而越过他们纷纷跳入洞中。

夏侯淳只感觉自己的背上扫过一阵凉风，他立马直起身，跑到洞口向下望，只见那些怪物没有掉下去，反而挂在了半空中，密密麻麻地挤在一起。

"瓶底儿"眼尖，看到两边的地板又开始往中间合，急忙将探出脑袋的夏侯淳拉出来。

洞口慢慢合上，"瓶底儿"道："这坛主竟然在这养了一窝怪物。"

江秦摸摸刚合上的地板，激动地拉住夏侯淳。

机关……

夏侯淳突然想到皮影师的小木房子里房顶上的那个机关，以及连接机关和皮影人的头发。刚刚那些怪物靠头发吊在半空中的场景还历历在目。

头发，头发，包括宴会厅中吊起水晶盘子的，也是特殊的头发。

夏侯淳突然明白了，这些人的头发，就是"旁门"和皮影师装神弄鬼的重要媒介。这些头发又细又结实，和普通人的头发不一样。现在看来，那头发的制作过程，恐怕不是从人头上拔下来后再辅以特殊技艺，而是将人作为载物，对人进行特殊处理，从而使得人身上的头发也变得又细又结实。

至于是什么特殊处理，夏侯淳猜不到。但看刚刚那些人的样子，肯定不是什么好办法。

"瓶底儿"道："这怪物是空沙盘故意放出来的。十年前，道上就有传闻，'旁门'买了大批'拍花子'的小孩……这些怪物会不会就是？沙盘要你找出她刺杀坛主的原因，又将这些怪物放出来，这怪物难道和这原因有关系？"

说着，"瓶底儿"扒拉一下江秦："你为啥要杀了坛主，你快说，省得我们费力找。"

江秦看了"瓶底儿"一眼，又看向夏侯淳，夏侯淳不看她，走到房间中间将刚刚的银针捡了回来。

江秦一直注视着他的动作，正要解释，夏侯淳冲她摇摇头，笑了："你不用说。早在我把你带走的时候，司徒星耀就已经认为我和你是一伙的了。司徒星耀要的根本就不是刺杀的原因，刺杀的原因他自己可以找。这只是他在大家面前的一个说法。他要将我放进盘中，另有所图。"

"瓶底儿"长叹一声："老狐狸啊！"

江秦想了想，比画道："那我们接下来该怎么办，好不容易找到的线索又丢了。"

夏侯淳正想回答，"吱呀"一声，门突然被推开。

夏侯淳神经绷紧，他握紧尖刀，藏好手中的银针。

门外的人探出一个人头，露出大龅牙冲夏侯淳笑："哥，你咋在这？"

夏侯淳一愣，他又眨了眨眼睛确定自己没看错："小臭子？"

小臭子推门进来，喜出望外，面带笑容冲过来："哥，你真的在这！"

夏侯淳感到有点不对劲："你怎么在这？"

"有人叫我来这里送点水果。"

夏侯淳一巴掌拍在他背上："人家叫你来你就来？也不打听打听这是什么地方！"白龙坛每天吃的水果都是从京城那边快马运过来的，哪还用得着找当地小贩来送水果？

小臭子不服气："这里咋啦？他们给的价高，还送我了一个真皮的帽子。"

"真皮的？在哪？"夏侯淳一下子警觉起来。

"在我屋里呢，这路途远，我住在这了。"

夏侯淳让小臭子给他带路，他隐隐觉得那帽子不简单。他跟在小臭子的后面，正要出门，却见那俩人一动不动，就保持着望向门口的姿势，好似失神了一般。

夏侯淳叫了两声，那俩人却一点反应都没有。

走廊里的小臭子回头，挥了挥手，笑着说："哥，走啊！"

夏侯淳刚想回应，突然觉得这一幕似曾相识。当时那人也叫自己哥，他站在山林幽深处，回头叫自己快跟上。

夏侯淳一个激灵，浑身冷下去，他猛地将门一关，将小臭子关在门外。门外先是传来猛烈的拍门声，过了几秒后归于平静。

等外面没声音了，夏侯淳重新拉开门，门外空空如也。

夏侯淳重新关上门，几步跑到"瓶底儿"和江秦身边，不停晃动着他们，喊道："小心，这是幻觉！"

夏侯淳晃了几下，不停地在他们耳边喊，江秦才慢慢地眼神定焦，晃了晃脑袋，比画道："这玩意儿太真了！"

"你看见了什么？"夏侯淳问。

"我看到了我要找的那个人就站在门口，我差一点就跟他走了！"

夏侯淳道："那就是了，他会利用你现在最想要的东西来迷惑你。"

"瓶底儿"那边仍旧保持着望着门的动作，双眼失焦，要不是眼睛还睁着，人就和死了没两样。任凭夏侯淳和江秦两人怎么叫怎么晃，"瓶底儿"就是醒不过来。

"他看见谁了？这么有吸引力？"江秦比画问。

"空沙盘还会制造幻觉？怎么看都和那个皮影师是一样的套路。"夏侯淳道。

"咱们可能得先把他从幻觉里拉出来。"江秦指指"瓶底儿"的头发。夏侯淳看过去，心下一惊。"瓶底儿"的头发正在以肉眼可见的速度增长着，本来一个寸头慢慢变成了齐腰长发，夏侯淳和江秦相互看了一眼，指着对方的脑袋同时叫道："你头发也长了！"

江秦绾起"瓶底儿"拖地的长发，比画道："那些怪物的头发也很长，不会也是因为中了幻觉吧？"

夏侯淳将"瓶底儿"抱起来："走吧，光叫是叫不醒了，我们必须找到别的方法弄醒他。"

"往哪走？"

"去找一顶皮帽子。我中幻觉的时候，对方提到了一顶皮质帽子，可能是关键。你呢，你的幻觉里有没有什么特殊的东西？"夏侯淳背起"瓶底儿"往外走，回头问江秦。

江秦一愣，眨了下眼睛，看向地面后，比画道："没有，我只碰到了那个人，那人什么都没说。"

"他什么都没说你就要跟他走？"

江秦抬起头直视夏侯淳手势很快："对啊，对方什么都没说，他是我的好朋友，我怎么不能和他走？"

夏侯淳点了点头："跟紧我，不要走丢了。"

"我知道司徒星耀有一个房间，专门放各种乔装的东西。"江秦指了指角落的一个地方。

夏侯淳点头，示意江秦带路。

走过三个房间，江秦指了指面前的房间："就是这。"然后伸手慢慢推开门。

门里面的陈设和刚刚两个房间一模一样，里面也没有多余的衣帽鞋子之类的。江秦睁大眼睛，又扫视了一番，比画道："不可能，这间房间里不是这样的。"

夏侯淳看了看地上已经蔓延开来的头发，道："别看了，扶住他！"

他将"瓶底儿"扶到江秦的身上，拿出尖刀去割头发。刚割掉一截，头发又迅速长出来，并且生长速度比刚才还快，不消几秒就到达了刚刚的长度。

夏侯淳又要割，江秦拉住他，唇和手势一起示意："别割了！越割长得越快。"

头发越来越长，绕在"瓶底儿"的脚下盘绕了好几圈，夏侯淳看着犯恶心，又背起"瓶底儿"往原来那个房间跑。江秦不得不在后面将头发接住，这才不至于将前面两个人绊个狗吃屎。

来到原来的房间，夏侯淳将"瓶底儿"放下，满屋了地寻找地板打开的开关。

"你要去怪物的窝里？"江秦安静地打着手语，看出了夏侯淳的目的。

夏侯淳边找边说："没错，现在这是唯一的办法。他们的头发没有持续变长，肯定知道停止生长的办法。"他在墙上摸到了一个凸出来的木棍，他眉间舒展，点上油灯一看，那木棍就从墙面里突兀地伸出来。

夏侯淳一愣，这不就是麻婆婆家里那种机关吗？他不得犹豫，伸手摸到自己上衣夹层里一个缝住的口袋，顿了一下，又向下摸去，掏出里面的方桃木，小心翼翼地放了上去。

方桃木稳稳地立在上面，只听地面上传来"吧嗒"一声，地板开始往两边收缩。

夏侯淳抓起方桃木，这才发现方桃木不知为何粘在上面取不下来了。眼看着"瓶底儿"的头发已经在地面上盘了黑黑一片，夏侯淳再也顾不得了，抛下方桃木，将红绸子一端系在门外的承重柱上，另一端系在自己腰上，走到洞口。

临下去的时候，夏侯淳转身对江秦说："你帮我看好人和方桃木，等我拽绸子的时候就将我拉上来。"

江秦看了一眼墙壁上面的方桃木，点点头。

夏侯淳转了个方向，趴在洞口。他像只壁虎慢慢地爬下洞壁，将油灯悬挂在洞壁上，悄无声息地靠近距离最近的那个怪物。下面的怪物似乎都已经进入休眠状态，对周围环境毫无察觉。

慢慢地，夏侯淳离最近的那个怪物不到一臂的距离，他屏住呼吸，将自己放松，然后伸手一抓，抓住那怪物的头发，头发迅速从横梁上盘旋着缩在一起，那怪物猛地睁眼，发出一声尖锐的叫声。

夏侯淳双手抓住头发迅速往自己怀里收，等那怪物的头挨到了自己头上，又手一伸从那怪物的胳肢窝伸进去将其捞起来。

那叫声惊扰起所有的怪物，密密麻麻的脑袋一下子全都抬起来，闪着亮光的眸子紧紧盯着夏侯淳。

第二十四章　地底善医

等所有怪物全都看过来的时候，夏侯淳脑子里"嗡"的一声炸开，他咽了咽口水，冲下面一片说道："我知道你们听得懂，聊两句吧。"

那些怪物互相看了几眼，没有动作。夏侯淳感觉到对方同意了，继续说："我可以不伤害他，但是你们得告诉我，怎么才能使头发停止生长。"

话语刚落，夏侯淳还没等到对方说话，就看到怀里的怪物伸出手在空中画了一个圆。下面的怪物看到这个手势后，迅速向下退去，他们的头发先是解开在一根横梁上的缠绕，下坠的过程中又卷住下一根横梁，如此往复，不断向下。

夏侯淳呆住，没想到他们连自己的同伴都不要了。他立刻双脚一蹬，放开绸子往下追。追了一段距离，腰间的绸子立刻绷紧，他再也下不去了。眼看着剩下的怪物越跑越远，夏侯淳无能为力，只好拽拽绸子，叫江秦把自己和抓住的怪物拉上去。有一个抓住的，他上去仔细再问问也行。

绸子抖了抖，没有动静。

夏侯淳又拽了拽，上面圆圆的洞口忽然冒出一个脑袋，正是江秦。

"拉！"夏侯淳大吼。

那脑袋又缩了回去，绸子还是没动，慢慢地，上面的地板开始往中间合，夏侯淳心里一惊，突然，绸子不再绷紧，开始往下落。

绸子再没了向上拉拽的力，夏侯淳费力抓着手上的怪物，另一只手紧紧抓住洞壁的凸起。

夏侯淳眼睁睁地看着头上的木板合上，木板底部实木的花纹在油灯的映照下格外清晰。他抓住洞壁的那只手逐渐乏力，脚下一松，他和怪物一起向下坠落。

几秒后，夏侯淳的腰突然被绸子一坠，他睁开眼睛，望见绸子的另一端并没有完全掉下来，而是刚好被合上的木板夹住。他感觉到绸子正在慢慢往下掉，想必那木板也夹不住多长时间。他被拉住的位置的右边，头边刚好就是一根横梁。

夏侯淳对手上的怪物叫道："自己抓到横梁上，我可抓不住你了！"

那怪物尝试了两下，他的头发一直不像之前那么可控。夏侯淳想了想，看了看自己捞着他的那只手，苦笑。

夏侯淳试了试往横梁上爬，但是身体所有的力气全都拿来抓住那怪物，再没法将自己拽上横梁。他一咬牙，想将怪物甩上横梁，却也是使不出任何力气。

夏侯淳也想过扔掉怪物，等自己恢复了力气再慢慢往上爬，但是那怪物瑟瑟发抖的模样使得他打消了念头。

"你多大了？"夏侯淳问。

那怪物比了个十四。

"哦，怪可怜的。"

夏侯淳感觉到自己手上的力气一点一点消失，再过一会儿，他可能抓不住这怪物了。

那怪物又比画了起来，竟是一种奇怪的手语。

夏侯淳努力辨认着："你说，让我救你，如果你能活下来，就告诉我，我想知道的东西？"

怪物用力点点头。

夏侯淳力气剩得不多了，"咬牙切齿"道："我现在能救你，但是我不一定能活下来。也行，我救你，如果我没活下来，你去把我朋友救了。他可能就在上面，也有可能被那女的带走了。"

要是他还活着，一定要找江秦算账。

怪物迟疑了一会儿，还是点点头。

夏侯淳深吸了好几口气，腰腹最后一用力，挺起下半身夹住横梁，呈倒挂之势。然后他迅速解开自己身上的绸子，缠绕在怪物的手腕上。缠绕好之后他一松手，怪物稳稳当当地吊在了半空中。

"上面夹不住这绸子，我也不抓你了，你快点自己绕上横梁。"

夏侯淳刚说完，腿上就没了力气，两腿一松，整个人向下掉去。下坠的过程中，他看见怪物的头发终于恢复了原有的功能，紧紧绕上了横梁。那怪物又分出一半头发想要向下抓住他，最后停留在半空中，颤抖着不敢再往下伸。

夏侯淳再次醒来的时候，是他胸口一个小小的木头块硌得他胸口痛。迷迷糊糊中，他努力撑起上半身，翻了个身继续躺着。

脑子里一个念头闪过，夏侯淳猛地惊醒，弹坐起来。

他没死！

夏侯淳摸了摸自己身上，零件都完好无损。他环顾四周，发现自己躺在一棵巨大的树下。

"醒了？"旁边一个声音响起。

夏侯淳猛地朝声音那边看去，只看到一双亮晶晶的眼睛盯着自己看，正是小矮子。夏侯淳吓得立刻爬起来往后面跑了几步，以防守姿态站在那，他还谨慎地摸了摸自己的脑袋。

"你有胆从那么高的地方跳下来，没胆坐在我身边？"小矮子说道。

"你偷尸体，割尸体的头，谁不怕你？"

小矮子仰头大笑："你那天看到的只是我未完成的工作，后来我将他们的尸体都埋了回去。很多事情都不是你眼睛看到的那样。"他又指了指上面，问夏侯淳："你知道上面多高吗？"

夏侯淳木讷地摇了摇头。

"白龙坛后有座很高的山，就是挖出来的土堆积起来的。"

"他修这个就是专门为了养这些怪物？"夏侯淳问。

此话一出，夏侯淳感觉到头顶有许多人瞪着自己。他抬头一看，吓了一跳。树上密密麻麻挂了许多他所说的怪物。

"他们生气了，你不该说他们是怪物。"小矮子说，"他们是受害者。"

"那你呢？你是什么身份？"夏侯淳问。

"我是你的救命恩人。"小矮子狡黠一笑，"我还知道你还叫我小矮子，你不是很有礼貌。"

夏侯淳挠挠头，笑了："救命恩人，那你能给我解释解释吗？"

那小矮人"哼"了一声，道："这些孩子跑过来和我说的时候，我就知道你来了。我们将树挪了挪，你刚好就掉在了树上，树枝一层层阻挡，你落地的时候才没摔死。"

夏侯淳惊讶地看向树干，发现大树底部的确根本没有扎入地底，而是呈伞状铺在地面上。再仔细看看，整棵树都是木头雕刻而成，根本就不是天然生长出来的。

夏侯淳越看越觉得这棵树很熟悉。他记起来了，这棵树不就是当时他找到麻婆婆之前掉入山涧后做梦梦到的那棵树，那树上还吊着人头。

"这些孩子本应该和自己的爹娘一块儿生活，但是十年前这附近的镇子上突然出了很多拍花子的，这些孩子都被带走了。最后找到的时候，几十个孩子，全部疯了。他们的头发异常的长，而且不允许任何人动他们的头发。爹娘都被吓跑了，没人要这些孩子，司徒星耀站了出来，将孩子们全都带回了白龙坛，修筑了这里，供他们生活。司徒星耀甚至还找出了孩子们生病的原因，并且发现如果强行改变，孩子们只能猝死。如果要让孩子们活得久一点，就必须继续他们的变异。"

夏侯淳大吃一惊："所以是司徒星耀救了他们？"

小矮人点头。

司徒星耀没有办法，只好任由孩子们的头发继续变长。这些孩子中有个是小矮人的独子。小矮人本来是城里的医生，因为身形原因，成婚晚，婚后好不容易有了个孩子，孩子他娘嫌弃他，跑了。他工作忙，就将孩子留在了老家，谁知道孩子被一块糖骗走，再也没有回来。他辞掉工作找了两年，终于在白龙坛找到了疯掉的孩子。

找到孩子后，悲痛之下，他想找出孩子变成现在这个样子的原因。司徒星耀看他可怜，留他在这照顾孩子。他发现其中一个孩子很不同，其他孩子都是邻近镇子上的，只有那个孩子，是很远的王达岭的。

他觉得王达岭有点问题，于是就离开白龙坛到了王达岭脚下的村子，在那里待了好几年。适逢村子里铜锣一响，三年大乱，他发现死去的村民大多数脑子里都有些问题，很有可能和孩子们是一样的问题。作为医生的他，立刻在司徒星耀的帮助下，修筑了一个地下大脑研究室。

"那你研究出来什么了吗？"夏侯淳对医学一窍不通。

小矮人医生摇摇头："可能是我水平有限，我只能发现一些不对劲，更多的，必须往上报，请专家来看才有可能。"

"司徒星耀不会让你上报的，对吧？"

医生点点头，苦笑："人是会变的。司徒星耀发现孩子们的头发对他有帮助后，便开始阻止我继续研究。在村子里碰见你时，司徒星耀已经切断了我所有的生活必需品，我差点饿死在王达岭。"

"他为了什么？"夏侯淳现在对面前的矮人刮目相看。

"我不知道，但大概与'旁门'的来历有关。司徒星耀这几年不知为何一直被人眼红着，不少人给他使绊子。可能他要干的也不是什么好事。"

夏侯淳正在思考自己听到的，矮医生走到树的另一边，端来一锅煮好的黏稠的汤，叫了一声："吃饭喽！"然后绕着大树挨个给那些孩子盛进碗里。盛完饭，矮医生又摸摸孩子们的头，叫他们慢点吃。

"他们吃的什么？"夏侯淳远远地问。

"司徒星耀叫人送过来的，能一直保证他们的头发坚韧不断。"

"你儿子是哪个？"

矮医生一边盛饭一边吼："三年前就死了。他不愿意司徒星耀派人来拔他的头发去用作那些不正当的地方，坚决不吃饭，最后饿死了。"

夏侯淳不说话了，就看着矮医生端着锅绕着树给孩子们盛饭。他看每一个孩子的眼神都像是看自己的孩子。

矮医生盛完饭，将锅放在一边，又坐回了夏侯淳的身边。

夏侯淳沉默了好一会儿，才问道："'瓶底儿'也和这些孩子一样，头发开始迅速增长。他陷入了幻觉中。怎么办？"

矮医生愣了一会儿，笑了："不愧是他啊！放心吧，他没事。"

夏侯淳没听懂："他没事？"

"'瓶底儿'知道的比我们多得多，他早就看出了这里的一些问题，假装自己陷入幻觉之中，然后戴上一顶特殊制作的会变长的假发，逼迫你跳入洞中。"

夏侯淳眼珠子都要掉下来了："他早就知道？他什么都知道了？"

"他家里世代算命，有一双什么都能看透的慧眼和一颗最会装糊涂的心。他能看清很多事情，但是不会告诉你们。他觉得你们亲自经历会比较好。至于他自己，现在早就找到了解脱的办法，逃之夭夭啦！"

矮医生笑了好一会儿才停下来，低头用柔和的口吻道："他这个人聪慧，经历得多，曾经和现在的我们一样深陷局中。他可能已经解脱出来了，但是看不得别人困惑，所以他自己又陷进别人的局中。他是不是总在你走投无路的时候，给你提供一些最关键不过的线索？这就是他帮助你们的方法。"

矮医生抬头看向漆黑一片的头顶："四年前我在王达岭遇见他的时候，他也帮了我很多。"

夏侯淳这时候彻底不担心了，往后一仰，倒在地上，摩挲着胸口袋子里的小方块。他又猛地想起什么，坐起来，道："那就不存在什么空沙盘对吗？这一切都是司徒星耀蒙蔽世人的借口，他自己有一个不可告人的秘密，所以必须要借空沙盘这个虚无缥缈的存在来掩饰自己的行为。"

矮医生点点头："根本没有人控制，你觉得虚无中控制一切的，都只是借助了从孩子们头上拔下来的头发。"

"那我现在怎么回到上面去？"

"你上去以后打算怎么做？"矮医生问。

"司徒星耀想让我入空沙盘，现在又让我遇见了你，他就是想让我知道空沙盘的真正目的。他在问我，要不要参与到他的局中，为他效劳。"

矮医生问道："可是为什么是你？你能帮他什么？"

夏侯淳一听矮医生的话，发现自己大费周章，好像又回到了起点，对啊，为什么是自己，难道说司徒星耀知道自己是"巫虎神刺"的后人？他凭什么认为"巫虎神刺"的后人就能帮助他完成他自己的事情？

"我也不知道为什么是我。你的孩子们也怕我，一旦和我接触，他们的头发好像就再不受自己控制。"

矮医生闻言，脸色突变，他抓住夏侯淳，将他上上下下看了个遍。看够了，矮医生突然叹了口气，从怀里掏出一个东西，掀开上面包裹着的布，递给夏侯淳。夏侯淳一看，是一把木刀。

"司徒星耀觉得他耗尽办法养出来的头发又结实又隐蔽，却不知道那头发也有相克之物。这棵树据说是养长发的必备条件，由王达岭深山里一棵千年大木雕刻而成。每到春天，木材上面的小眼里总会流出血红色的树胶。孩子们的头发一碰到这些树胶就会断裂。我取了上面一根树枝，雕刻成了木刀，将其浸泡在树胶中，这把木刀便能斩断所有的头发。至于我为什么要把这把刀给你，是因为你独特的血脉。孩子们之所以会变成这样，和王达岭深山中的秘密有关。他们惧怕一切来自王达岭深山的人。他们怕你，就说明你身上带有山林深处的血脉。你的视力会极其敏锐，能看见别人看不到的头发丝，这把木刀，只有你能用。"

夏侯淳接过木刀，这刀浑身都是滑溜溜的，像是抹了一层蜜蜡。

"万一我投奔了司徒星耀呢，你这把刀给我可就没用了。"

"深山里那一族不会投奔任何人，他们有自己的事情要做。"

"你怎么知道？"

"'瓶底儿'告诉我的。"

夏侯淳笑了，这"瓶底儿"看起来是什么都知道啊，他收好短刀，躺了下去，吹一口气到空中，吹散空中飘浮着的无数尘埃。他又摩挲起了自己胸口的小方块，闭上了眼睛，享受这片刻的宁静。

第二十五章　大闹宴厅

　　院子里的一块地面被顶了起来，夏侯淳从中探出头来，手脚并用爬上地面。他回头，看着下面为自己扶着梯子的矮医生，问道："你真的不打算回村里了吗？毕竟你所有的心血还在那。"

　　矮医生将梯子撤走，夹在自己腋下，回答道："司徒星耀已将我软禁在这地下，照顾孩子也挺不错。如果你要回去，记得找专业的人研究下去，我认为很有希望得出村子里怪事频发的原因。"

　　夏侯淳看了看矮医生带着期待的眼神，点了点头。

　　"还有，司徒星耀想做的事情，我刚刚也和你说过了，大概就是和皇族那边有关。现在到处都在打仗，皇帝早就被拉下台了，他这事影响很大。你自己保重。"

　　矮医生说完，夹着梯子走进隧道中，几个孩子吊着身子来帮他，顺带向夏侯淳挥了挥手。

　　夏侯淳盖上了掀起的地面，往宴会厅走去。

　　路过待客楼的时候，夏侯淳看见待客楼好端端地立在那，里面还一直有客人进进出出。看来刚刚待客楼倾塌的场面只不过是司徒星耀使的一个障眼法罢了。

　　夏侯淳到达宴会厅的时候，大门紧闭。他推门走进去，里面一众宾客闻声看过来，看见来者是谁，纷纷沸腾起来。

　　夏侯淳一眼就看见宴会厅正中央的圆盘里，一个大大的铁笼子里关着一个人，那人身形消瘦，背对着他，将身板挺得笔直。

司徒星耀坐在空中的宽背椅上，双眼紧闭，双手合十，也不知道在拜些什么。他的面前，那根白玉棍高高悬着，一动不动。

周围议论的声音越来越大，司徒星耀恍若未闻，像一尊大佛一样安然坐在上面。

夏侯淳等了一会儿，议论声又灭了下去，所有人都看向空中的司徒星耀。

司徒星耀仍旧紧闭双目，不言不语。

夏侯淳走到大笼子前，果真看见里面的人是江秦。

江秦直直地坐在笼子中央，不卑不亢地昂起头，瞟了夏侯淳一眼。

夏侯淳看了一眼上面的司徒星耀还不打算说话，也就盘腿坐在地上，从怀里掏出那个小方块在手上抛着玩。

江秦看到了他手上的东西，惊讶地睁大眼睛，用双手比画道："我不是拿走了吗？"

夏侯淳晃了晃手里的方桃木，道："你说这个？这玩意儿一直在我这，那个假的，还真是你拿走的啊。"

在麻婆婆那一年，夏侯淳没事就研究方桃木。他觉得这东西重要得很，很多地方都能用到，于是就做了一个假的放在身上以防万一。

"你用假的打开了机关？"

夏侯淳笑了："那些机关已经被我研究透了，做个能打开机关的，很简单。"他将方桃木收回怀中，继续说："方桃木是永秋从你那拿的吧，你和永秋根本就不是朋友。"

江秦转过头去，不再看夏侯淳，手上飞速比画："四年前，永秋拿走了'三尺'的东西，成为了我第一个刺杀的对象。但是很可惜，我失手，她逃走了。几个月前，我在奉天那边又碰见她。这次也怪，她就站在那叫我去砍。等她死了，我搜遍全身都没找到这个东西，没想到是在这期间给了你。"

夏侯淳脸上表情僵住，他捏了一把自己，发现自己不是幻视。

"永秋死了？"

"死了，她说她专门在那等我。她死不瞑目。"

夏侯淳突然发现自己的手在抖，他用另一只手使劲按住，两只手一块儿抖。

"她死之前还说，她寻找的东西没想到一开始就有了答案。"江秦抬起头比画着，回忆起那天失魂落魄的永秋靠在墙角的样子。

"什么意思？"

"我不知道。但是她病得不轻，我不杀她，她自己也到了死的时候了。"

夏侯淳感觉自己的脑袋有点混沌，看见江秦继续比画着。

"她的病正常不过几年，再疯掉的话，必死无疑。她也是个可怜的牺牲品，从深山里逃回家，发疯杀死了自己的二舅和亲娘。呐，那高高在上的白龙坛坛主，也是牺牲品，不过是反客为主的牺牲品。"

"你这话什么意思？"夏侯淳几近呆木。

江秦通过夏侯淳的表情发现对方还真的是什么都不知道，刚想嘲讽几句，笼子旁的几个人突然将她双手抓住。

夏侯淳看向半空中依旧闭着眼睛的司徒星耀，心里翻江倒海。他按捺住心中的情绪，等待司徒星耀说些什么，但是上面的人仍旧一言不发。

夏侯淳突然明白过来，司徒星耀这是在等自己的回应，回应自己是否答应帮他做事。夏侯淳突然笑了，大笑着摩拳擦掌，活动活动筋骨，走到宴会厅的最边缘，绕着红色的墙面来回踱步，不时抬头往上看看，宾客们被司徒星耀和夏侯淳整得一头雾水，不晓得他们俩在打什么哑谜。

"嘿，小伙子，你在找什么？"人群中有人问夏侯淳。

夏侯淳仰头，看到房顶上悬挂着一个小小的盒子。他喊道："找我的老朋友！"

大家纷纷往房顶望去，顶上是描绘得惟妙惟肖的七色鹿，哪里有什么人。

夏侯淳突然从怀里掏出一个弹弓，又摸出一颗血红色的树胶，放在弹弓的布上使劲一拉，忽地放手，树胶一瞬间冲上天花板打在那个盒子上，盒子外缠绕的厚厚一层黑色头发全部断裂，里面包裹的木头盒子一下子四分五裂，碎木块裹挟着断掉的发丝落在地上，发出沉闷的撞击声。

宾客们全都目瞪口呆，还没弄明白上面怎么藏了一个小盒子，就听远处空中"叮当"一声，大家纷纷望去，原是突然睁开眼的司徒星耀将白玉棍握在手中，正狠狠地砸向水晶盘，怒目圆睁地看着夏侯淳。

夏侯淳冲他笑了笑，在半空中虚无一抓，抓到一根隐蔽的头发丝，在手上绕了几圈，像是猴子一样猛地起跑荡在空中，先是奔向大厅的东南角，也就是水晶盘的左边，很快就发现东南角那根大粗柱子上绕着一圈又一圈发亮的细丝，他迅速从怀中掏出木刀，往那边一荡，挥臂砍过去，再往回一荡，抱住柱子滑下来。

在所有人错愕的眼光中，水晶盘和宽背椅的左边掉了下去，整个水晶盘呈竖直状态被另一边的发丝吊着，白沙倾泻，像是水一样蔓延向四周，离得近的人纷纷后退。

司徒星耀已经从宽背椅上翻身下来，站稳在圆盘中间，横眉怒目道："这就是你给我的答复？"

夏侯淳挥手又将其他发丝斩断，高声喊道："这就是我的答复，不相为谋！"

大厅里的人听得一头雾水，他们疑惑为何夏侯淳在空中虚无地砍了几刀，传说中无所不能的水晶盘就轰然倒塌，更听不懂这两句话。

"好，不愧是我看上的人，有两下子！"司徒星耀一挥手，十几个人耍着刀弄着枪朝夏侯淳奔来。

夏侯淳一吸气，往水晶盘的方向跑了两步，又抓住空中一根头发丝，跑了两步，荡在空中，上了水晶盘，吼道："今天你的客人可都看着了，你就是这么对待你的'描寿师'的！"

司徒星耀一口气噎在胸口。他自己的描寿师身份一旦暴露，就做不了坛主了，那他想做的事情全都变成一纸空谈。以往的描寿师都会乖乖接受自己的暗示，帮自己掩饰。谁知这回受人指点找到的夏侯淳是个棘手的人，一点都不配合自己。

不接受自己的暗中邀请，主动提出操控水晶盘，现在还掀翻水晶盘，夏侯淳干的每件事都让他措手不及。他本以为没有什么能斩断头发丝，没想到对方轻而易举就能做到。

司徒星耀似乎知道了为什么那人说夏侯淳不简单了。他露出笑容，看起来是朝向夏侯淳说着，声音却大到大厅里每一个客人都能听清：

"你虽是描寿师，但'描寿'已经结束。你说能帮我查刺客，现在又不知道用了什么妖法破坏了我的水晶盘，好好一场描寿宴，叫你搅和得不像样，我抓你，合情合理。"

对夏侯淳说罢，他又转身对着众宾客拱手道："让大家见笑了，描寿之宴已经结束，现在'旁门'要处理家事，还请各位移步待客楼。"

此话一出，夏侯淳暗叫不好，自己原本打算用一众宾客要挟司徒星耀来保证自己的安全，毕竟司徒星耀干的事不敢让大家知道。没想到司徒星耀两三句就要将大家遣散。

宾客中几位想讨好"旁门"的，都有机灵劲儿，一看局势不对，立刻带头往外走，再加上"旁门"的门徒挨个去说好话，做出送客的手势，大厅里二十来个人鱼贯而出。

夏侯淳在水晶盘上坐不住了，他翘首以盼，试图找到一些留下来的人，但最后只能看着大家头也不回地走出门去。

"旁门"的事情大多复杂，在座的都有点自知之明，要是惹了一身荤腥，都不好收拾。

最后一名宾客离开后，司徒星耀下令关上大厅的大门，摆一张椅子在圆盘中央，坐在上面似笑非笑地看着夏侯淳。

"你见过那群孩子了？"司徒星耀问。

夏侯淳握紧木刀，回答："你想让我见到的，我自然会见到。"

"可是我不想让你见到的，你却也见到了。"司徒星耀指了指他手上的木刀，"你果真不是寻常之人。你身上有很多常人不具备的特质，有点像山里那群人。"

夏侯淳不想暴露身份，没接他后半句话。

"但是可惜了，知道得太多，却又不听话，这种人一般活不久。"司徒星耀也不期望夏侯淳回答什么，从旁边人手上接过梅花双刀，在手里翻转比画着。

夏侯淳瞅了一眼擦得发亮的刀，又看了一眼自己手上的木刀，叹一口气，看来不暴露身份是不行了。他抬头道："如果你杀了我，你会后悔终身的。"

司徒星耀笑了："天下奇异之人多如牛毛，杀了你这一个我也不后悔。"

夏侯淳道："奇异之人多得很，但是'巫虎神刺'的后代，又有几个？你偷学'巫虎神刺'的机关密法，又杀了他们的后代，他们会放过你？"

司徒星耀手上的花刀陡然停住，"咣当咣当"两声被他砸在桌子上，他指着夏侯淳怒吼道："你何来证据说我是偷学！"蓦然，他的语气又软下来，脸上露出不可思议的表情："你是'巫虎神刺'的后人？"

"你那屋子里通往孩子们住处的机关，不就是仿照'巫虎神刺'的机关所制？我看过了，你那是个双解机关，平常你们用另一个解法，'巫虎神刺'这个，你们不会用。"夏侯淳指了指自己，"只有'巫虎神刺'的后代，才会解。"

夏侯淳只顾着和司徒星耀说话，没注意到底下笼子里的江秦突然抬起头死死地盯着他看，好像对他是"巫虎神刺"的后人这件事很在意。

司徒星耀缓缓闭上眼睛，双手双脚摊开，向后仰去，靠在椅背上，长长地呼出一口气。

"我还以为，他们真的不离开那座山了。不是偷学，是光明正大地学，'旁门'有很多技艺，都是跟其他人学的，我那些机关，就是我跟你的先辈学习的。"

"可是，你虽然会解机关，"司徒星耀突然睁开眼，握住双刀，站了起来，"却看不出水晶盘的原理。水晶盘，也是我跟'巫虎神刺'学的。"

夏侯淳心里一个咯噔，就见那对梅花飞刀一左一右朝自己飞来！他无处可逃，惯性后仰，跌下水晶盘，摔在地上，两只飞刀碰撞在一起，又旋回了司徒星耀的手中。

夏侯淳眼尖地发现连接着水晶盘的一排头发丝就垂在自己眼前，他往前一滚抓在手中，喘着粗气，然后听见司徒星耀说道："我与'巫虎神刺'一族相处几年，从未听说过你这样一个后人！"

话毕，一众门徒大叫着朝夏侯淳冲过来，手上各色兵器要得虎虎生风，夏侯淳头皮发凉，稳住心智，等他们快到水晶盘前面时，立刻就拉紧那一排头发丝，水晶盘立刻在空中旋转起来，十多尺长的盘子像个大风车扇在门徒的身上，将他们扇倒在地。

夏侯淳一松手，那盘子又反向旋转起来，又将刚爬起来的一群人扇了个眼冒金星。夏侯淳趁对方还没反应过来，又"噜噜噜"顺着水晶盘爬上去，一直爬到水晶盘另一边连接的头发丝上，再顺着爬上房顶。

在麻婆婆家里住的时候，麻婆婆就说夏侯淳必须要学点什么。时间短任务重，夏侯淳就苦练攀爬，在山林的树上爬来爬去，现在只要有借助物，夏侯淳就能随时"上天"。打不过别人，他也跑得过。

夏侯淳倒挂在屋顶上，感叹当时自己选择攀爬的明智，却见房梁上突然蹿上来两个门徒，走单杠似的就突向夏侯淳正面，好巧不巧司徒星耀又扔出那一对飞刀，一左一右夹击飞来，夏侯淳倒吸一口凉气，向下一瞅，正是关着江秦的大笼子，他双手一放，双腿一屈，落在笼子上方。

夏侯淳正捂着胸口喘气，却不料笼子里的江秦解脱禁锢的手突然抓住他的脚踝，任由他怎么踢怎么踹都不松手。夏侯淳望见几个门徒围绕着自己包抄过来，他两眼一黑，认命地栽倒在笼子上。

夏侯淳被关在那个大笼子里，他没想到自己不到一盏茶的工夫就叫人擒了，江秦也在里面，恶狠狠地望着他。

夏侯淳不理她，也不看她，江秦想比画手语说什么的时候，夏侯淳闭上了眼睛。

"你看得懂她的手语？"司徒星耀问道。

夏侯淳不想回答，还是紧闭着眼睛。

旁边有人提醒司徒星耀："坛主，就算他看得懂，转达给我们的时候乱说怎么办？依我看，还是让他来吧。"

司徒点了点头，说："把他叫过来吧。"

夏侯淳只听见大门重新打开，一阵熟悉的脚步声传进来，越来越近，一直到司徒星耀跟前。

"坛主，已经准备好了。"

那声音夏侯淳听着耳熟，他曾经听过那嗓子唱的奇腔怪调。他心里漫上不好的感觉，睁眼一看，果真是皮影师梁众异，他和司徒星耀说着话，眼睛却看向夏侯淳，皮笑肉不笑。

第二十六章　问心灯

被选为"描寿"之人，还以为会找到什么有效线索，没想到是司徒星耀借自己掩盖私欲，趁机拉自己入伙，他不答应，大闹宴席，被抓到这里，和杀死朋友的凶手关在一起，甚至还与自己顶替身份的皮影师重逢，夏侯淳心里郁闷得很，一言不发靠在笼子上。

皮影师走到笼子边，像是老虎盯着猎物一般，绕着笼子看着夏侯淳。

"开始吧。"司徒星耀的声音响起，周围的门徒转身走出了大厅，大厅中只留下了司徒星耀和皮影师，以及关在笼子里的两个人。

司徒星耀走过来，拎起夏侯淳的衣领子，将他带出笼子，捆绑在一边的柱子上。皮影师又走了进去，将笼子的门用一条又粗又沉的铁链锁住，钥匙往司徒星耀手中一扔，道："坛主，还是老规矩，被问者死了，才能开门。"

夏侯淳闻言抬起头来，看见皮影师背对着自己。他从腰间拔出一把刀，右手手掌摊开，比画了几下，忽然转身指着夏侯淳道："坛主，在村子里我试过，他的血液效果更佳。"

司徒星耀看了看夏侯淳，脸上露出恍然大悟的表情，他走过去，抓起夏侯淳被捆着的手，刀子一划，手腕一转，手心的血滴在茶杯里，聚了小半杯。

夏侯淳根本反抗不了，他瞪着皮影师，皮影师接过装着血的茶杯，冲夏侯淳一笑，两根手指伸进去蘸了蘸，抬手抹在自己的眼睛下面。他又蘸了蘸，抬起江秦的头，在她的脖子上绕着抹了一整圈，像是一个红项圈。他又从怀里掏出一个皮影人，将茶杯中的血全部浇在上面，皮影人滴滴答答地往下流着血。

夏侯淳皱着眉，道："你们这又是哪出？"

司徒星耀颇有些得意，道："'问心灯'，'旁门'的秘术。她又聋又哑，那我只能去听她内心的声音。"

夏侯淳这才知道江秦还听不见，难怪之前他说话的时候，江秦总是盯着他看。

"她的身份我已经告诉你了，你还想知道什么？"夏侯淳问。

"夏侯淳，我不仅知道你的身份，我还知道你在村子里的所有事情。对于她也是一样，掌握的信息越多，越能把握住主动权。"司徒星耀闭上眼睛回忆，"年轻人，就当是我为你上了一课吧。你的先辈曾是我的老师，我的很多东西都是向他们学习的。"

夏侯淳不再问了。他现在什么都做不了，只能看着笼子里。

皮影师在他们谈话间已经架起一张大的白布，白布后面放了一个雕刻精致的烛台，烛台上立着一支短粗的红色蜡烛。他将那个被血浸透的皮影人架在白布的中央，然后点燃蜡烛，蜡烛燃起的火苗呈现出鲜红的血色，白布像是被染红了一般。皮影人的影子映照在布上，成了一个黑影小人。

夏侯淳看着那块白布，心里涌起一股没来由的恶心劲，他想扭头不看，却不知为何脑袋就是转不过去，反而睁大眼睛直直地盯着那张布，看着那布上的黑影小人突然以各种诡异的姿势动起来，每个动作都僵硬且毫无规则。

下一秒，夏侯淳看见江秦突然像是着了魔一般，眼神虚无放空，她整个身体也慢慢放松下来，不再蜷缩在地面上，而是慢慢地平躺，头朝向白布。

皮影师撤掉了白布，调整了蜡烛的位置，又转变皮影人的方向，皮影人的影子在地上蔓延，一点一点地和江秦重合。整个黑色的影子完完全全覆盖在江秦的身上，不管是头还是手脚的位置都分毫不差。

夏侯淳渗出一身冷汗，全部注意力都被皮影师所吸引，丝毫没注意到旁边的司徒星耀早就背过身去捂住了耳朵。

夏侯淳注意到，皮影师的眼睛下抹了鲜血的位置突然渗出更多的鲜血，顺着他的脸颊往下流，而江秦的脖子上那一圈血慢慢地消失，好像渗透进了她的皮肤。皮影师开始哼唱一首奇怪的曲子，那曲子的旋律很单调，夏侯淳听着那曲子，感觉自己脑袋中每一根神经都在振动。

梁众异一边唱着低沉而平缓的曲调，一边再次拨动皮影人，举了举皮影人的手，紧跟着，地上躺着的江秦突然也跟随影子一起举了举手。

夏侯淳倒吸一口凉气，他分明清清楚楚地看见江秦闭上了眼睛，根本不可能看见皮影人的动作，而且她也没有理由去主动跟着皮影师做动作。

看着看着，夏侯淳突然觉得自己脑子越来越沉，头一低，闭上了眼睛。

天空乌云沉沉，雷声大作，狂风骤临，山林摇晃。

九岁的夏侯淳站在悬崖上，抱住一棵大树艰难地稳住自己，旁边的另一个孩子甩开脸上挂着的头发，喊道："淳子，都等了半天了，他们怎么还没回来！"

夏侯淳眼睛被吹得睁不开，他将头埋在臂弯中，用尽全力喊回去："小臭子，不等了，我们先回！"

两个半人高的孩子扶着一棵又一棵的树，艰难地摸索回了悬崖底下的屋子里。一进屋，顶着狂风将木门关上，夏侯淳打开一个机关，露出一个密室，他走进去，在里面翻找称手的武器。

小臭子见他钻进密室，立刻就明白了："你要去找他们？"

夏侯淳低头一边翻找一边回答："他们现在还没回来，我得去给他们送东西！"

小臭子挽起自己的袖子，说道："好，那我和你一块儿去！"

两个少年各挑出了一把称心如意的好刀，关闭密室，往外跑去。刚要出门，麻婆婆背着箩筐顶着风回来了，夏侯淳拉着小臭子往门背后一躲。

麻婆婆一边叫着夏侯淳和小臭子的名字，一边放了箩筐走进屋子里，责怪孩子们在这样的大风天还不关门。她刚走进屋子中央，门背后的夏侯淳拉着小臭子立刻跑出来，跳过门槛，往院子里那口井奔去。

麻婆婆闻声转过身去看，看到两个人手中拿着的长刀，心里"咯噔"一声，忙跟出去喊道："淳子，臭子，你俩要去干啥！"

夏侯淳头也不回地喊："婆婆你别管我们，东西我拿走了！"话毕，他立刻跳进桶中往下落，小臭子留在上面挡住冲过来的麻婆婆。

"掌门说了不允许你俩去，你俩怎么不听话！"麻婆婆急得抓住小臭子的胳膊不放手，身体后倾要将他拉回去，"夏侯淳，你上来！"

小臭子在麻婆婆胳膊肘上轻轻一击，正好砸中麻筋儿，他顺势将胳膊抽出来，也跳进刚升上来的木桶中，喊道："婆婆你放心，东西送了我俩就回来！"

下面夏侯淳已经用方桃木打开了石门，站在里面冲小臭子招手："快点，快点！"

小臭子钻进石门后面的密道，跟在夏侯淳后面往前跑。

两个人轻车熟路来到了另一扇石门面前，夏侯淳又故技重施，打开石门，两个人顶着狂风走出密道，站在石门外的悬崖上。

从悬崖向下望去，下面的山林全都是光秃秃一片，一片叶子都没有。

"绿壳虫都飞走了，下面情况不太好。"小夏侯淳拍了拍小臭子的肩膀，"注意安全！"

下面的山林由于靠近禁地，一大片树林早就掉光了叶子，平日里就会有大片大片的绿壳虫趴在枯树上，远看起来倒也像层层叠叠的绿叶。

这座山林也因此看起来四季常青。

小臭子点点头，两个人解下腰间的绳索，一头在悬崖上的一棵大树上打了个死结，另一头捆在自己的腰上，两人往前一跑，往下一跳，在绳索的牵拉下悬在了半空中。两个人抓住绳子，慢慢地蹬在崖壁上往下走。大概走了一段距离，夏侯淳猛地往崖壁上一蹬，整个人从反方向向一棵树荡去。靠近树的时候，他抱住树冠，解开身上的绳子，踩在树杈上下了树，小臭子也使用类似的方法，和他一样荡在了树上，踏在了崖底的地面上。

悬崖下的这片山林整个地势往下走，说是一片山林，不如说是山谷比较恰当，只不过越靠近最深山的地方，树木长得越高，从悬崖上看去，高高的树木造了一个假的山顶，山里的人也就将这片地方看作一座山。

这个山谷，通往最深山的禁地。

"咱可悠着点，不要走进最里面去了，只能在线外等他们！"小臭子边跑边提醒道。

夏侯淳反问："那万一他们在线里呢？规矩是死的！"

小臭子习惯了夏侯淳这样不按计划来的行事风格，也不和他说了，两个人专心赶路。

两个人一路上都没看到掌门一行人，一直跑到线外，停在一棵千年老树下。

"奇怪，他们难道还没出来？"夏侯淳伸长脖子往线里面望，远处除了摇晃的树木外，一个人影都没看见。

小臭子刚想提醒夏侯淳再往后退一点，还没开口，天上突然掉下一个东西，砸在他俩中间，他俩下意识朝下看，吓出一身冷汗。

掉下来的是个死人，浑身赤裸，每一寸皮肤都是血肉模糊的，各种伤痕遍布，尸体的头顶没了头皮，结了一头棕黑色的痂。眼眶里没了眼珠子，嘴巴里没了舌头，四肢也断了，活脱脱一个残废的血人。

两个孩子哪见过这个，腿一软差点跪到尸体上，头顶一阵风吹来，夏侯淳立马拉着小臭子往后退了两步，一把长柄斧子嵌进树干中，高度刚好就是两个孩子的身高。

"快跑！"夏侯淳一推小臭子，两个孩子分开往两个方向跑去，从刚刚那棵千年大树上滑下来一个黝黑的大汉，从树干中拔出斧子，选了夏侯淳的方向追过来。

夏侯淳老在山中窜，跟个猴子似的跑得飞快，但终究还是个半人高的孩子，跑过一段距离眼看就要被追上，那大汉挥起手中的斧子正要扔过来，夏侯淳吓得抱头，大汉的手却突然被甩出的一根绳子拉住，那绳子往后一拽，大汉的手腕一折，他迅速翻转过去，另一只手抓住绳子往自己跟前一扯，小臭子来不及放手，抓着绳子从树上摔下来。

那大汉走向小臭子，抓住衣领将他拎起来，举到自己眼前瞪着。

"小臭子！"夏侯淳急忙抽出长刀奔过去，半路被突然闪出来的一个人拦腰抱起来。

"淳子，你来干啥？"那人掐住夏侯淳的肩膀，惊讶道。

夏侯淳眼前一亮，喊道："六叔，快，小臭子！"

小臭子那边，大汉突然被勒住脖子，他伸手去拽绳子，小臭子趁机挣脱大汉的手跑过来，那个六叔一手拎一个往林子中禁区边界走去。

到了一处山坡起伏之处，六叔将两个孩子放下，土坡里突然窜出几个人，其中一个额头上刻了一个符号的人坐在土坡上，向他俩招手。此人正是"巫虎神刺"此代的掌门。

夏侯淳和小臭子走过去，掌门用手上的棍子在他们大腿上一人打了一下，厉声道："谁叫你们来的！"

夏侯淳不服气，辩解道："你们去了三天还没回，我来给你们送钥匙，万一有用呢？"

"我问你谁叫你们来的！"掌门又是一棍子。

夏侯淳被掌门唬住，不再理直气壮，慢慢吐出两个字："三叔……"

三叔刚好从远处走过来，手里卷着绳子，卷好后扔给六叔，六叔问："收拾干净了？"

三叔拍拍手："轻而易举。"

六叔冲三叔使了个眼色，三叔顺着看过去，掌门正盯着他看。他抿抿嘴，走过去，六叔走过来带走了夏侯淳。

夏侯淳边走边往回看，问道："六叔，掌门为什么对三叔叫我来这件事很生气。"

六叔带他们在远处一个地方坐下，刮了下他的鼻子："你还小，这里太危险。"

"可是你们说过你们像我和小臭子这么大的时候早就走南闯北了。"

六叔不知道怎么解释，岔开话题："你们怎么下来的？"

夏侯淳老实回答："用绳子，其实我和小臭子经常下来玩。"他看见六叔骤变的脸色，急忙补充："但是没越线！"

六叔一巴掌拍在他脑门上，道："这里的确危险。我们将人救出来后，那伙人一直在堵我们，还派人在禁区边界上把守着。我们几个都受了伤，还带着那么多人，不能硬碰硬，只能等晚上悄悄潜回去。"

夏侯淳问："刚刚我们看到的那个死掉的人，是那伙人杀掉的吗？"

六叔叹气："那伙人为了禁地的秘密不惜抓了几十个无辜的人来做实验，对他们日日夜夜折磨，杀一个人算得了什么。"

小臭子从怀里掏出一大包药粉，问："六叔，救出来的人有受伤的吗？我带了药。"

六叔欣慰地摸摸小臭子的头，道："在前面的小河边上，我带你去，淳子，给小臭子帮忙。"

六叔绕过一个山坡将他们带到一处大石头后面，那里有条浅河，河边坐着几十个人，男女老少皆有。他将孩子托付给那里木帮的人，回去继续守在禁线跟前。他回去的时候，三叔刚挨了掌门结结实实的一棍子，坐在一边一言不发。

"我就不明白了，掌门为什么非要将淳子那一代人隔离在外，咱把咱身上的责任传下去不好吗？"三叔一脚踢在石头上。

六叔拍了拍他的肩，安慰道："这日子太难熬了，掌门他们不想再让孩子们吃苦。"

河边，夏侯淳和小臭子两人在木帮人的帮助下，将伤药分了下去。

分药的时候，一个十六七岁的姑娘一直不接药，她低头问："你们会把我带出去吗？"

夏侯淳用力点头："当然会，你很快就会见到你的家人了。"

那姑娘还是低头不说话，几秒后她抬起手在眼睛处抹了几下，然后突然抬头，抢过夏侯淳手里的药："我来吧，你们包扎得太差了。"

"谢谢姐姐，你叫什么啊？"

"永秋。"

分完药，夏侯淳还惦记着手里的桃木盒子。他叫上小臭子，往禁线边上走。到了那边几个土坡上，两个孩子却没有找到掌门和两个叔叔。

"刚刚就在这啊。"夏侯淳又找了一回。

小臭子道："我们还是回去吧，和大家待在一块儿。"

夏侯淳执意要往前走，再去找找。往山林深处又走了几步，小臭子发现一个特殊的痕迹，指给夏侯淳看，夏侯淳一眼就认出那是掌门的木棍所留下的。

两个人顺着那条痕迹，一直往里走去。

走到一处，痕迹突然消失，四周的风越来越大，夏侯淳突然发现前面出现了一团迷雾，迷雾中隐隐约约立了一根棍子，正是掌门那根棍子的模样。

两人慢慢地摸过去，走进迷雾，眼看着就要靠近了，旁边大树边突然闪出两个人将他们一把抓过去。

夏侯淳一看，正是掌门和三叔。

三叔比了一个"嘘"的手势，低声说道："你俩傻啊？那是人家下的套！"

"六叔呢？"夏侯淳发现只有两个人。

三叔指了指前面，道："他们过来突袭，六叔为了救掌门，被抓走了。"

小臭子的嘴被三叔捂住，他突然指着前方，瞪大眼睛，呜呜呜地叫着。

三个人转头看去，看见前面迷雾中，十多个白衣人抬着十尺多高的木桩子走过来，木桩子上绑了一个人，正是六叔！

第二十七章　天火

夏侯淳没见过那木头桩子，但是三叔和掌门对它熟悉得不得了。

十多年前，山林里活动的三大帮突然染上恶疾，患病者大多神志不清，口里胡言乱语，死的时候，会有一小株绿芽从死者的脑袋里钻出来。他们知道那很有可能是受了禁地的影响。他们想尽一切治病的办法，全都无济于事，最后寄希望于一个偏方。

那个偏方是患病的人自己说的，说是将他们放在空旷的地方，用一根铁丝来连接病患和上天，上天会通过闪电来传递灵气，受了灵气的人自会痊愈。他们本来不愿实验，但是越来越多的病患都在说这个方法，而且病症越来越严重，他们不得不试试。

于是他们挑了一个雷雨天气，将患者都绑在木头桩子上，再在木头桩子上缠绕了铁丝，一头连在患者的脑袋上，一头高高地伸入空中。后来他们一直都在后悔轻信患者的话，当时闪电打下来的时候，数十个病患颤抖着战栗着，没有收到上天的灵力，反而死在了木桩子上。

这件事一直是三大帮和巫虎神刺的噩梦，大家十多年来一直不愿提及。

三叔气得浑身颤抖，骂道："狗娘养的！简直丧心病狂，这个东西他们也要照学！"

夏侯淳听三叔说过，这群人为了禁地的秘密，这么多年来一直模仿巫虎神刺和三大帮的行动，渴望从中找到进入禁地的办法。没想到这一下子害死十几个人的方法，他们也学来了。

木桩子上不只绑了六叔，还有两个他们没救下来的受害者。

那些白衣人将木桩子放在那团迷雾中，学着当年的摆法，将三根柱子摆成了三角形。那些人又分成三队，分别站在三根柱子旁。

掌门抬头望天，大喊一声："不好，雷要下来了！"他迅速蹿了出去，三叔反应也快，跟在后面，两个人直奔那三根木桩子，白衣人立刻挡在前面，两人和他们对上，被包围在中间。

夏侯淳见状，左右一环顾，知道肯定要将六叔几个从木桩子上解下来。趁着白衣人都围在掌门和三叔身边的时候，夏侯淳抓起小臭子矮身藏在迷雾中往前冲，从几个人刀下钻过去，跑到木桩子跟前。

六叔大叫："先救他俩！"

夏侯淳和小臭子跑向另外两根柱子，发现那两个人被铁丝捆了好几圈。夏侯淳拿出长刀去砍，铁丝竟没有丝毫损伤。

有几个白衣人发现了这边的状况，拔刀就要冲过来，三叔和掌门将他们拖住。其中一个白衣人掏出一只哨笛吹响，三叔心凉了一半，冲夏侯淳吼道："抓紧时间！"

夏侯淳和小臭子不得不抓住铁丝的一头绕着木桩子跑了好几圈，上面的人这才被放下来。山林深处又冲出来几个白衣人，直直冲向夏侯淳和小臭子。

夏侯淳和小臭子又解开了另一个，一刻不停地奔向六叔，六叔回头看到又有几个人往这边冲过来，大吼："别管我，快走！"

夏侯淳抬头看天，发现头上的云越来越黑，四周狂风停止，露出久违的寂静。

夏侯淳望向白衣人，一拨将三叔和掌门包围，一拨向自己和小臭子冲过来，他不甘心，抓住铁丝绕着柱子跑得飞快："六叔，就快好了！"

晚了，眼看着铁丝只有两三圈，六叔也在尽力挣脱，白衣人已经跑到了跟前，抬起一脚将夏侯淳和小臭子踹倒在地，又有一个人飞出一个斧子，将正要逃脱下来的六叔钉在木头桩子上。

"六叔！"夏侯淳叫出声。

头顶的天空划过一道刺目的光亮，一道闪电忽地闪下来打在伸向空中的铁丝上，夏侯淳躺在地上，看见六叔浑身颤抖，翻着白眼，几秒后垂下头去。

身边的白衣人越来越多，掌门和三叔也体力不支，被越来越多的人包围。

白衣人那一脚将夏侯淳和小臭子踹得比较远，夏侯淳受到闪电的影响不大，此刻心中涌起一团怒火。

三叔和掌门那边情况也不妙，白衣人在渐渐缩小包围圈。

夏侯淳突然摸到怀里的小方块，冲小臭子使了个眼色。

小臭子明白了他的意思，悄悄从怀里摸出一把药粉，忽地扬手冲他和夏侯淳周围的白衣人撒去。那是外用的药粉，不能入眼，几个白衣人立刻捂着眼睛哀嚎不止。

夏侯淳不敢耽搁，几乎就在小臭子得手后立刻就翻滚出去，直直奔向掌门。掌门旁一个白衣人反应快，一把长刀立刻就砍向地面，夏侯淳只看见眼前银光一闪，自己却刹不住车，正好往那长刀上撞去！

忽地，一个黑影从夏侯淳身边闪过，扑到长刀上，用身子压住刀往旁边一转，给夏侯淳让了条路，夏侯淳立刻翻过去，从怀中抽出方桃木往掌门的手中一塞。

掌门一看手心，面露喜色。又是一阵脚步声传来，原是木帮的人闻声赶来。

木帮的人一来，掌门得以脱身，躲过几个白衣人的围堵，抓起桃木盒子往山林深处奔去。夏侯淳想跟上去看看，刚跑了两步，被掌门喝住。

"回去！"

掌门最后说了句什么，夏侯淳没听清，只看见他转身很快没入丛林中。

夏侯淳这时才想起来，刚刚扑向长刀的那个黑影，貌似小臭子。他呆滞地回头，看见空旷的地面上，小臭子躺在那，望向他的眼神已经失焦，捂着胸口的指间不停地涌出鲜血。

夏侯淳想迈步走过去，将他的好兄弟扶起来，突然从丛林深处传来悠远的锣声，低沉绵长，萦绕在他的耳边，他往那边走去，却走不稳，他不知道是自己在晃，还是脚下的土地在晃。

锣声越来越大，仿佛震碎了他的五脏六腑，夏侯淳终于支撑不住，倒在地上，闭上了眼睛。

夏侯淳再睁眼的时候，目之所及是白龙坛的宴客厅，以及前方笼子里关着的江秦和笼外的皮影师。他回忆起恢复的那段记忆中，那个叫小臭子的伙伴，与村子里那个小臭子名字一样，却完全是两个人。

江秦已经坐了起来，但眼睛还闭着。

皮影师站在一边，眼睛下的血已经干涸，他也闭着眼睛。

突然，皮影师唱起了小曲，一开口，是一个女人的细嗓音。

"我是'三尺'的人，这次任务是受'寒门'的委托。'寒门'的人找到我们的时候说，皇族曾有一笔惊天巨款藏在关外的萨满秘境，而白龙坛坛主属于萨满的一支，并且是最接近事实真相的一个分支。这笔惊天巨款被所有人盯着，有人希望通过白龙坛坛主找到这个宝藏，最后拿去给外国人献宝。'寒门'的人不希望侵略者侵占宝藏，所以白龙坛坛主必死。没了白龙坛坛主这道桥，那些人自然无法过河寻宝。"

皮影师话毕，猛地睁开眼睛，眼神里恢复清明，他取出一块布，将自己眼下的血迹擦去，然后将红烛白布一一收起。

"问心结束，人，我就处理了。"皮影师开口说道，和刚刚细细的女人嗓截然不同，又恢复到了他原本的音色。

夏侯淳这才发现司徒星耀不知何时转过身去背对着铁笼子，他闭着眼睛，像是在听小曲一般，右手一挥。

皮影师得到指示，他拿起血皮影人，走到江秦身边，掰开江秦的嘴，将血皮影人放进去。

夏侯淳望着司徒星耀的脸，那张脸与回忆中与六叔一同被绑在木桩子上的受害者其一的脸完全重合。他浑身泛起一阵凉意。

"你说谎了，你不是跟'巫虎神刺'学的，你是跟那些绑架你还拿你做实验的人学的。"夏侯淳一字一句说道。

司徒星耀猛地睁开眼睛，向他走来："你怎么知道？"

夏侯淳冷笑："九年前，把你从木桩子上救下来，让你免受雷击的那个人，就是我。"

司徒星耀迅速眨了好几下眼睛，他将夏侯淳的脸捏住，来来回回地看，道："难怪，我说你看起来有些熟悉。"

"你当初被绑架去做实验……不对，不是绑架，你堂堂白龙坛坛主，怎么会被轻易绑架，你是自己设计被绑架。你想学到一些'巫虎神刺'的秘法，而那些人又擅长模仿那些秘法。"

夏侯淳本来想不通这一切，但是等皮影师通过问心灯说出江秦刺杀的真正目的时，夏侯淳一切都想通了。司徒星耀这个人，牵涉重大，他所要做的目的就是那笔皇族留下来的惊天巨款。这笔惊天巨款和禁地迷藏之间，很有可能有着千丝万缕的关系。

夏侯淳越想越觉得可怕："不对，你这还不算什么，我们家族守护的禁地早就有江湖上的其他门派涉足，就比如'寒门'。"方桃木是永秋从"三尺"那拿过来的，而"三尺"和"寒门"看起来关系密切。

司徒星耀笑了，道："没错。年轻人，你知道什么是'寒门'？江湖里有上中下三门，上门是'堂门'，属左右朝野的庙堂之门，此外是中门，中门是'布门'，属巷陌市井，这下门，便是'寒门'。上中下三门都极为隐秘，从来不在市面上露头。如此神秘的组织都曾到你们那林子里去过，那里早就不是秘密了。"

夏侯淳刚想继续分析下去，忽然听到从笼子那边传来一声痛苦的呜咽声，他往那边一看，心里一惊。

江秦不知为何，仍旧闭着眼睛，双手却举起来掐住自己的脖子，嘴里还叼着那个血皮影人。她的脸上露出痛苦的表情，手上动作却不停，一点一点缩紧自己的手掌。

"住手，快住手！"夏侯淳着急地高声喊道。

江秦根本听不见，她手上越来越用力，等到手放下去的时候，她自己已经躺在了地上，没了声响，嘴里的血皮影滑了出来，带出一行血迹。

皮影师上前用脚踢了踢江秦的头，她的头被踢得歪到一边。

皮影师转身将红烛放在手心里，道："人死了，可以开门。"

司徒星耀走过去打开锁链，赞赏地拍了拍他的肩膀。

夏侯淳胸口发闷，他想起来自己还没向江秦问清楚永秋的事情。

忽地，皮影师突然捂住胸口，一口血喷出来，扑在司徒星耀身上。

一切都发生在一瞬间，笼子里的江秦突然暴起，像支离弦的箭一下子弹射到笼子门口，抓住司徒星耀的脖子使劲地掐。司徒星耀猝不及防，还没有什么动作就被捏住咽喉，双手双脚渐渐无力，连一个女子都挣脱不开。

皮影师一抹嘴角，跑到大门前，已经无力再推开门，只能不断拍打着门板："快来人，快来人！"

门外一众等候的门徒立刻冲进来，见到此景，全都愣住，不知该上前还是怎么办。

司徒星耀用尽全身力气冲门徒做了一个手势，夏侯淳发现那个手势是司徒星耀第一次做。正疑惑着有什么特殊含义，他就看到那些门徒开始动起来。

门徒收到命令，一部分人立刻跑向大厅的各个角落，一部分人开始在大厅中间摆阵。中间摆阵的人总是变换着阵法，看似毫无章法，但又似乎有规律可循。夏侯淳每每觉得他掌握了阵法变换的规律，他们就立刻变换为另一种布局。他们变换布局的速度越来越快，每个布局停留的时间也越来越短，一直到最后，夏侯淳觉得他们根本没有停留，而是一刻不停地在大厅中央奔跑。

夏侯淳看得眼花缭乱，忽觉头顶一片光亮，他抬头看去，惊讶地发现大厅的房顶正在缓缓升起，整个大厅像是被打开盖子的盒子一样。

还没等夏侯淳思考出这房顶是如何被打开的，一团火焰突然从天而降！

那团火焰仿佛是凭空而生，在下降的过程中越变越大，最后落入大厅中的时候，犹如落入了天边的一朵火烧云，夏侯淳只觉一股热气扑面而来，很快大厅里目之所及的地方都开始燃烧起来。他身后的柱子也开始燃烧，火焰不断往下延伸。

夏侯淳突然发现这火焰与平时的火相比很不一样。这火不是一点一点蔓延开来，而是在一段可燃物上突然就冒出一团火苗，然后越烧越烈，最后每个火苗连成一大片。

大厅已经变成一片火海，烈焰炙烤中，江秦松了手，倒在地上，不省人事，门徒们将司徒星耀扶起来，往大门外跑。

夏侯淳身边蹿出不少火苗，身上的绳子被烧断，他赶紧扑灭身上的火，也往门口跑去。眼看着就要踏上门槛，他的脖子上突然挨了一闷棍，眼前一黑，倒了下去。

皮影师扔下手里的棍子，自言自语道："别跑啊，我们之间的账还没算完呢。"

夏侯淳再次醒来，发现自己被关在一间小屋子里，又是和待客楼一样的房间布置。他的身边坐着皮影师，那个曾经在村子里与他针锋相对的皮影师。

"为什么不留在村里照顾祖父？"夏侯淳清清嗓子，问道。

皮影师将手上旋转的红烛放下，一拳打在夏侯淳身上："你最没资格问我这个问题。你顶替我的身份，害我在外流浪三年，爹娘无故死去，好好的一个家散了，你怎么好意思问我怎么不照顾我的家人？"

夏侯淳倒吸凉气，又问："你的幼时玩伴小臭子，是不是已经死了？"

皮影师道："你被打傻了？他早就被堂师烧死了。"

夏侯淳脑子空空，那个被江秦神救了一命的小臭子，一直陪伴自己在山里住了一年，又到了镇子上谋生活的小臭子，到底是谁？

"你的小臭子，嘴巴里有没有一颗龅牙？"

皮影师觉得他的问题越来越怪："没有。但是他快死的时候，逃跑摔了一跤，可能摔龅了。"

夏侯淳想起那天他看见小臭子爹娘抬着小臭子往家走，那具尸体就有颗龅牙，而回忆中，那个陪自己在山里长大的小臭子，天生就有一颗龅牙。

夏侯淳心里有了一个可怕的猜想。

"你问这些有什么用？"皮影师笑了，从怀里掏出一个皮影人，"你看，这个皮影人，雕得像不像你？"

夏侯淳看着那个和自己一模一样的皮影人，脸色变白："你想干什么？"

皮影师不说话了，他起身在夏侯淳面前撑起白布，放上红烛，一景一物都与在笼子里对江秦实施的"问心灯"一模一样。

"你要问我的心？你刚刚已经失败了，你没控制住江秦！"夏侯淳大喊道，他现在见着皮影人就发怵。

皮影师擦亮一根火柴，点燃蜡烛，道："我问心从未失败过，刚刚那一次也是。"

夏侯淳明白了："你是故意的？就为了制造混乱，把我带走？"

皮影师将蜡烛放在那个雕刻精致的烛台上，道："你的身份太神秘了，你的家族在做一件更神秘的事。我作为你们的牺牲品，却不知道你们到底在做什么。坛主打着自己的算盘，不会告诉我，那我就自己来问。"接着便像是对观众招手一样对着夏侯淳招了招手："享受表演吧。"

第二十八章　风门气数

皮影人的影子在白布上显现，做出一系列动作，夏侯淳情不自禁地盯着看，不一会儿就发现那些动作是循环往复的，他越看，觉得脑子越乏。

夏侯淳突然想起来当时皮影师对江秦施展问心灯的时候，司徒星耀是背过身去的。他当时因为一直盯着笼子里看，使得自己也陷入了昏睡。他想到了永秋解释的那个奇怪的"力"。

问心灯照射出来的皮影人的影子，也存在着一种"力"，让对方意识不清，很容易受到操纵问心灯的人的控制。

夏侯淳闭上眼睛，他不能受到皮影师的蛊惑。

但他很快又睁开眼，刚刚他在受到问心灯波及的时候，想起了以前的一段记忆，那么现在他直面问心灯，又会记起什么东西？

皮影师又开始吟唱低沉的小调，夏侯淳仔细听着，单调乏味的曲子钻进他的大脑，轻抚他的每一根神经，迷迷糊糊地，他慢慢闭上了眼睛。

夏侯淳被罚站在房顶上，小臭子蹲在一边扔石头玩。

"掌门真狠，我不就是背错了一个字，就要罚我站一天。"夏侯淳见下面看着他的叔叔不见了，把腿一放，躺在屋顶上和小臭子抱怨。

小臭子道："既然是口诀，错一个字就不灵验了，谁叫你偷懒，掌门罚得好。"

夏侯淳一听这话不服气了，两下滑下房顶，喊道："我不管，我去睡觉了！"

麻婆婆正在屋子里烧炕，看到夏侯淳气鼓鼓地走进来钻进被窝，笑了："你背会没，这就下来了？"

夏侯淳闷在被子里喊道："会了会了，早就会了！"

麻婆婆走过来把他从被窝里揪出来，道："那你背给我听听。"

夏侯淳噼里啪啦往外倒出几句口诀，麻婆婆在一旁打断："错了，是'崧避杖撞'，你又在乱背什么？别睡，起来跟我再念念！"

麻婆婆可以算是夏侯淳的老师，夏侯淳不敢不听她的话，就又跟着麻婆婆一字一句念了好几遍，一直念到夜深人静，他才躺下睡觉。

这晚夏侯淳睡得很不安稳，总是无缘无故地醒过来。在醒第三次后，夏侯淳再也睡不着了，起来跑到院子里数星星。

数着数着，夏侯淳仿佛听见一个声音说道："去吧，去那里。"

"谁在说话？"夏侯淳左右环顾，心里发怵。

"去吧，去你想去的地方……"夏侯淳这时才发现那声音似乎从井中传来，他走过去，探头往里面望，里面空无一人，又安静了下来。

夏侯淳抓了根木棍在手里壮胆子，坐在木桶里下到井里去。底下的石室里空空荡荡什么都没有。

"去吧……"缥缈的声音又响起来，这会儿又像是从石门后传过来的。

开这石门要方桃木，夏侯淳没有，他正要转身上去，地上突然滚过来一个东西，正是方桃木。

莫名其妙地，夏侯淳不假思索就捡起方桃木，打开石门，跟着那声音穿过长长的隧道，钻过另一道石门，走到悬崖边上。

"去吧……"那个声音又回荡在悬崖下的山林中，夏侯淳听在耳中，心里只有一个念头：跟着这个声音走。

旁边的树上凭空出现了一捆麻绳，夏侯淳用麻绳轻车熟路地来到了下面的山林中。

"去吧……"

夏侯淳被那声音所吸引，手上紧紧攥着方桃木，一步一步往丛林深处的禁线内走去。

"不要再走了！"夏侯淳又听见一个声音，不过这声音是从自己的心里发出来的。

"别听他的，快回去！"夏侯淳站在那，心里的声音和前面禁线内的声音全都钻进他的脑子，不断环绕在他的脑子里。

夏侯淳往前走一步，心里的声音吼他："别听他的，快回去！"

他听话地往后退一步，禁线内的声音又幽幽地传来："去吧，去你想去的地方看看……"

他又转身向禁线走去，心里的声音越发焦急："醒醒，别听他的！"

禁线内那个充满诱惑的声音继续将他往里面拉："你也想去看看，不是吗？"

夏侯淳在离禁线还有五六步的地方徘徊，他感觉自己完全被两个声音控制着，他渴望跟着外部的声音走，又不由自主地听内心的话。他在原地转圈，一会儿向前一会儿向后。

"夏侯淳！"突然，身后一个清脆的声音划破夜空，他闻声回头，小臭子站在那，月光洒在他担忧的脸上。

"你不睡觉在这干啥？"小臭子走过来拉他的胳膊，"掌门说了，线那边不能去！"

夏侯淳看着小臭子的脸，恍惚看见他躺在地上，死不瞑目，胸口往外喷血。

小臭子拽了拽他："愣着干啥？走，快回去，一会儿掌门他们要过来救人去了，要是发现我们在这，肯定又是一顿好打。"

夏侯淳被小臭子拉着跑回去，他回头往禁线那边一看，那边只有一片笼罩在夜色中的树木。

"去吧，去那里看看！"

蓦地，夏侯淳的脑海中蹦出这样一句怒吼，他忽然觉得头疼欲裂，两眼发黑，他站不稳，滚在地上，看到小臭子一脸焦急地过来扶他。头越来越疼，疼到他渐渐看不清小臭子的脸，耳朵里只有那句催他越过禁线的怒吼。

忽然一阵风吹过，吹在他的头上，丝丝凉意缓解了他的疼痛，他觉得自己身子越来越轻，慢慢地感觉不到自己四肢的存在。风变得越来越大，他恍惚间看见小臭子被吹得离他越来越远，四周的树被吹得连根拔起，裹挟在风中不断上升。

夏侯淳又听见了一个声音在念着似曾相识的一些话，他不知道那些话什么意思，只觉得十分熟悉。

"戴生独步，许子无双。柳眠汉苑，枫落吴江……"

夏侯淳感觉到自己也被大风带着上升，他飘浮在半空中，飘浮在树梢之上，他的脑子越来越清晰，闪过一些奇怪的画面，画面中有河边的小木房子，有祠堂内悬挂的大锣，有白沙盘，有挂着一群孩子的大树。

"鱼山警植，鹿门隐庞。浩从床匿，崧避杖撞……"

对了，刚刚麻婆婆还说，那句话是"崧避杖撞"，还说他在胡背。

这些都是麻婆婆教给他的咒语，原是这些咒语掀起了这场席卷一切的大风。夏侯淳嘴里不自主地继续念下去：

"刘诗瓿覆，韩文鼎扛。愿归盘谷，杨忆石淙。

弩名克敌，城筑受降。韦曲杜曲，梦窗草窗……"

"梦窗草窗……梦窗草窗……"夏侯淳猛地惊醒，偏头一看，白布早就被撤走，那皮影子就照在自己身上。他的手脚仿佛被什么东西所禁锢，无论他怎么使劲都无法动弹。皮影师站在红烛后，闭上眼睛，眉头紧皱。

原来一年前在山中麻婆婆教给他的咒语，就是对抗"问心灯"这一类控制心神的邪术的破解反制之法！

夏侯淳立刻熟练地念起那段咒语，他不敢停歇，念着念着，一阵冷风吹拂，红烛上的火苗晃了两下，熄灭了。

身上的影子突然消失，夏侯淳动了动脚，脚上被束缚的感觉一下子消失了。

皮影师突然睁眼，眼球凸起，上面布满血丝。他手忙脚乱地要重新点起红烛，夏侯淳翻身一跳，踢翻烛台。烛台在地上滚了几转，皮影师急忙趴下去捡红烛，他将红烛捧在手心里，重新点燃，任由滚烫的蜡油滴在他的手上。

"差一点，就差一点你就会越过那条禁线了！"皮影师几近疯狂，他一只手高举红烛，一只手举起皮影人放在红烛前，不断变换角度，想将影子照到夏侯淳身上，夏侯淳慢慢逼近他，丝毫不受影子的影响，嘴里一直念着那咒语，铺天盖地的大风吹开房门和窗户，在屋子里打着转，最后落在皮影师的身上。

皮影师被吹得脚下一个趔趄，他慌忙站稳脚跟，继续执着地抓着早就灭掉的红烛。他龇牙咧嘴，表情扭曲，胸腔起伏剧烈。他忽然怒吼一声，徒手将皮影人撕成碎片，举着红烛向夏侯淳砸过来。

夏侯淳一点躲闪的意思都没有，他口里继续念着咒语，年少时背过的每一字现在都毫不费力地从他口中倾泻而出，又是一阵大风刮过，皮影师被吹得连退几步，红烛被风卷走，被风裹挟着穿过窗户，不知吹向何方。

"愿归盘谷，杨忆石淙。皮影师，回去吧。"夏侯淳说道。

皮影师这次是真的喷出一口浓血，摔倒在地，闭上了眼睛。

夏侯淳将他扶起来放在床上，转身要走出门去，路过地上的烛台，他越看越觉得熟悉，弯下腰将其拾起，仔细一观察，发现这个烛台竟然是由桃木制成，而且木纹和自己的方桃木非常相似。他将方桃木掏出来和烛台一对比，果然是同一种木材。

记忆中，掌门拿着方桃木走进最深山的禁地，随后山林震动，怪锣敲响。方桃木尚有如此大的作用，那么同样木材制作的烛台，一定不简单。

那烛台长期被用来点蜡烛，蜡油滴在上面却没有留下黑点，还宛若刚刚从树上砍下来的样子。夏侯淳将烛台包好，藏进袖中。

出了门，夏侯淳这才发现皮影师将自己关起来的房间就在宴会厅后面的一栋小楼里。正是傍晚时分，一轮红日沉在宴客楼的顶上，天边洒下一片金黄，像是一团剧烈燃烧的火苗，夏侯淳远远地看见宴会厅里飘出一股浓烟，门徒们拿着木桶和木盆往里面扬水。

夏侯淳想起江秦还在里面，急忙跑到院墙边，踩着门徒落下的水桶上了院墙。宴客厅的房顶已经被掀开，夏侯淳站在院墙上往里看，透过一片浓烟去搜寻江秦的身影。

里面到处都是漆黑一片，夏侯淳没找到人，只看见一群通体血红的蚂蚁排队从里面爬出来，爬上院墙，经过他的脚边，又顺着院墙爬了出去。

这些蚂蚁和普通的蚂蚁不同，它们的躯体像是红水晶一样，呈现出透亮的血红色。夏侯淳好奇，蹲下去想抓一只看看，触碰到蚂蚁的那一瞬间，夏侯淳猛地缩回手。

这蚂蚁身上异常地烫。

夏侯淳往手指上呼气，转过身看那队蚂蚁顺着墙根爬走，最后钻进一个小洞中。夏侯淳在余光中看到院墙不远处，靠着一个瘦瘦的身影。他抬眼一瞧，正是江秦。她的脸上一片黢黑，头发烧成了一团杂草，脚上一大片血污。

"你在找我？"江秦比画着问他。

夏侯淳跳下院墙，走向她："我还有问题问你。"

江秦笑了笑，顺着墙角滑下去，坐在那，拍了拍地，让夏侯淳也坐下。

夏侯淳也坐下了，江秦歪头看着他，示意他可以说了。

"你怎么逃出来的，司徒星耀不追究了？"

"'寒门'的听涛长老来了，他拿本门秘法和司徒星耀做了交易，换我回去。"

夏侯淳继续问："你知道是谁告诉永秋真相的吗？"

江秦比画："没有谁，是她自己想起来了。我把我知道的都告诉你吧。"

当初永秋从"三尺"那偷走桃木盒子时，"寒门"的长老立刻就认出了她。长老之所以对她印象很深，因为她是唯一被开颅过的受害者，也因此，永秋的精神不太稳定。永秋家里有人是道士，道行不太高的道士，为了修行不择手段。永秋回去后，她的家人认为永秋着了魔，每天对着她做些神神鬼鬼的事情，永秋又遭受了半年非人的虐待，彻底疯了，成天说胡话，说完胡话就昏睡好几天。后来她忍无可忍，杀死了自己的家人。在强烈刺激和自我谴责下，她自己编造了一个奇怪病人杀死亲人的故事，并且终日活在故事中，四处寻找这个奇怪的病人。

江秦在奉天再次见到永秋的时候，永秋已经恢复了很多记忆，她记起了自己被当作试验品的那几年发生的事情，也记起了是自己神经错乱杀死了家人。

江秦还说，按照惯例，从"三尺"的人手下逃走的刺杀对象，没有特殊要求，"三尺"不得再对其进行刺杀。她再次见到永秋的时候，本来不打算杀她，但是永秋故意往她刀上撞去，毫不犹豫地了结了自己的生命。

夏侯淳在这一刻多么希望误解了江秦的手语。他掏出自己包好的银针，放在手心里来回看，鼻子一酸，一滴泪落在银针上。

从远处传来一阵脚步声，夏侯淳揉了揉眼睛，收好银针，抬头看去，一个拄着拐杖衣衫褴褛的老人走过来。即使破布满身，那老人还是看起来精气神十足，身上有种不怒自威的压迫感。

老人朝这边招了招手，江秦扶着墙站起来，往老人身边走，藏在老人身后。

老人对江秦说道："去屋里等着。"

江秦点点头，向夏侯淳挥了挥手，走向待客楼。

夏侯淳看见老人往自己身边走，立刻站起来跑到老人身边，微微颔首，道："听涛长老。"

老人点了点头，夏侯淳知道对方和自己有话要说，四处一环顾，不知道该将长老带到哪个可坐的地方。

"就在这聊几句吧。"听涛长老指了指刚刚他和江秦靠着的墙根。

两个人站在墙根下，黄昏的太阳已经落了一半，金灿灿的光照到长老满脸胡须上，也照在夏侯淳光洁的额头上。

"今晚你跟着我们一块儿离开白龙坛。"听涛长老将双手叠放在拐杖上，头微微上扬，享受着秋末的日光。

"您知道我是谁？"如果夏侯淳是一个无关紧要之人，听涛长老可能都不会注意到他，更别提把他带出司徒星耀的地盘。

听涛长老从容不迫道："司徒星耀告诉我了。其实江湖上知道巫虎神刺的人，几乎没人见过他们的后代，我也不例外。"

夏侯淳这才注意到这一点，今天宾客中那么多人，除了司徒星耀，与巫虎神刺或者三大帮有过来往的人根本没人认出他。他的父辈从来都没有将他带到世人面前。

"那我想冒昧地问一句长老，'寒门'为什么会知道深山中的事情，方桃木怎么会到了'三尺'手中？"

听涛长老沉默了一会儿，说出了当时他在山中重见掌门时掌门说的话："孩子，回头吧，不要继续查了。你的父辈不想让你参与其中，一定有他们的道理。最深山中的迷藏，神秘而不容侵犯，靠近禁地的人，都或多或少会受到影响。就拿永秋来说，一个人哪是那么容易疯的？当时被抓去做实验的地方，离禁地很近，永秋才会变成现在这个样子。"

夏侯淳还想问些什么，听涛长老转头迈步离开了夏侯淳身边，往待客楼走去，扔下一句："今晚点灯时，我在门口等你，过时不候。"

夏侯淳目送听涛长老远去，又继续蹲在墙角。不知过了多久，他感到肚子里空空的，跟门徒要了几个干饼子，蹲在那啃。夏侯淳想不通司徒星耀怎么就这么轻易放过了自己。自己现在知道了那么多他的秘密，难道就不害怕自己出去随便乱说吗？

只有一个解释，听涛长老带来的本门秘法对司徒星耀来说极其珍贵。

夏侯淳啃着干饼子，饼渣掉在地上，很快吸引了几只蚂蚁出来。夏侯淳低头一看，正是刚刚那种红蚂蚁。他盯着蚂蚁看，脑子里突然浮现出麻婆婆教给他的一些东西。

麻婆婆说，江湖上有种秘法，叫"火蚂蚁"，该秘法能随时随地变出一团从天而降的大火，除了施法者，其他人很难扑灭。大火燃烧时，总会有奇怪的事情发生。

夏侯淳终于明白当时司徒星耀被江秦掐着脖子做的那个奇怪的手势是什么了。他是叫自己的门徒摆火蚂蚁阵法。

几只蚂蚁搬着饼渣慢慢爬回洞中，夏侯淳看见远处几间房子点起了烛灯，站起身拍拍背上的墙灰，迈步向白龙坛的朱红大门走去。

第二十九章　万声同奏

"听涛长老将我送到千岁镇，就带着江秦消失了。我回了家，没见到小臭子。就像永秋恢复记忆想起来亲人是自己杀的一样，我也恢复了关于小臭子的记忆，记起了我曾经有一个玩伴早就死了，只不过我在看到另一个小臭子的尸体时，那颗豁牙让我幻想了这个小臭子又死而复生，陪着我又多待了几年。那些小臭子做的事，都是我自己做的，只不过我为了欺骗自己，告诉自己有些事情就是小臭子做的。永秋看出了我在自欺欺人，于是不断表达对小臭子的厌恶之情，希望我可以从假象中走出来。当永秋看出我沉浸在假象中的时候，就意味着她马上会意识到自己也处在自己编造的假象中。

站在空荡的院子里，我真真切切地感受到了禁地对人的影响之大。

那个烛台我隐隐觉得是开启禁地的钥匙之一，但是我不知道自己该不该回去。掌门和听涛长老的话一直萦绕在我耳畔，小臭子和永秋似乎也在我身旁，我感受到了对禁地的惧怕。但矮医生的心血还在村子的地底，村子里的秘密还没结果，我还是想回去继续探寻。"

天光大亮，吴庆辉坐在砍掉的树桩上，读出最后一页信纸上的内容。搜救队在一棵奇怪的树下找到铜锣和一封信后，大家就一直坐在这里，听吴庆辉读信上的内容，不知不觉天已经亮了起来。

"这就没了？"故事戛然而止，姜洋有些意犹未尽，他又找了找，确实只有这些信纸。

一队人都没说话，还沉浸在刚刚这个故事中。里面奇奇怪怪的东西太多了，大家听得刺激又过瘾，要不是只有这些内容，他们能听着后面的故事再坐一天。

吴庆辉翻到刚刚记录的"火蚂蚁"阵法的部分，指着上面的描述说道："你们看，从天而降的大火，除了施法者其他人很难扑灭，这是不是和这座山之前燃起的山火很像，无缘无故出现，还很难扑灭。"

二四扶了扶眼镜："可是这也太神奇了，世上真的有这种阵法吗？"

吴庆辉说："照信中所记述的，火蚂蚁阵法和这些红色蚂蚁有关，但世上存在烫手的蚂蚁吗？而且蚂蚁本身就怕火，怎么会和大火联系在一起？"

吴庆辉的问题没有人能回答，信中大多数事情都超出了他们的认知范畴，都是常识所不能解释的。吴庆辉叫人拿袋子将铜锣和信纸都装起来，他觉得这两件东西肯定与山火和失踪的救援队有关。至于是真有其事，还是有人故意装神弄鬼吓唬人，吴庆辉打算以此为突破好好查一查。

吴庆辉正打算去那棵树旁再仔细看看，刚迈出几步，他面前正在装铜锣的人手一松，两扇铜锣猝不及防地掉落在地上，发出沉闷的撞击声，铜锣打了几个转，最后倒扣在地面上。

"咚——咚——"空中突然传来熟悉的铜锣声，空远绵长，连绵相叠，一声接着一声，从遥远的山林深处传出来。

吴庆辉脸色骤变，又是那个铜锣声！每次铜锣声一响，准没好事。

霎时间，伴随着铜锣声，各种怪声层出不穷地往外冒，各种或尖锐或低沉的声音混杂在一起，不断折磨着所有人的耳朵。雷声、雨声、哭声、喊声、冷兵器碰撞的声音、猎枪响起的声音，交错混杂，一声高过一声，山林间仿若在电闪雷鸣的天气下万鬼同哭，汹涌地朝他们扑过来。

"先下山！"吴庆辉感到有些不妙，"二四，把这些声音录下来！"

吴庆辉带着队员回到昨晚上扎营的地方，顶着刺耳的声音挑了几样重要的东西匆匆往山下赶。那些怪异的声音一路都没停，不停地在山林里回荡。

等吴庆辉一行人下了山，将那些奇怪的声音甩在脑后，大家这才觉得自己浑身舒畅，没了刚才的逼仄困顿的感觉。

一队人带着铜锣和信纸向村子里走去，路途中大家都格外小心那只锣，三四个人齐齐护着，生怕再将它掉到地上引出什么奇怪的声音。

吴庆辉带着队伍刚走到村口，远远地就看见李队和另外几个消防队的队员站在村口等他们。李队见他们回来了，露出笑容，往他们身后跑去，却只看到一个红箱子，其他的什么都没有，脸上的笑容僵住，问："没找到？"

吴庆辉回答："没有。李队，你看这队伍里有没有少人？"

李队一个一个人点过去："不少啊，你们上山的时候也是这么多人。"

"你还记得一个叫卫启的小孩吗？是消失的救援队的队员。"

李队一愣，扶着脑袋想了半天："是有这么号人，但是跟着救援队的人消失了。"

吴庆辉没继续问卫启的事，和李队交流着上山后听到的奇怪锣声，走回了村长家。但是吴庆辉只说了他们找到了一个铜锣，只字不提信纸的事情。

回去后，吴庆辉找了一个单独的房间，翻出信纸，叫二四把录音机给他抱过来，开始播放从山上撤下来的时候所录的那些声音。

二四按下播放键，先是一阵吊着嗓子唱戏的声音，那戏和吴庆辉在戏园子里听到的每一种戏都不一样，既听不清楚里面的唱词，停顿和音调也很奇怪。

"停。"吴庆辉快速翻到信纸上皮影师在村子里用皮影戏蛊惑村民的那一段，"这估计就是皮影师当时操纵皮影时唱的。再放。"

二四又按下播放键，一阵类似石头撞击的声音传出来，仔细一听，其中还夹杂着野兽重重的喘气声。

吴庆辉又翻到夏侯淳在祠堂差点被烧死，吞金兽救了他的那一段："这和吞金兽的叫声很像。继续。"

混杂在各种声音中的第三段，是一段很平静的哼唱声，整个曲子一点起伏都没有，像是一群蚊子绕着人的脑袋飞。

"这是皮影师施展问心灯的时候唱的小曲。"吴庆辉又翻到皮影师对着江秦施展问心灯那块儿，指着夏侯淳的记述文字说道。

吴庆辉和二四配合着，一个翻信纸，一个播放音频，最终将刚刚录下来的那些奇怪声音都一一在信中找到了解释。吴庆辉渐渐觉得信纸上所记述的事情很有可能是真的，而那座山就像一个大型录音机，将这么多年发生过的事情的声音全都收集起来，铜锣声好似按下了播放键，将所有的声音全都放了出来。

二四将录音机放在一边，若有所思。

"你有什么想法？"吴庆辉将信纸重新折叠起来。

二四思索了一会儿，开口说："我觉得这封信是真的。这么说吧，当年郑和下西洋，带回来一只传说中的麒麟献给永乐皇帝。当现在的人去看当时画的画像，所谓的麒麟也只不过是普通的长颈鹿，但当时的人都没见过，误以为那就是上古神兽麒麟。相似的，信中很多事情看起来都光怪陆离，但我大胆猜测，是因为这些事情已经超出了当时那个年代人的认知，所以在他们的视角下，这些事情变得诡谲多疑。"

吴庆辉点点头赞同他："这封信在山中出现，很有可能和山火以及失踪人员有关。既然信在这里出现，那么有没有一种可能，这片山林便是信中所写的禁地的入口。难道那队失踪的人员是被禁地给吞噬了？"

"那这简直可以记录进《世界未解之谜》中了，绝对比其他的案例还要吸引人。"

吴庆辉哑然失笑，他知道二四的意思。作为坚定的唯物主义者，不信鬼神一直是救援队的传统。再奇怪的事情，背后都会有人操控，鬼神不过是有心之人捏造出来满足自己欲望的载体媒介。

吴庆辉往炕上一躺，将信纸举到眼前来来回回地看，想从信纸中发现点别的线索。正午的阳光刚好从窗户中照进来，灰尘飞扬在三条平行的光柱中，光线刚好照射在吴庆辉举起来的信纸上，信纸被照得半透明，脆弱得仿佛一碰即碎。

吴庆辉看着看着，突然惊奇地发现当信纸被照得半透明时，两面的字映在一起，笔画相连，组成了新的字。

"二四，快来看！"吴庆辉猛烈拍打二四的背，二四转过来，被吴庆辉按着头在信纸下看了看，也发现了正反两面笔画连接在一起所组成的新的字。这些字看不出来是什么语言，每个字都会比相像的汉字多出那么一笔两画。

吴庆辉跳下炕，跑到门口，倚着木门，将信纸高高举起来，透过阳光去看那些纸，二四窜出门去，兴奋地喊道："别动，我去拿相机！"

吴庆辉将每一张信纸都举起来看了看，每一页都是一样的，在透光的情况下，新的内容显现出来。他越看越兴奋，举起最后一张信纸。

最后一张信纸上新组成的却不是字，而是一个方形的章子。这次章子上的字是方方正正的隶书，吴庆辉将上面的字小声念出："'水心斋'……"

这是个什么地方，这封信的书写者为什么要将剩下的内容以这种暗语记录下来，而且还附上了一个地方的暗章？如果说这个地方是书写者那个年代存在的一个地方，这么多年了，"水心斋"还存在吗？

吴庆辉思索间，二四急匆匆地跑过来，手上空无一物。

"老大，我们的东西全被毁坏了。当时大家都在院子里吃午饭，没人看着设备和工具。"

吴庆辉脸色一沉："所有的救援工具全坏了？"

"没错，不论是我们的，还是李队他们的，全坏了。"

说话间，吴庆辉已经跑到了放装备的那个屋子里，里面的工具都被砸得面目全非，绳子之类的全被划出豁口，像一把炸开的狗尾巴草。他蹲下去，看到地上的一把多功能铲的铲面向下凹陷，凹陷的形状近似一个带圆弧的直角。

"这是拿什么砸的？还带一个角？"

旁边正在清点器材的姜洋将自己的指腹展现给吴庆辉看，他戴着白手套，手套上沾染上了几颗很细很细的石头颗粒和一抹灰色的粉："可能是石头。这是我在毁坏的设备表面摸到的。物品的碰撞必定会有一方物质残留在另一方上，这就是石头砸向这些工具时，工具表面上留下的石头碎屑。"

"方形的石头？有人搬着这么奇怪的石头进来，你们在院子里就没看见？"吴庆辉走到门口看了看，他们吃饭的桌子离这间屋子大概有个十来步的距离。

姜洋摇头："是有人进来，李队进屋来拿药包去给伤员熬药，但是他手上什么都没拿。谁也没想到有人会来破坏这些东西啊，可惜了我的通信设备，都是跟上头磨了好久才申请到的……"

二四听到这话，一拍脑袋，夺门而出："我的录音机还放在那边屋里！"

吴庆辉和姜洋也跟了过去，路过院子里的时候，村长和家里的人正在收拾碗筷，李队和消防队另外几个人在熬给伤员的药汤。

"李队还不知道他们的设备坏了？"吴庆辉看过去，李队跟他挥了个手，他也挥了挥。

姜洋想了想："对，二四发现了以后只告诉了我一个。"

二四跑回刚刚他和吴庆辉研究录音内容的屋子里，只看见录音机滚在地上，机身四分五裂，按钮都凹陷进去，里面的磁带也不翼而飞。

吴庆辉望着地上的磁带若有所思，他问："铜锣还在吗？"

"在，李队说好奇，将铜锣拿到院子里研究，所以没丢。"

吴庆辉镇定自若，让姜洋带着几个人把能修的设备试着修一下，然后让二四去通知李队这件事情。二四向院子里的李队走过去，吴庆辉从烟盒里抽出一根烟夹在手上，跟在二四后边往熬药的地方走去。

二四走到李队跟前，吴庆辉走过去，拍了拍一个熬药的人，指了指临时搭起来的熬药小灶："兄弟，借个火。"

那人抽出一根燃烧着的木棍递给吴庆辉，吴庆辉接过点燃了烟，转身状似无意地和李队打了个招呼。二四刚给李队说完器具被毁坏的事情，李队惊讶地张大嘴，倒吸一口气，双眉上挑，挤出了几根深深的抬头纹。他保持着这个表情有好几秒，这才注意到旁边的吴庆辉，他冲吴庆辉苦笑了一下："吴队啊，那些装备老值钱了。"

吴庆辉安慰了两句，把木棍塞回小灶，走了。他在院子里环顾了一圈，在角角落落都看了看，然后叫上姜洋，来到放设备的屋子里。

这间屋子是安排给李队和吴庆辉还有几个队员休息的地方。炕上要挤十多个人，装备就只能放地上。

"惊讶的表情超过一秒，那就是假的惊讶情绪。李队在说谎，他早就知道装备被砸了。"吴庆辉指了指屋子，"找吧，石头可能就藏在屋里。我刚刚看了院子里的大块石头大多有土，但是砸毁的东西上没有发现泥土的留痕。"

姜洋瞬间明白吴庆辉的意思："老大，你是说，如果一个人要从外面搬石头，那石头底部必定带土，他往下砸的时候也是将有土的一面砸向器具。但是留痕上没土，那这块石头就肯定不是从外面临时搬过来的。"

吴庆辉已经开始在找了。这屋子里睡了很多人，对方怎么用一个合理的理由将一块石头放在屋里呢？

姜洋站那思索了一会儿，突然爬上炕，将炕上叠好的被子抱走，露出下面的枕头。他一个一个摸过去，摸到最里面的一个时脸色一变，一掀枕巾，一块灰色的方形石头赫然躺在那。

这块石头刚好方方正正，和其他的麦壳枕头差不多高。

姜洋将石头翻过来，石头底部有几道或红或蓝的线条，正是某些器具表面上的漆皮。

吴庆辉使了个眼色，姜洋把枕头放回去，一切都恢复原样。

吴庆辉返回了二四的屋子，二四还抱着他的录音机捣鼓，尝试着将其修好。不一会儿姜洋也回来了，悄声说道："打听到了，李队前几天说自己有颈椎病，所以习惯枕硬枕头。他在山上看到这个石头挺像枕头，就给搬了回来。"

吴庆辉陷入了沉思。他记起来，卫启曾经和他说过，这里有人知道那些人去哪了。他问姜洋和二四："你们好好想想，到底见没见过卫启这个人？"

姜洋和二四斩钉截铁地说道："确实没见过。"

半夜时分，月光似水，倾泻在院子里的每一片土地上。吴庆辉打着哈欠，披着衣服从房间里走出来。今天晚上他总睡得不踏实，干脆起床去院子里坐坐。下午大家已经一致决定先带着其他伤员返京。现在没了设备，山上情况也复杂多变，耗在这里还给老乡添麻烦，只能先回去后再做打算。

吴庆辉坐在院子里，看向远处连绵起伏的山峰，心里毫无头绪。现在只剩"水心斋"和李队这两个线索。李队毁坏他们的设备，到底是什么意思？为了逼他们早点离开，还是威胁他们？

正想着，吴庆辉闻到空气中有一股稻草燃烧的呛鼻味道。他立刻警觉起来，谁会在大半夜烧东西？他起身去寻找味道的来源，一转身，看到房顶上冒出阵阵青烟，房顶上铺的稻草还蹿起了火苗，他急忙跑到房子后面，这才看到原先堆积在房屋后面的一大排稻草正在燃烧，火苗已经烧到了房屋那么高，眼看着就要越过窗户烧到里面的人。

第三十章　神秘租客

吴庆辉见火势蔓延得很快，而且房子靠山，离火堆不到三米的地方就是长满树的山坡，又要灭火又要砍出一条隔离带，他分身无术，迅速跑进屋将一众人摇醒。

"醒醒，着火了！别睡了，着火了！"吴庆辉跑了两个屋子，挨个拍醒。大家见惯了这种情况，被窗户外熊熊燃烧的火焰吓醒后，很快拿起各种能装水的器皿往房门后面泼，消防队的几个兄弟熟练地在后山上砍出一段隔离带，火焰这才没窜上山。大家来回跑了好几趟，火也慢慢被扑灭，只留下后墙上一大团黑色的痕迹。

吴庆辉走到刚扑灭的稻草堆上去，伸手摸了摸还没烧完的麦秆，伸到跟前一看，手指在手电筒的白光下泛着彩色的油光。

吴庆辉搓了搓手指，滑腻腻的感觉让他的心中凉了半截。他回头在人群中搜索，自己的队伍和原本幸存的队员都在，唯独少了李队长李林的身影。

"姜洋，快去查看一下车的油箱。其他人，找出李林在哪。二四，你过来。"吴庆辉边擦手边往房间里走，二四凑到了跟前，他低声问："信纸和铜锣呢？"

二四从怀里掏出一沓纸："放心吧，我揣怀里呢。"

吴庆辉拿手电筒一照，那沓纸上白花花的，半个字都没写，崭新得只有几个折痕。

二四的脸色一下变得煞白："我睡觉的时候一直压在枕头下，被叫起来的时候虽然忘了，但是还没走到门口就返回去取……不过十几秒的时间，他就给偷走了！"

姜洋急匆匆地跑过来，神情严肃地说："四辆车少了一辆，剩下三辆，一滴油都不剩了。我尝试启动了一下，打不着火。"

吴庆辉阴沉着脸，拿过姜洋手上的强光手电筒照向山路，山路上扬起的灰尘还来不及落下，汽车早就扬长而去，不见影子。

一周后，北京城的一家茶馆内，靠窗的位置上，一个穿了一身白的卷发女人端庄地坐着，她的对面是拿茶当酒一口闷的吴庆辉。

李队偷跑的那天晚上过后，吴庆辉一队人只能延迟了四五天才返京。他们自己的通信设备被李队砸坏了，村里的信号好几天都连不上，吴庆辉只好派人坐着老乡的拖拉机去了镇子上，重新租了几辆车，大家这才离开了村子。

吴庆辉从山里回来后，立刻就找人做了一个全身检查。他对卫启的印象是那么的真实，但是他的队员都坚称从来没见过这个人。他要先排除掉自己脑子出了问题这件事情，来确定卫启是不是真的存在。

"你的意思是我的脑子没摔坏，但是大脑神经受了影响，所以产生了一些没有经历过的记忆？无中生有？"吴庆辉没听懂面前这个女人说的话。

女人尽量用通俗易懂的话解释："不是无中生有，而是你曾经在无意识中读到或者听到这段，但是你却毫不在意，听过即忘。这段记忆就会一直埋藏在你大脑最深处，当你的大脑神经受到刺激的时候就会呈现在你的脑海中。"

女人姓许，是京城医院的精神科主任，曾经因为一次救援任务和吴庆辉相识，两个人因性格爽朗而成了好朋友。

"那什么外界的影响能够刺激到我的大脑神经？"吴庆辉觉得自己在接触一种他很难搞定的东西。

许医生想了想，谨慎说道："你知道电磁脉冲吗？我在国外留学的时候，曾听有的教授提过，电磁脉冲可能会影响人的神经，我昨天也和以前在英国的同学联系了，他们说现在已经有公司在进行相关研究，对这个说法也持肯定的态度。"

吴庆辉不知道什么叫电磁脉冲，但是他能明白这就说明是有东西能够刺激自己的神经。

"还有，我回去后把你说的信上的故事想了很久，觉得里面很多情节都和催眠很像，比如说皮影师的皮影戏、问心灯。皮影师可以借助皮影人所形成的图画，和自己唱的曲子，对面前的人进行暗示而使其进入被催眠状态。"

吴庆辉惊讶："会有这么先进吗？那可是六十多年前，但我看催眠在这几年才开始兴起。"

"不不不，其实早在1918年，留日学者鲍芳洲先生就将催眠传入中国，甚至还掀起一阵热潮。"

吴庆辉点头，想着什么时候看看这方面的书，说不定会有新的发现。

"还有那个暗章所书的'水心斋'，确有此地，是一家古董铺子。这地方不好找，玩古董的都很少有人知道，这地址是我家那位托了很多关系才问到的，你要去查的话，悠着点。"

吴庆辉双手一抱拳："谢了，改天请你俩吃饭。"

许医生下午还有班，早早走了，留下吴庆辉坐在那看着字条上的那串地址，茶喝完，给几个队员打了电话。半个小时后，吴庆辉和姜洋他们在一个偏僻的巷子里找到了那家古董铺子。

要是没有许医生给的字条，任由吴庆辉路过这里几百回，他也认不出这就是"水心斋"。铺子外的门楣或者墙上没有任何牌匾，就一扇普普通通刷着黑漆、有些斑驳的木门，和巷子里其他普通人家没什么两样。

姜洋在门口踌躇不定，问："门面上越是低调，里面越是有真文章。

真要我进去啊，我对古董一窍不通，进去准露怯。"

吴庆辉拍拍他，让他放宽心："又不叫你去鉴宝，你只要套出一些有用信息就行，这不是你最擅长的吗？"

姜洋向来对他老大的话言听计从，一咬牙，硬着头皮进去了。

吴庆辉左右看看，正好看到巷子口有一家剧院，是时下最流行的西式装修风格，霓虹灯勾着"临仙大剧院"五个字，二楼的包厢窗户刚好朝着"水心斋"门口，就带着其他几个人买了票走进去。台上的演员正对着台下稀稀疏疏的客人表演。

在二楼站得高了，吴庆辉这才发现那"水心斋"后面是个四四方方的四合院，院子正中间一棵皂角树，树下摆一张石桌，桌上一盘象棋残局，两边椅子上没见有人。

这地方真就像个私人住宅，不像个古董铺子。姜洋正在院子里寻找有人的地方，最后敲了敲正西方的一扇门，过了好一会儿门才被推开，一个店员将姜洋迎了进去。

此后院子里再无其他的人，吴庆辉看得无聊，叫二四盯着，自己转身去瞅下面唱戏的。

兴许这个地方偏，没有著名演员驻场，到了下午六点多了，客人还是少得可怜。吴庆辉的职业本能又犯了，一个人一个人地观察过去。一楼观察完，换到二楼的时候，吴庆辉发现一个紧闭房门的包厢，里面影影绰绰地看见有几个人影。也不见店员往里送茶水瓜子。

来剧场不看戏，专门包个包厢聚会？

吴庆辉不知道自己是不是担心过度，那个包厢更靠近"水心斋"，而且又闭门不看戏，怎么想都和他们一样，是别有目的。

吴庆辉一招手，叫了个戏园子里的店员，在托盘上放下钱："送一壶你们这最好的茶给那个包厢里的演员，说是慕名之人献的。"

店员一听，笑了："实在不好意思，那包厢里不是咱的演员，是客人。"

吴庆辉脸上一副遗憾的样子："客人？我听说一个我很喜欢的演员在你们这，又看那屋关着门，以为就在那包厢，可惜了。那你也送一壶吧，我刚瞅了半天，实属冒犯。"

店员将钱给他双手呈上："您还是拿回去吧。那屋子里的人包下包厢有半个月了，不让任何人进去，咱店员打扫卫生也不准。"

吴庆辉明了，将店员打发走。看来那些人八九不离十就是冲着"水心斋"来的。他正想着用什么方法去试探一下，二四在窗边叫他："老大，姜洋出来了。"

吴庆辉到窗边一看，姜洋满脸失望地走过来，冲姜洋招了招手，指了指旁边的包厢。

姜洋状似无意地往那边一看，又移开眼神，往前跑了两步，进了剧院。没几秒，他推开包厢的门，端起一壶茶就灌。

"问到什么没？"吴庆辉问。

"什么都没问到。"姜洋垂头丧气，"店员只说'水心斋'历史悠久，名望极高，但却说不出老板姓甚名谁，何方人士。不过你叫我看旁边的包厢的时候，倒是有点收获。你猜我看见了谁？"

吴庆辉想了想，说："李林？"

姜洋猛点头："老大你真聪明。确实是他，他看见我走出来还戴了个墨镜藏了一下。要我们的人去那包厢里问几句吗？"

吴庆辉摆摆手："他们很谨慎，不让任何人进包厢。"

当时临时队长李林为了偷走信纸，倒油点火烧房，使得他们困在山里迟了好几天才走。回去后，他就第一时间查了查李队在镇子上救援队的档案，那边回过来的消息就是：查无此人。

李林不知道是谁的人。上山救火的时候，他可能对着救援队说自己是消防队的，对着消防队说自己是救援队的，最后还担当了个临时领队，瞒了好几天也没露馅，实实在在一个大忽悠。

吴庆辉望了望那边风平浪静的"水心斋"，又走到门口，望了望那边紧闭的包厢门，心生一计。

第二天，临仙大剧院的老板正哀叹日渐惨淡的生意，一个戴着墨镜、西装革履的男人走进大门。那人摘下帽子，不正是当今大火的话剧演员郝春晓。老板喜出望外，忙迎上去。郝春晓说自己当初刚登台表演的时候，就在临仙大剧院，今年是他的话剧团巡演五周年，他打算在临仙大剧院演几出。

老板喜不自胜，但又随即双眉紧皱，照郝春晓现在的火爆程度，他实在请不起。

郝春晓说自己不要出场费，只要他当初住的房间。

老板顺着郝春晓的手指看去，正是那间被包了半个多月的包厢。

郝春晓走出临梦楼，上了一辆汽车，驾驶位上正是吴庆辉。

"谢了老同学。"吴庆辉将准备的厚礼奉上，开车将郝春晓送回家，又返回了大剧院。剧院里那个紧闭的包厢此时已经将门打开，一个人正骂骂咧咧地将老板往门外推。

吴庆辉一拉帽檐，在楼下挑了个位置坐下来，假装在看台上的演出，实则掏出一面反光的烟盒，通过烟盒的反射观察着二楼的情况。

那屋子里露面的只是一个长得再普通不过的人，他从屋里拿出一张白纸，指着纸上的字质问老板，老板点头哈腰，不断道歉。兴许是嫌老板太缠人，那人将老板一推，摔上门，再也不出来了。

门一关上，老板刚刚的卑躬屈膝立刻变成了无声的唾骂。

烟盒的反光里，老板下了楼。吴庆辉将烟盒塞回包里，踱步到了卖票处。

老板气呼呼地进了售票室，看到吴庆辉站在旁边，没好气地问："买票？哪一场？"

吴庆辉将鼓囊囊的钱包扔在售票室的窗台上："我听说郝春晓要来演出，他演哪一场，我买哪一场，他演多少场，我买多少场！"

老板的眼神在钱包上一过，哼了一声："那你可要失望了，郝春晓可能来不了了。"

吴庆辉脸一垮："来不了？我们那些粉丝等着呢，大家都说要来买票！"

在吴庆辉死皮赖脸地纠缠下，老板说出了郝春晓的要求："要求就是这么个要求，但是那房间里的人就是不走，连十倍的赔付金也不要。"

吴庆辉一双眼睛一亮，对老板说："这还不简单。你知道为什么他偏要那间房吗？据小道消息称，因为以前他和他朋友经常在里面探讨表演，这回是他的朋友偏要那间房。他那朋友善解人意，你求他朋友换个房间不就行了？"

老板乐了："消息保真？"

吴庆辉点头："信我的，我不也想看演出？他朋友是市小学的主任，好像姓吴来着。哦对了，你自己别去，叫那屋里的房客去。你去了，叫郝春晓知道，那就完了！"

老板脸上绽开笑容，重重地和吴庆辉握了下手，又跑上二楼去敲那间包厢的房门。

吴庆辉将装满假币的钱包收好，迈出了剧院的大门，又上了车，这回是姜洋坐在驾驶位。

吴庆辉揉了揉笑僵的脸，问姜洋："二四那边说好了？"

姜洋拍拍胸脯："说好了，他已经派人放出消息，市小学的吴主任就喜欢在新华书店看书。老大你现在去书店等着就行。"

吴庆辉点了点头。他要是对方，绝对派李林来游说，李林那忽悠人的劲儿是数一数二的好。要不是李林过来，他抓着别人，也能问问他们为什么守着"水心斋"不走。

最主要的目的，吴庆辉还是想将那封信拿回来。

"走吧，吴主任。"姜洋打趣道，启动车子往新华书店开去。

吴庆辉刚在新华书店外的小摊上坐下，要了碗馄饨囫囵下了肚，就见一个熟悉的身影走进新华书店的大门。透明的玻璃门里，李林问了问结账台的人，被人引到了电梯口。

吴庆辉喝了口汤，把嘴一抹，穿过马路走进新华书店，结账台的是自己的队员刘山，当时没去关外执行任务，所以李林不认识他。刘山将房卡递给他，在外面书架旁蹲守的姜洋也赶上来，和他一起上了三楼，找到了一间独立的阅览室。

这间房间是吴庆辉父亲之前办公的地方。由于他父亲的部分工作涉及机密，所以这间房子保密性和安全性非常高，只有正门一个出口，而且正门还必须要刷卡才能出。

吴庆辉用房卡打开门，将房卡递给在外把守的姜洋，这才走进去。

李林在被带进来的一瞬间就意识到不对劲，他想不通一个学校主任为什么会在书店里有一间自己的房间，还是一间没有窗户、门也轻易打不开的房间。他一直忐忑不安地盯着门口，直到吴庆辉走了进来。

李林看到吴庆辉，吓得从椅子上跳起来，拨开吴庆辉拔腿就往门外跑，吴庆辉手一推，将门关上，将他往屋子里面推："你跑什么？心虚？"

李林哭丧着脸："哎哟，吴队长，我错了！您行行好，放了我吧，我也是被逼的！"

吴庆辉将他按在椅子上："谁逼你了？还有，把信交出来。"

"信不在我这，早就叫人抢了……"

吴庆辉脸色沉下去："叫谁抢了？你被谁逼的？你们为什么要监视'水心斋'？我建议你老实交代，一会儿警察来了我还能替你求个情。"

"警察？"李林慢慢垂下头去，"你叫警察了……"

吴庆辉静静等待他开口，忽然，一道寒光一闪，冲他面上袭来，他本能地往后一躲，从腰间掏出伸缩棍一甩，挡了一下刀子，指向李林："别动！"

李林举着水果刀，不停地往吴庆辉的方向刺去："为什么逼我，为什么都要逼我！"话语间，他往前一冲，手上的水果刀猛刺向吴庆辉的腹部，吴庆辉反应快，立刻用伸缩棍格挡回去，再一转，双手交叉在棍子两头，伸缩棍箍住李林的手腕，吴庆辉稍一用力，李林手上的刀子掉在了地上。

吴庆辉抓住他的双手，带着他往凳子上一放，将他抓住，说："你不如都告诉我，待会儿我还可以说你是主动认错，争取给你宽大处理。"

门外的姜洋适时地叫了几声"警官好"，李林听在耳中，眼神闪烁，问："那我揭发他们，算不算立功？"

吴庆辉说："看你具体表现。"

第三十一章　泄密抓捕

李林本是个街头算命的，每天就靠忽悠人来赚钱。大概两周前，有人突然找到他，说是出高价雇他，去完成一项任务。李林孩子生病，正好缺钱，立刻就答应了。对方给了他一个新的身份，叫他伪装成救援队的成员，跟着救援队去救火。他跟着去了以后，就发生了队员失踪的事情，李林有些害怕，想走，对方又加价叫他留在那里，叫他砸毁了工具，偷走了信。

"他们逼我立刻把信送回去，否则就绑架我的孩子。我没办法了，只能放火偷车，结果半路遇到打劫的，把信抢走了。我开到镇子上，还说躲一躲，没想到他们立刻就抓住我，不肯放我走，将我带到北京来。他们日夜监视着对面这间房子，还逼我和他们一块儿监视，却又不告诉我为什么。我也是受害者啊！"

吴庆辉盯着他看，李林急忙说："我说的都是真的，我待会儿要是还不回去，我的孩子就完蛋了。"

吴庆辉叫了姜洋进来，姜洋带着两个便衣警察，将李林带走。吴庆辉并不相信鬼神之类的话，回来后就立刻上报了上级，顺便和市警察局报备过。接手的正是姜洋的父亲。

派出所里，吴庆辉坐在会议室里等审讯结果。照李林的说法来看，至少还有两路人一直对山里的事情很感兴趣，一路是胁迫李林的人，一路是抢信的人。他越来越觉得山里不仅仅是一场大火那么简单。

姜洋推门走进来，兴高采烈地说道："老大，李林还交代了新的线索！"

姜洋的父亲姜队长跟在后面进来，吴庆辉急忙站起来和他握手。两个人都坐下来后，姜队说道："庆辉，李林说，消失的救援队是被胁迫李林的那群人绑了。"

吴庆辉大吃一惊："叫人绑了？还留在东北，还是带到北京来了？"

"据李林交代，当时他跟着队伍上山救火，等到火扑灭的时候，他和那几个人里应外合，利用铜锣声给大家带来的诡异之感，趁机将救援队的人吸引到别的地方，然后用迷药迷晕，藏在山里。之所以大家搜寻了好几天都没找到，是因为李林一直被迫给那群人提供具体的搜救路线，那队人带着被绑架的人，就像耗子躲着猫一样，躲着李林他们的搜寻范围下了山，然后将其关在千岁镇上，李林为了立功提供了具体的位置。而且他还说，那伙人有枪。救援队失踪的案子应该转给我们立案，但是我知道你肯定想参与。我的决定是，你和你的队员可以参与，但是只能在外围预备，不能冲到最前面去。"

吴庆辉点点头："没问题，但是李林受威胁的事情您知道了吧，而且我那边也有一个有利的条件，估计能帮上忙。"他将郝春晓帮自己的事情一一道来。

"李林的孩子你放心，我们已经联系了李林家乡的派出所，那边已经派了警力蹲守在李林家附近，保证李林家人的安全。五分钟后要就此案开个快速会议，具体怎么查，我们会商量。"

吴庆辉在会议室找了个角落坐下，叫姜洋给队里打电话，叫队员们时刻准备好，配合警察工作。

队里其他人都来了，大家随意坐下，开始商讨方案。

一个警察梳理道："据李林交代，包厢里除了他还有五个人，两把手枪。根据这些人的外号，千岁镇那边的警察查到了两个，一个王哥，早年拐卖过妇女儿童，另一个老鬼，抢劫成性。"

姜队提出现在的问题："局里的意思是，千岁镇那边和我们这边联合行动，那边赶往绑架人质的地方，而我们前去抓捕这几个人。”

吴庆辉举手，说道：“我有个请求，尽量不要吵到‘水心斋’那边的人。”

半个小时后，吴庆辉走到一辆车前，将车门拉开，里面坐着垂头丧气的李林。

“不是要立功吗？打起精神来！你孩子的病不好治，但是如果你好好配合我们工作，我出钱，把你孩子带到北京治病。”

李林抬起头，吸了吸鼻涕，重重点了点头。

临仙大剧院内，老板正坐在售票室里做春秋大梦，估计是梦到了过几天的演出座无虚席，睡梦中的他露出了满意的笑容。

“醒醒！别睡了！”

一个声音叫醒老板，老板从躺椅上坐起来，一看来者，自己不认识，但是那两人后面跟着的，不正是从那包厢里走出去找小学主任的那个人。叫醒他的那人往售票室的窗口上一拍：“老板，我是春晓的助理。你这么做有点不厚道了，腾不出房间，还派说客过来。”

老板脸色一变，赶紧赔上笑脸：“走，去办公室说。”

姜队两人跟着老板来到了一楼的办公室，他身后的李林低着头，走进剧场，上了二楼，直奔包厢。

李林在门上先是敲了两下，停顿一会儿，再敲三下，又停顿一会儿，再敲三下。

门开了，里面的人警惕地瞅了瞅四周，一把将李林拉进去，重新将门关上。

李林被拽进去，低着头，眼神闪躲。本来就没多大点的地方挤了五六个人，看起来像是领头模样的人起身走到李林身边，说：“你去了很长时间，不会去叫警察了吧？”

李林猛摇头：“绝对没有！我又是放火又是盗窃，哪敢报警？只是我去了书店，和那人一说明来由，那人就快要答应了，结果那个演员从旁边走过来，把我的话全听到了！现在人家已经闹过了，偏要这间包厢。"

那个叫作"王哥"的人骂了一句："呸！这种人就是事多。"

李林试探道："王哥，要不咱就换个包厢吧？"

王哥一脚踢在他腿上："你懂什么？这个包厢能全面监视'水心斋'，能看到所有进出'水心斋'的人。"

李林往后趔趄两步，不说话了。他如果再问下去，对方肯定起疑。

姜队将自己的警察证拿出来展示给老板，向老板解释。老板一愣，长呼一口气，热情地问道："警察同志，需要我配合什么？"

姜队问老板："你们一次都没进去他们的房间吗？"

老板仔细回想："他们没叫我们进去过，进进出出的时候也自己上了锁。但是今早上我去和他们商量退房，瞟了一眼里面，没看到什么东西。"

姜队拍了拍老板的肩膀，说："现在需要老板你出来和我们演出戏，几分钟就行。员工先放回家，等我们这边通知你们可以上班了再说。"

老板一拍胸脯，摩拳擦掌，跃跃欲试："放心吧警官。不过郝先生在我这演出的事……"

"放心，如期表演。"

老板顿时喜笑颜开，跟着刘山和警察一同走到了剧院里，三个人一直走到包厢外三五米的地方，刘山点了点头。

老板立刻入戏，拽着刘山的袖子大声喊道："那包厢里的人就是不走，我有什么办法？给钱？让郝先生就屈尊用下别的房间，看行吗？"

刘山扯出袖子，演出一副无理取闹的样子："我们之所以选择在你这，还是因为春晓对那间房有感情。剧团要在你这演出的消息已经登报了，现在也取消不了了。现在你们剧场要么自己登报，解释不演的原因，要么把房间搞到，演出如期举行，你们还能赚一大笔。"

老板"这这这"了半天，抓耳挠腮，往门口一指："登报我也没钱，这样子，你们自己去问问吧，反正我一点办法都没有，我可不管了！"

刘山余光中看到门口张望的人缩回了脖子，悄悄挥手让老板离开。老板转身下楼，刘山对着老板的背影喊道："那我们自己去问！"

老板下楼的时候，发现下面的工作人员已经替换成了警方的人，他也被警察带离了。一个年轻的警察问了他几句话，然后走向对面的馄饨摊。

吴庆辉在摊上坐着，姜洋走过去说道："老板说，他之前在门口没看到包厢里有什么异样。这群人也不知道从哪搞来的枪。"

"你爸呢？"

"正打算去敲门问问。"

剧院二楼，姜队看老板已经被带出去了，走上前去，急切地拍打包厢的门。拍了好几下，门被拉开，露出一条小缝，一个人堵在缝上，阴沉沉地问："什么事？"

姜队说："说吧，你们要多少钱才肯搬出去？"

里面的人不耐烦地皱眉，报了一个巨额数字："给得起吗？给不起就滚！"说着，他就要关上门。

姜队反应迅速，用一只脚伸进门缝挡住："你这有点不讲理，你让我进去，我俩坐下来好好说。"

那人使劲抵住门："没什么好说的，给不了这个价，我们就不出去。"

姜队一个眼色，旁边的警察立刻拿出一张支票递给里面的人："你先拿上这点，剩下的我们再商量。"

那人看着突然出现的支票，注意力被吸引过去，手不由自主地就伸了出来，身上卸了劲儿，刘山趁机往里一挤，将那人往里挤去，自己进了包厢。

包厢里除了那个来开门的人，里面空无一人。但是桌子上明明白白摆着五个还冒着热气的水杯，黑色的椅子上赫然映着几个凌乱的脚印，一根麻绳从窗户上伸出去。

姜队心里"咯噔"一声，神色一变，冲到窗户边上，只远远地看见李林被人一左一右夹着，登上了一辆公交车，有人往回望了一眼，正好和姜队对视上。门口另一个警察也发现了不对劲，迅速控制住了来开门的那个人。

　　刘山拔腿就跑，冲下楼梯，大喊道："人跑了，上了公交车，往市小学方向，所有人快追！"

　　剧院里所有乔装成店员的警察迅速冲出门，痕检人员拎着工具箱往上走，刚好和刚冲到门口的姜队撞到一块儿。姜队看了一眼戴着口罩的两个人，觉得有点陌生，刚想拉住他俩问，剧院老板突然跑过来抓住他："警官，怎么回事啊？"

　　那两个痕检人员已经上了楼，姜队望见门外的公交车已经拐了弯，消失在他的视野中，推开老板，急忙冲出门外。他回想起那两个痕检人员露出的一双陌生的眼睛，心里生出异样的感觉，越想越不对劲，叫住最近的两个警察："你俩上包厢看看。"

　　吴庆辉坐在馄饨摊上，左右随便瞅着。快到下班的晚高峰，路上的车子和行人都逐渐多了起来。一辆公交车从他的面前驶过，他随意瞅去，偶然间看见窗户上，李林正瞪大眼睛看着自己。

　　公交车转了个弯，从吴庆辉面前驶过。吴庆辉一惊，迅速跳起来，向自己的车飞奔而去。

　　姜洋很快也上了车，吴庆辉油门一踩，向公交车追去。他腰上别着的对讲机里传来姜队的声音："所有人注意，跟上公交车，听命令行事。"

　　吴庆辉开着车，穿梭在车流中，不断靠近公交车。路上不断有汽车汇入主车流，越来越多的车插在吴庆辉前面，眼看着吴庆辉离公交车的距离越来越远，而警队的人则还都在他的后面。

　　"这辆公交车下一站是不是那个酒店？"吴庆辉问姜洋。

　　"没错。"

前面的公交车和自己的车之间已经隔了四辆车，吴庆辉往左前方一看，是另一条通往酒店的道路。他将车开到左转道上，绿灯一亮，公交车继续前行，预备在下一个转弯处拐向酒店，而吴庆辉准备左转，打算提前在酒店等着公交车。

果不其然，左拐离开主干道后，路途顺畅了很多，吴庆辉很快赶到酒店附近，酒店的对面就是公交车站。公交车缓缓驶来，在公交车站停下。

吴庆辉坐在车里，看着这一站只有几个人上车，并没有下车的人，他继续静静等待，一直等到公交车和他相错，慢慢往前开去。

在公交车和吴庆辉的车错开的那几秒，车上的李林突然看到了坐在车里的吴庆辉。他张了张嘴，最后什么都没说。他的一左一右站着两个人，警惕地盯着左右。那两个人看过来的时候，吴庆辉立马低下头。

等公交车走了以后，吴庆辉调转车头跟上。

公交车后面的路线越来越偏，车流渐渐稀少，吴庆辉超了几辆车，稳稳跟在公交车后面。公交车渐渐满员，李林和那两个人已经挤到了最后面。

姜洋好像发现了什么，全身向前探去，眯着眼睛去看。

"老大，你看，公交车里面是不是有光在闪？"

吴庆辉愣了一下，他看向公交车的玻璃后窗。天已经有些黑了，公交车为了安全还是关着灯行驶。最后一排座位之间，正在闪烁一个白色的光点。那个光点很弱，即使在全黑的车厢里也很难让人发现，似乎就是从李林手里发出的。

李林往后瞥了一眼，似乎看到两个人已经发现自己了，于是又背过身去，只留下一只手放在后面。那个光点开始绕圈，绕了一个大圈，然后又绕了一个小圈。

"什么意思？"吴庆辉和姜洋都没看明白。

李林停顿了一会儿，关掉小手电，又慢慢地转头指了指最后一排座位上的一位老人。那老人似乎看见了，抬起头望了望李林，李林向他摆摆手。

吴庆辉紧皱眉头，将李林在空中画出的两个圆圈在脑海里反复排列组合。是数字八吗？貌似不是。他为什么要画两个大小不一的圆圈？两个圆上下组合和左右组合似乎都表达不出什么。那如果大圆套小圆……

旁边的姜洋一头雾水地说道："老大，你说是不是李林告的密？如果是他告的密的话，那为什么刚刚他已经发现我们跟着他了，但是又好像并没有和他身边的人说。"

吴庆辉望着李林，突然明白了他表达的意思。他往后视镜瞅了一眼，转向左转车道，迅速掉头，往剧院里赶去。

姜洋大吃一惊，吴庆辉慢慢加油，提高车速，说道："李林叫我们回去！告密的是剧院老板。快，给你爸他们说！"

姜洋略一思索就明白了，两个圆套在一起，形似汉字"回"，而他又指那个老人，是告诉他们"老"这个字，老板有问题。他立刻对着对讲机说道："姜队，老板有问题，剧院里很有可能还有他们的同伙！"

吴庆辉开到最高限速往回赶，两分钟后，姜队的声音再次在对讲机里响起。

"留守剧院的人已经联系不到了，一二组和我返回剧院，时刻小心注意，三四组继续追公交车。"

五分钟后，吴庆辉以最快速度赶到了剧院。路过警察的车辆的时候，姜洋眼尖，立刻就发现汽车底下露出的一只手。

吴庆辉立刻停车，两个人下来一查看，汽车底下躺着两个晕倒的警察，身上被剥得光溜溜的只剩内衣。姜洋很快认出来这是队里的痕检人员。两个人立刻将那两个人扶起来，叫了队员将其送到医院去。

吴庆辉和姜洋跑到剧院门口，看见门口已经拉起了警戒线，他们正要拉开线钻进去，被门口的警察拦住："吴队，姜队特意说了，你们不能进。"

"里面什么情况？"

"对方假扮成我们的痕检人员，现在拿枪挟持了我们一个警员，姜队正在里面控制着。"

"老板呢？"

"老板早就跑了。"

第三十二章　神秘雇主

吴庆辉就算再胆大，也没进到警戒线内。这次行动让他们救援队参与，本来就不符合规定，如果他贸然行动，最后担责任的是姜洋的父亲。

吴庆辉派人在"水心斋"那边守着，看看那边是什么反应，现在这个情况，不惊扰"水心斋"是不可能的。吴庆辉和姜洋站在警戒线外，一动不动地盯着里面。

上面不知为何一直在僵持着，吴庆辉一直忐忑不安地在外面等着。半个多小时后，在警戒线外面守着的警察腰上的对讲机响了起来，警察听完，脸色忽变。

"怎么回事？"吴庆辉问他。

"报告吴队，三四组的同事跟丢了。他们一直追到终点站，但是一直没有人下来。后来他们上车一看，车里什么人都没有。"

吴庆辉说："如果找人的时候人手不够的话，可以和我要救援队的人。"

吴庆辉刚说完，一个警员从剧院的大门跑出来，向他招了招手。

"吴队，嫌疑人要见那天进了'水心斋'的人。"

吴庆辉和姜洋对视一眼。姜洋深吸一口气，就要往上走，吴庆辉拉住他，将对讲机打开，别在他的腰后，然后用厚外套盖住。他想了想，又迅速跑回车里，从车里翻到一个牛皮纸袋，让姜洋带上。

"注意安全。"吴庆辉捏了捏姜洋的肩，帮他拉起警戒线。

姜洋点点头，走进剧院大门。他跑得飞快，三步一个台阶，上了二楼。姜队站在包厢门口，正在和包厢里的人说着什么，他旁边两个警员举着手枪，对着里面。姜队听到了脚步声，回头一看，是自己儿子，愣了一下，冲姜洋点了点头，然后向屋子里的人说道："你别冲动，你要的人已经来了！"

姜洋跑过去，从警员身边挤进去，看清了屋子里的情形。屋子里一共有三个嫌疑人，两个穿着警察制服，估计就是将痕检人员打晕的那两个。其中一个人趴在窗口，头朝向"水心斋"的方向，好似根本不管他身后发生了什么。另外一个人手里拿着枪对着门口的姜队。

而第三个人手上也拿着枪，抵在人质的脑袋上。姜洋认出拿枪的两个人就是王哥和老鬼。

王哥将枪转到姜洋的方向："就是你，那天进了'水心斋'？"

姜洋点点头："是我。"

"现在我问你问题，你如果不老实回答的话，你们这位兄弟，今天可要受罪了。"王哥刚说完，老鬼已经放下枪，从兜里掏出一把刀子，托起人质的一只胳膊，将刀悬在上面。

姜洋答应得干脆："行，你问。"

"你为什么进去？"

"你们不是让李林偷了一封信吗？那封信上写着'水心斋'。"

"那你在'水心斋'有没有发现什么？"

"什么都没发现，'水心斋'就是个古董铺子，店员都不知道老板是谁。"

姜洋注意到那几个人听到此话，都有点迟疑，窗口的那个人还回头望了他一眼。

"你都看过信了，进去什么收获都没有？"

吴庆辉在对讲机里听到这句话，立刻明白了，在"水心斋"找到线索的关键，就是那封信。接着他听到姜洋说："我不明白你是什么意思，我的确看过内容，但是我看不懂。"

王哥半信半疑："什么叫没看懂？"

"上面用的不是汉字，是一种很奇特的符号，所以我看不懂。"

"你胡说，李林从没提过那封信不是汉字。而且没看懂内容你怎么知道'水心斋'？"王哥刚一问完，老鬼的刀子开始往下落。

姜洋见状，立刻说："我可以解释！上面有'水心斋'的暗章，所以我才来了。的确，信上有汉字，不过这些汉字我认为与'水心斋'并没有关系。但是这些汉字还会以一种奇怪的排列方式组成了另一种字体，这些字体才是那封信的关键。"

一口气说完这么多，姜洋屏住呼吸不敢动，老鬼的刀擦着人质的皮肤划过，在上面划出一道长长的血痕。

姜洋这才慢慢呼出一口气。

王哥又问："汉字描述的什么内容？"

姜洋不知道怎么回答，他不知道李林是只瞥了一眼信的内容，还是看了一些片段，如果是后者的话，他不好说谎话，但是他并不想将那些内容告诉对方。他害怕故事中有他们需要的重要信息。

姜洋正犹豫着不知如何开口，一直望着"水心斋"的人突然转过身来，低声吼道："别问那么多废话，还有十几分钟要到点了！"

到点了？什么到点了，到几点？他们在等一个时间？

姜洋那边继续在说些什么，吴庆辉已经无心再听。吴庆辉的大脑飞速运转，分析着他所听到的一切信息。

吴庆辉明白了，他们在等待。他们一直监视"水心斋"这个特定的地点，现在又在等待一个特定的时间，现在不就缺一个特定的人或者特定的事吗？

他们说，要想在"水心斋"里发现点什么，必须借助那封信，信的重要性不言而喻，所以他们才不远万里地安排人去偷信。但是信最后还是没到他们手里，反而被人抢了。对，抢信的人也会来到"水心斋"。

这不就是特定的人？

吴庆辉不能确定他们监视"水心斋"是为了抢那封信，还是打算抢回那封信以便探寻"水心斋"，他们的首要目的，是在"水心斋"外等待抢信的人如期而至。

可是他们现在已经被姜队堵在门口，就算他们等待的人来了，他们也无法立刻下去夺回信件。

不对，不是所有人都被堵在门口！

吴庆辉恍然大悟，他先关掉自己的对讲机，快步跑到门口的那个警察边上，简短说道："快叫他们回来，李林他们三个要回来！"

只有这一个可能。当老板偷偷告诉他们警察来了后，他们不愿离开，于是兵分两路，一路引开警察，一路装作警察留在剧院继续监视。现在留下的人被压制住，剩下的人如果知道消息，一定会返回来。

那个警察立刻通过对讲机告诉了三四组警察吴庆辉的推测。

吴庆辉跑到对面马路上停着的一辆车前，拉开车门，冲里面吼道："刘山，找顶帽子和墨镜，有任务，下车。"话说完，吴庆辉又迅速抽出几张卫生纸，包成给姜洋那样的牛皮纸包裹，让刘山带上。

"通知所有人，立刻在这条街上埋伏着，等待李林他们三个，他们可能乔装过。一旦看见他们，立刻告诉刘山。刘山会在'水心斋'附近等着。他们这时会去找刘山。这个时候，你们见机行事，一定要在那个包厢的窗户下，把他们三个抓住。切记，一定要让包厢里的人看见。我们只有十分钟时间。抓人之前，通知我。"

大家一点头，下了车，散开在大街上。

吴庆辉帮刘山把帽子和墨镜戴上，说道："待会儿你把这包东西拿在手上，走到'水心斋'那边去等着，不要让包厢里的人看见你。等到其他人发现了李林三个，你就往'水心斋'走去。放机灵点。切记，十分钟内。"

刘山点点头，四处一看，馄饨摊那边的小贩打算挪到夜市去，正要收大棚伞，他走过去，和小贩一商量，把伞借用了一会儿。他倾斜着扛伞，踏入包厢窗口的视线范围内，然后找了一个地方，就地将伞一放，自己就躲在大伞后面。

吴庆辉又返回了剧院门口，静静地等待着。

大概三四分钟后，两个送水工模样的人突然引起了吴庆辉的注意。送水工衣服上的这个牌子的水他知道，专门给一些写字楼送水。但是这会儿已经下班了，他们却扛着几个水桶走了过来。

吴庆辉立马转过身，背对大街。

在公交车上，李林看见吴庆辉掉头，他这才松一口气。可又过了几分钟，等到了一个小学门口，那两个人又带着他下了车，从接孩子的家长中穿梭过去。他们在路边看到了三个送水工正骑着三轮车收工回水厂，于是假装被撞，让送水工带他们去医院检查。等走到偏僻的路上，那两个人砸晕送水工，偷换了衣服，之后又将李林砸晕，开着三轮车返回"水心斋"附近。

到了剧院附近，沿街往"水心斋"走去。路过大剧院的时候，他们偏头一看，那个救援队队长正站在警戒线外望着剧院，丝毫没有注意到他们。

他们继续往前走去，走到大剧院的后墙，他们抬头一看，与自己的同伙对视一眼。窗户上那个同伙往那个大伞一指。

窗户上的人刚收回手，那两个人就看见大伞下突然走出一个人，戴着帽子和墨镜。两人眼尖地看到那人手上拿着一个包裹，大概有一封信那么大。而且那人还慢慢地往"水心斋"走去。

这个人一定是他们的目标了。

两个人扛着水桶逐渐靠近那个人。目标直直地走向"水心斋"，他俩过了马路也走过去，眼看就走到了目标的面前，即将要撞在一块儿。那个人速度慢下来，给他们避让。

两个人顺势从戴着墨镜的人面前走过去。其中一个人突然脚一崴，

"哎哟"一声，整个人向后倒去。他肩膀上的水桶开始往下掉，最后砸在了目标的脚上。目标疼得龇牙咧嘴，蹲下去坐在地上。他伸出双手去脱鞋，手里的包裹就放在了地上。

崴脚的那个人立刻弯腰捡起包裹，转身就要跑，目标瞬间抱住他的腿不让他走，另一个扛着水的人一狠心，试图用尽全身力气甩起水桶，向目标砸去！

水桶没有落在目标身上，有人从后面抱住了他的水桶，一瞬间，十几个人从四面八方冲过来，围在他们的身边，将他们按住。

在那两个人离刘山非常近的时候，队员就向吴庆辉打了信号，吴庆辉立刻跨过警戒线往里面跑，门口的警察都拦不住他。他飞奔上楼，冲到包厢门口，刚好看到窗口的人转过身来，脸色苍白："你们竟然下套！"

王哥和老鬼一听，一脸惊恐，抓住手里的人想扣动扳机，却又在门外好几个枪口的逼迫下不敢开枪。

"放我们出去，否则我们就杀了他！"王哥没有了刚才的冷静，死死掐住人质的脖子往枪口上按。

"别动！"姜队立刻举起枪，"你们要是开枪，我们也会立刻开枪！"

双方僵持住，包厢里的人明显害怕了，王哥拿着枪的手开始颤抖，窗户边上的人看了一眼屋里的形势，突然往后一倒，摔下窗户。

王哥和老鬼更慌了，他们万万没想到窗口的人先跑了。两把枪一把刀子全都朝着人质。

吴庆辉干脆利落地从姜洋身上抽出自己提前塞下的包裹，冲里面吼道："这不就是你们要的信吗？警方早就把抢信的人抓住了。"

王哥面目扭曲，浑身颤抖："老子躲了这么多年，没想到栽在这一封信上。"

"你不要冲动，有话好好说，别伤害人质。"

王哥瞅着吴庆辉手上的信，说道："行，我要你手上的信，还要一辆汽车，把信放在车上，放我们走。"

吴庆辉假装迟疑，姜洋机灵，立刻添上一句："队长，不能答应他，这信这么重要！"

吴庆辉拨开姜洋阻拦的手，一咬牙一闭眼，说道："行，不能反悔，你要是伤害了人质，这封信我绝对不给你。"

吴庆辉将姜队一众人往后面推，离门口退了些距离。里面的人还是站在那不出来。王哥狡黠地笑了："等等，你必须要把信打开给我看，谁知道你是不是随便塞了点纸来糊弄我。"

吴庆辉停顿了一会儿，答应道："行，让你看一眼。"

姜洋有点蒙，那一看就是队长随便打包的牛皮纸袋，根本不存在什么找回信的事情，队长怎么给他看？

吴庆辉走上前去，拆开牛皮纸袋，又从里面翻出一个黑色的袋子，慢慢地将黑袋子打开。黑袋子里面放了一沓黄色的纸。

吴庆辉捏住最上面一张，掀起来，展示给王哥："你看，之前就和你说过，这信纸上不是汉字，是其他符号，你仔细看，是不是？"

王哥探头过来瞅，眼睛在肥胖的脸上眯成一条缝。

姜洋离得近，看清了那信纸，心里恍然大悟。那信纸上的文字的确和那天他们看到的隐藏文字一样，但是根本就不是之前的那封信。一定是二四这小子搞的。他记忆力超群，记住了一些文字，所以在纸上画了下来。他给老大看过后，老大应该顺手就放在了车上。

两三秒后，吴庆辉一收信纸，重新包好，说："现在可以走了吗？"

吴庆辉往后退，王哥和老鬼这才挟持着人质走出来。

所有人都慢慢地走到了楼梯上。吴庆辉和姜队他们为了时刻注意着王哥他们的情况，所以一直是面向王哥，倒退着走下楼梯。

姜洋走在吴庆辉的身后，看到吴庆辉轻轻往右歪了歪头，立刻就明白了，看了一眼自己的父亲。

吴庆辉突然向前扑去，手中的包裹不知何时分成了两半，他一手一个，将它们往王哥他们的头顶上方用力扔去，两半牛皮纸袋从吴庆辉手上飞出，飞过王哥和老鬼的头顶，一半偏左一半偏右，王哥和老鬼立刻伸手去够离自己近的那一块，都放开了手上的人质。吴庆辉往上跑了两步拉住人质往自己怀里拽，姜队和姜洋立刻冲上去分别抱住王哥和老鬼的双脚，顺着楼梯的倾斜度将他们往下一拉，两人一下子倒在楼梯上，两声枪响，全都打在了头顶的楼梯上。

王哥和老鬼分别被两个警察押着带出大剧院，吴庆辉和姜洋跟在后面。

姜洋不住地和姜队说："爸，你就帮个忙，别说我们老大具体干了什么。"

姜队想说什么，吴庆辉把姜洋拉住："行了，别为难你爸了，该怎么处理我，我认。今天我确实太冲动了。"

老大已经发话了，姜洋也就不说了。

前面的姜队突然停了下来，一个从局里赶来的警察说，千岁镇那边的警察打电话过来说，李林提供的地址早已人去楼空，他们什么都没找到。

吴庆辉沉默着，他总觉得自己漏掉了什么。被绑的队伍到底在哪？他看向前面已经被押上警车的六个人。

吴庆辉一下子明白了自己漏掉了什么。当这六个人分开行动的时候，监视"水心斋"的那几个人为什么会选择装作警察的样子呢？这无异于羊入虎穴。除非，剧院里还有他们要看着的东西，即使剧院有警察，他们也必须要回来看看。

"姜队，让人搜查一下剧院，被绑架的人可能在这。"吴庆辉立刻说出自己的猜想。

姜队立刻吩咐下去，十来分钟后，警察在地下室发现了十几个被绑架的人，按照花名册点过去，正是消失的那些人。

回到警局后，姜队立刻展开了突审。对方交代的果然和吴庆辉猜想的一样，他们是为了那封信，所以守在"水心斋"的。那几个人都是各省通缉的嫌疑犯，被人雇佣来找这封信。对方给了他们药效很强的迷药，指导他们绑架了救援队的十几个人。当信被偷走后，雇佣他们的人告诉他们，那些抢信的人即将在一个特定时间来到"水心斋"。

剧院的老板是他们的人，当警察找上门的时候，老板悄悄拨通剧院的内部电话，他们在电话中听到了一切，所以才提前跑了。至于雇佣他们的人是谁，他们一概不知。剧院老板早就不知所终。

李林和那三位送水工被热心市民送进了医院，和被绑架的人就在一个医院。吴庆辉从车站接到了李林的孩子，把孩子带到了医院，让父子见了面。

李林看到孩子，不禁哽咽。他抓住吴庆辉的手，差点给跪下来了。

"吴队长，我其实还有一件事情瞒着你，是关于那个叫卫启的孩子的。这个孩子的确存在，他上山后，不幸被野兽撞死。他们叫我胡编乱造，把卫启的事情讲给你听。你还记得我和你讲话的时候抽的烟草吗？那里面带有迷药，但是只能持续五六分钟。周围的人都迷晕了，我就在你的耳边讲了那个故事。虽然我不知道有什么用，但是我不能再瞒着你了……"

吴庆辉愣住了。他联想起那天许医生说的话。

"你曾经在无意识中读到或者听到这段，但是你却毫不在意，听过即忘。这段记忆就会一直埋藏在你大脑最深处，当你的大脑神经受到刺激的时候就会呈现在你的脑海中。"

现在看来，还真的是这样。

吴庆辉回了救援队的办公室，接到了千岁镇的电话。是从京里派出去的专家打来的。

"吴队，我们去看了那两个一模一样的村子，发现了其中的问题。有井的那个，是真的村子，另外一个，完全是仿照原有的，修筑的障眼法，各个建筑都有做旧的痕迹，我们去的时候，人也不见了。"

吴庆辉挂了电话，坐在座位上，若有所思。他回顾了这半个月来经历的一切，再结合信里的故事，发现所有的关键，就是那座山。山里似乎有着足以令人趋之若鹜的东西。那么建造一个一模一样的村子，很有可能是为了避人耳目，混淆视听，将前来寻找的人带到假的村子里。

但这只是吴庆辉的猜测，剩下的，他还不知道有没有机会查到。

（全书完）